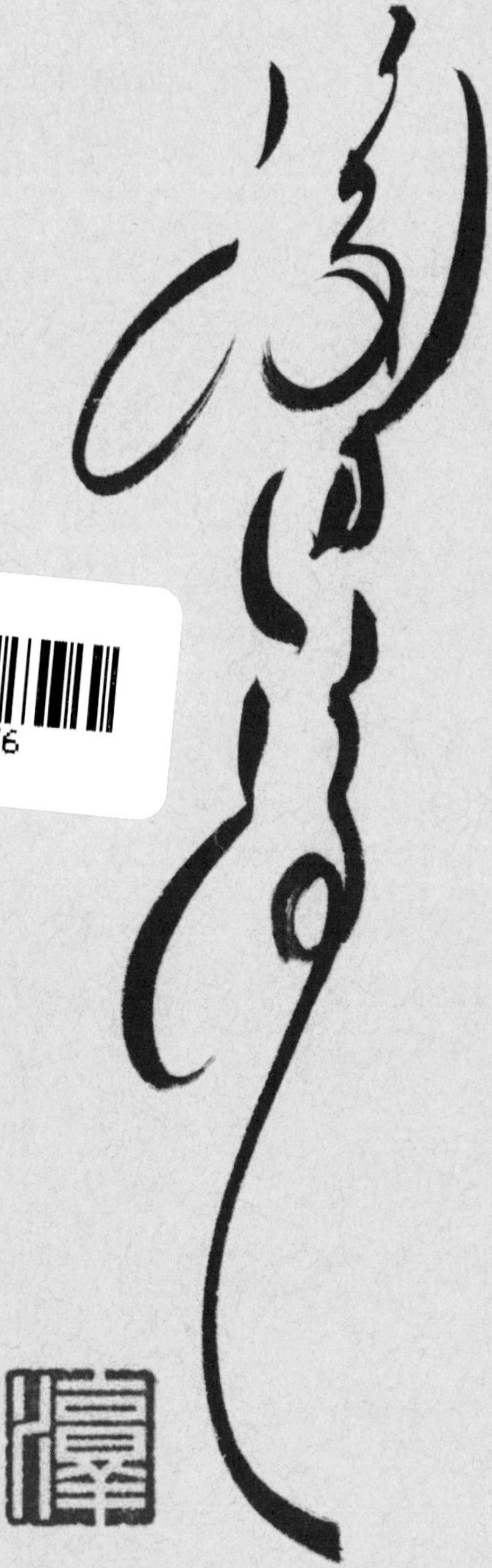

京都・城南宮の桜の樹の下で

「源氏に愛された女たち」の取材で訪れた城南宮の庭園で。ここは雅な「曲水の宴」で有名。
写真／小田 東

紫がかったブルーグレーの袷の着物。和服は季節ごとに楽しんだ。
写真／立木義浩

伝統と格式に彩られた祇園の内側から京文化に触れた。写真 / 秋元孝夫

映画『化粧』に出演した松坂慶子さんと、小説の舞台となった祇園の料亭を訪ねた。写真 / 文藝春秋

京都には足しげく通った

雑誌『MORE』の取材で、ローマへ。サンタ・マリア・インコメディアン教会「真実の口」前にて

雑誌『MORE』の取材で映画『愛と哀しみの果て』の舞台ケニアへ

取材や講演で世界を旅した

フランスには『シャトウ ルージュ』などの小説や女性誌の取材でたびたび訪れた。
写真 / 増島 実

手書き作家として八十年の生涯を全うした

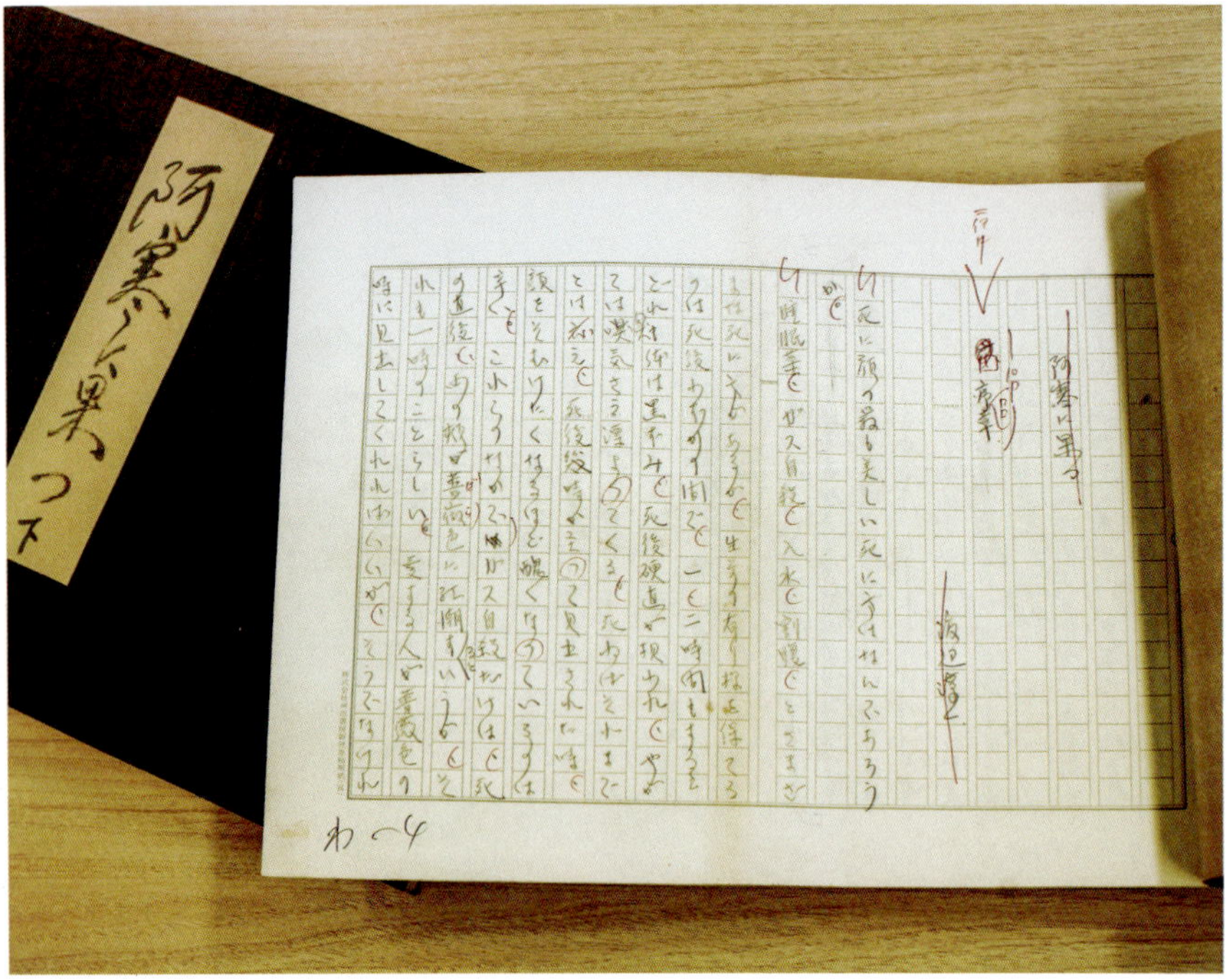

『婦人公論』に連載した『阿寒に果つ』の生原稿。製本保存されていた

没後の2016年に刊行された、『渡辺淳一 恋愛小説セレクション』全９巻

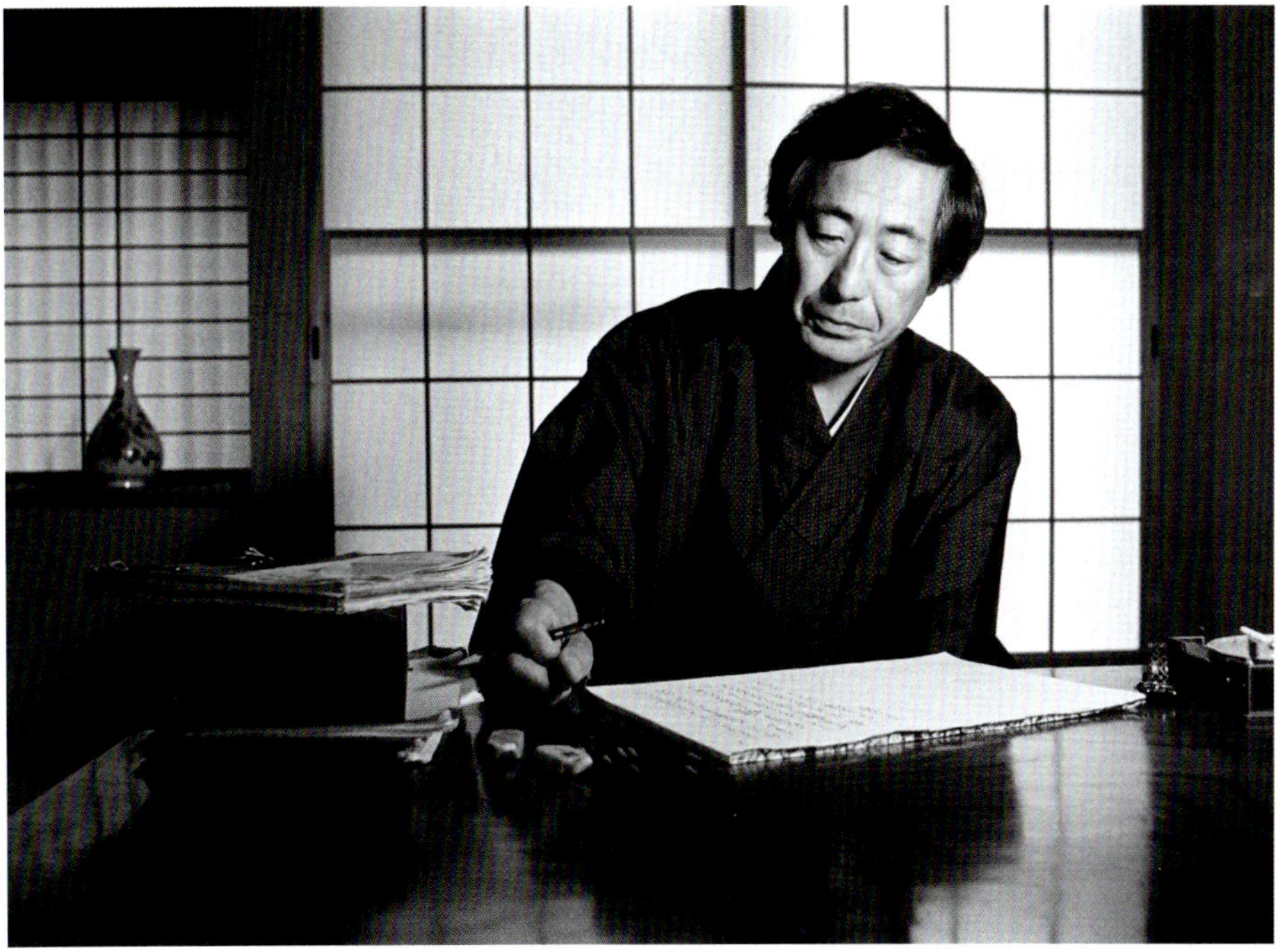

文藝春秋の全集刊行の頃、自宅で。名前を印刷した特注の原稿用紙を使用。写真 / 文藝春秋

創作ノートは数多く残されている。『光と影』『麻酔』『天上紅蓮』は初公開

文芸賞のパーティーでは
いつも輪の中心に

ある日の、文芸賞のパーティー会場で。その豪放磊落な人間性は文壇のみならず多くの人々に愛された。
写真 / 秋元孝夫

渡辺淳一のすべて

目次

◉キーワードでひもとく渡辺淳一のすべて◉

装幀・三村 淳／カバー写真・文藝春秋／撮影（一九七九年）・飯窪敏彦

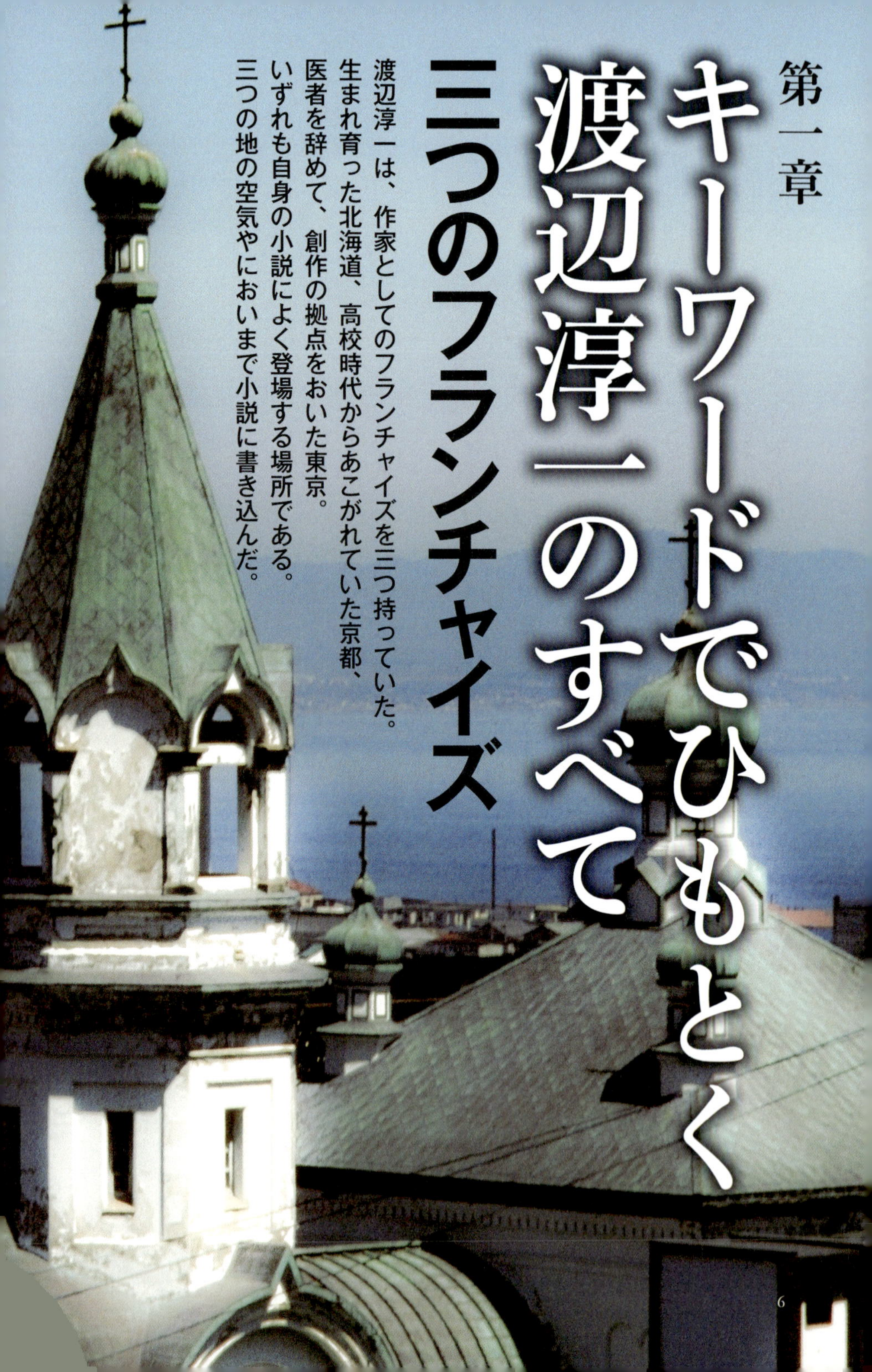

第一章

キーワードでひもとく 渡辺淳一のすべて

三つのフランチャイズ

渡辺淳一は、作家としてのフランチャイズを三つ持っていた。生まれ育った北海道、高校時代からあこがれていた京都、医者を辞めて、創作の拠点をおいた東京。いずれも自身の小説によく登場する場所である。三つの地の空気やにおいまで小説に書き込んだ。

その一 北海道
その二 京都
その三 東京

作家は誰でも、フランチャイズとでもいうべき土地を持っている。

プロ野球のホーム・グラウンドのように、その土地がその作家の故郷であり、あるいはいま住んでいるところであり、原体験の場所でもある。

その土地の気候風土はもとより、人々の生活から人情まですべて熟知し、その土地のことは、いながらにして小説に書くことができる。いいかえると、いつ小説に登場させても、自信をもって描くことのできる土地が、その作家のフランチャイズということになる。昭和四十五年、直木賞を受賞した時点で、わたしは二カ所のフランチャイズをもっていた。一つはいうまでもなく、生まれてから三十五歳になるまで住んでいた札幌であり、もう一つは、その後、住み続けている東京である。（中略）

作家がフランチャイズを多く持つことは、それだけ作品の幅が広がり、情景描写が多彩になることでもある。

わたしが京都をフランチャイズにしたいと思ったのは、むろん直木賞をえて、本格的に作家としてスタートしてからである。

（『わたしの京都』作家のフランチャイズ　講談社より抜粋）

写真／秋元孝夫

第一章◎キーワードでひもとく渡辺淳一のすべて◎三つのフランチャイズ

その一　北海道

わたしと北海道

一言で、わたしの北海道への思いを云えば、
「愛憎半ば」ということにでもなろうか。
いうまでもなく、北海道はわたしの故郷で、
三十半ばまで棲んだところであり、
四季の美しさとともに、さまざまな思い出の宝庫でもある。
だがそれと同時に、長くいすぎて愛しすぎたが故の、
不満や苛立ちや、嫌悪も秘めている。
このアンビバレンスな感覚は、たとえば肉親に対する思いにも似て、
矛盾しながら、いまも分かち難く共存する。
そしてこの、愛憎半ばする思いがあるかぎり、
わたしは北海道とともにあり、
この北国への熱い思いが消えることはないだろう。

雑誌『MORE』の連載
『私の食物史』の取材
で訪れた小樽の港で。
撮影 / 若田部美行

『阿寒に果つ』の取材で訪れた冬の阿寒湖近く。初恋の人は白一面の雪に突っ伏して命を絶った

同人誌『くりま』のメンバーと通った「さらうんべ」。文芸論を闘わせた。店の大将とは長いつきあい

札幌の植物園、北海道大学の先生などから専門的な話を聞き、熱心にメモをとった

北海道、日高の競走馬の牧場にて。多くの作品で主人公が北海道各地を旅する

札幌にて

作家の生まれた土地はいうまでもなく原点。小説のフランチャイズの第一である。同人誌の時代から三五歳まで暮らした北海道には様様な思い出が。東京に拠点を移してからも「北海道への想いは年々つのるばかり」と、講演でも語った。

札幌・中島公園の中にある豊平館で。公園に隣接している札幌パークホテルを定宿としていた
写真／文藝春秋

渡辺文学の原点『阿寒に果つ』

少女へのレクイエム

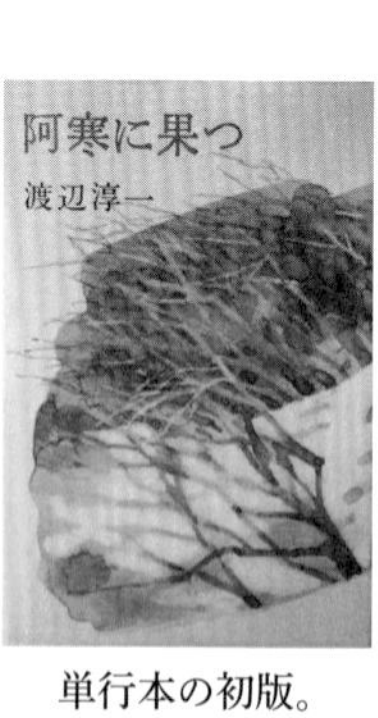

単行本の初版。
発行は中央公論社

「死に顔の最も美しい死に方はなんであろうか」

　この冒頭の一行を見ただけで、いまから十七年前、この小説を書こうとしたときの心のたかぶりと、意気ごみを思い出す。

　それまで数本の長編を書いてはいたが、自伝的な要素を踏まえながら、一人の女性への思いを書くのは初めてであった。はたしてどれくらい客観的に書けるのか、確たる自信もなかった。

　だがそのことがあってからすでに二十年も経ち、いつかは書きたいと思い続けてきたテーマであった。もうそろそろ一定の距離をおいて虚構化しうるのではないかと思いつつ筆をとった。

　そのこととは、高校二年の春から冬にかけてわたしが恋した、同級生加清《かせ》純子の死であった。昭和二十七年一月、彼女は雪の阿寒湖を見下す釧北《せんぽく》峠で、アドルムを服《の》んで自殺した。

　その前、彼女はすでに天才少女画家として札幌では有名で、色白の大きな瞳をもった高校生であった。恋の始まりは彼女から届けられた詩の形のラブレターで、その一通の手紙でわたしはいとも簡単に燃えあがった。だが彼女は初心《うぶ》すぎたわたしに飽きたのか、一年もせずにはるかに年上の男性の許に移っていった。いや、それ以前も、わたしとつき合っていたときも、彼女は何人もの中年の男性達と恋を重ねていた。そのなかには、名前を挙げればいまもわかる高名な画家や医師、新聞記者などがいた。わたしのあと、最後の恋人になったのは、ベトナムの写真家として高名だったO・Aであった。

　いったい彼女は、彼等とどのように関わり合い、どのよ

作品のモデルである加清純子と渡辺淳一。高校２年生、17歳の初恋は一生忘れられない衝撃的な思い出に

うな思い出を残していったのであろうか。その過去をきくために、わたしはかつて彼女と親しかった何人かの男性達を訪ねて歩いた。

その結果知りえたことは、みなが、自分が最も彼女に愛されたと思いこみ、その根拠になっているのは、死の旅立ちの前夜、それぞれの男性達の家の前におかれていた一輪のカーネーションであった。それまでわたしもそのカーネーションをもらったことで、自分が一番愛されていたのだと潜かに思っていた。

すでに高校生にして、このコケティッシュとナルシシズムと奔放さを兼ねそなえて、生き急いだ小悪魔をどのように描き出すか。それが問題であった。

もちろん十八歳で自ら死を選んだ生涯を、年代順に追っても、単純で平凡すぎる。迷った末、わたしは自分も含めて関わり合った五人の男と、彼女の実姉と、六人との接点を六つの章に分け、六面体の水晶を浮き上らせるように、彼女の実体を浮きぼりにすることを試みてみた。

この結果は、彼女とわたしの章が最も瑞々《みずみず》しく青春のリリシズムにあふれ、最初の章、とくに彼女と最も深く関わり合ったと思われる画家の章は、いささか突き放し気味で筆ののびを欠いている。客観視を心がけねばならぬ作家として恥ずべきことで、部分的にも書き改めたい個所がいくつかある。

だが見方によっては、そこにかえって内側からわきでる切実さもあり、これはこのまま青春のレクイエムとして残しておきたい気がして、これまで手をつけずにきてしまった。

それにしても少年期、早熟な彼女に刺戟《しげき》された愛の思い出は鮮烈であった。女は男によってつくられるというが、男も、女によってつくられることは多いのである。

（「わがいのち『阿寒に果つ』とも　遺作画集」青娥書房より）

北海道を舞台にした作品

生まれ故郷の北海道で、医師として働きながら創作活動を行った渡辺淳一にとって、北海道は原点ともいえる土地。とくに初期の作品には札幌はもとより北海道を舞台にしたものが多い。渡辺淳一文学館所有の初版本を中心に代表作を紹介しよう。

『無影燈』の舞台となった支笏湖　　写真 / 秋元孝夫

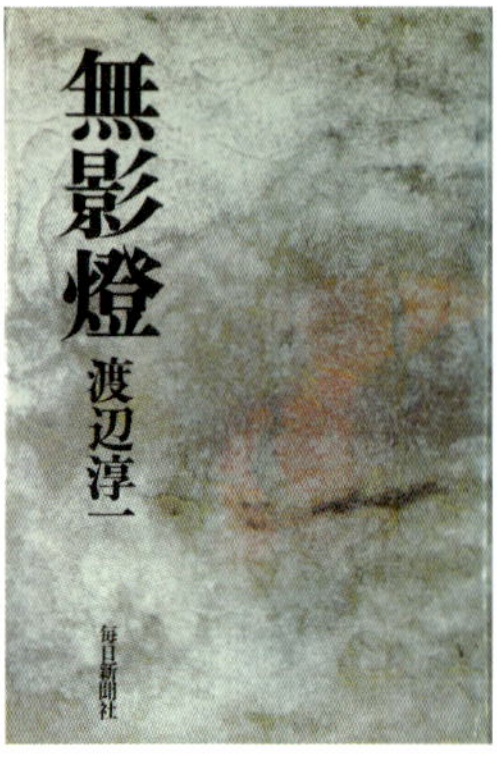

『無影燈』
1972年（毎日新聞社）

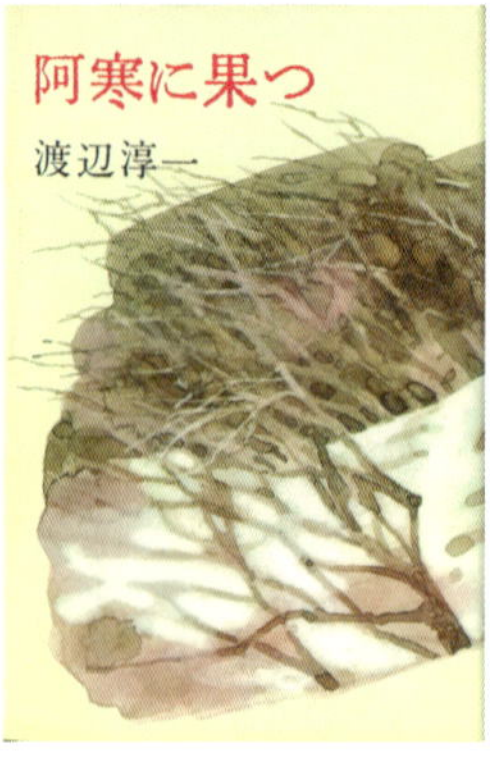

『阿寒に果つ』
1973年（中央公論社）

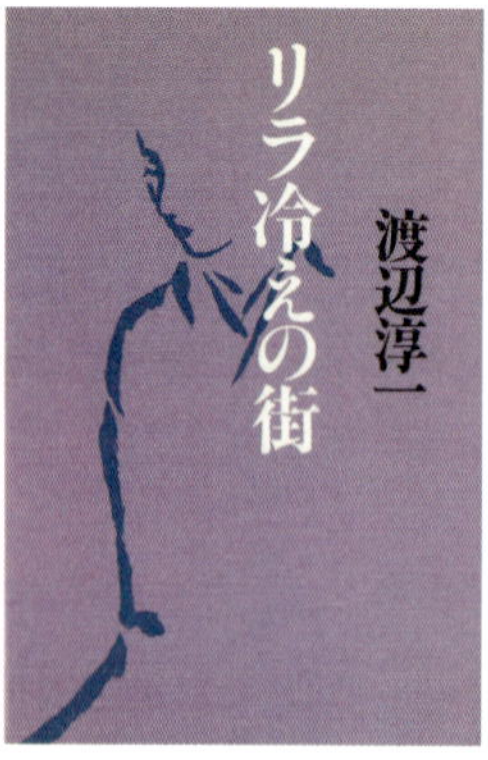

『リラ冷えの街』
1971年（河出書房新社）

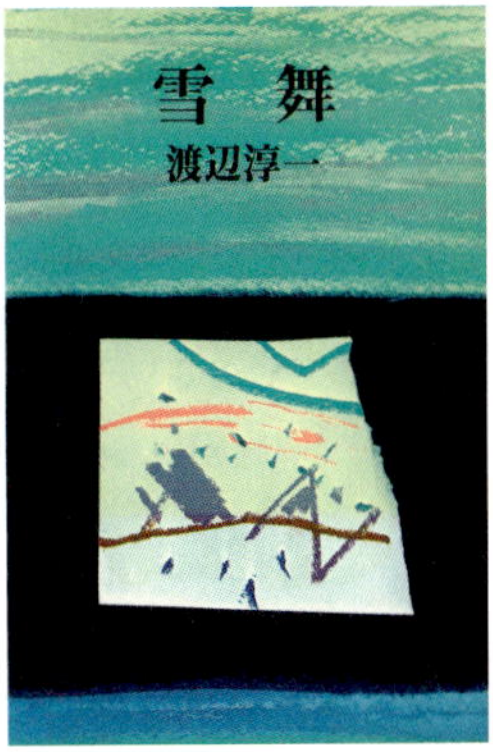

『雪舞』
1973年（河出書房新社）

『小説 心臓移植』
（のちに、『白い宴』に改題）
1969年（文藝春秋）

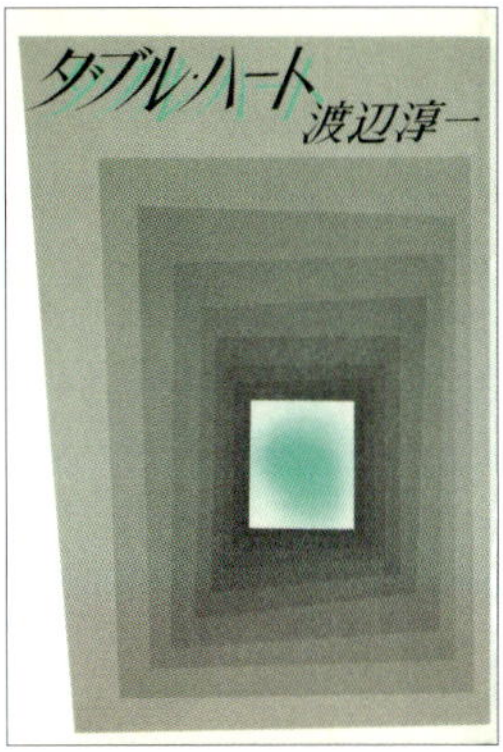

『ダブル・ハート』
1969年（文藝春秋）

『北都物語』
1974年（河出書房新社）

『白き狩人』
1974年（祥伝社）

『氷紋』
1974年（講談社）

『白夜――朝霧の章』
1981年（中央公論社）

『流氷への旅』
1980年（集英社）

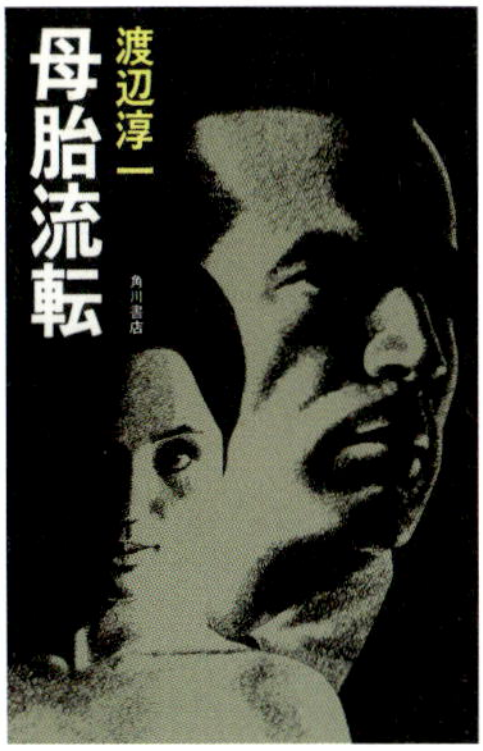

『母胎流転』
（のちに、『廃礦にて』に改題）
1971年（角川書店）

渡辺淳一の北海道文学マップ

写真／秋元孝夫

渡辺淳一文学館入口。
安藤忠雄の設計

北海道立文学館、公益財団法人北海道文学館所蔵「渡辺淳一文学地図」をもとに作成しました。

文学館２階にある主展示室。映像化された作品の写真など興味深い

●札幌

「阿寒に果つ」
「秋の終りの旅」
「甘き眠りへの誘い」
「ある心中の失敗」
「何処へ」
「海霧の女」
「失われた椅子」
(「医学部教授選挙」改題)
「訪れ」
「風の噂」
「北国通信」
「恐怖はゆるやかに」
「血痕追跡」
「四月の風見鶏」
「死化粧」
「小説 心臓移植」
「背中の貌」
「廃礦にて」
(「母胎流転」改題)
「般若の面」
「白夜」
「氷紋」
「二つの性」
「葡萄」
「冬の花火」
「北都物語」
「無影燈」
「霙」
「ムラ気馬」
「雪の北国から」
「雪舞」
「流氷の原」
「流氷への旅」
「リラ冷えの街」
「別れぬ理由」

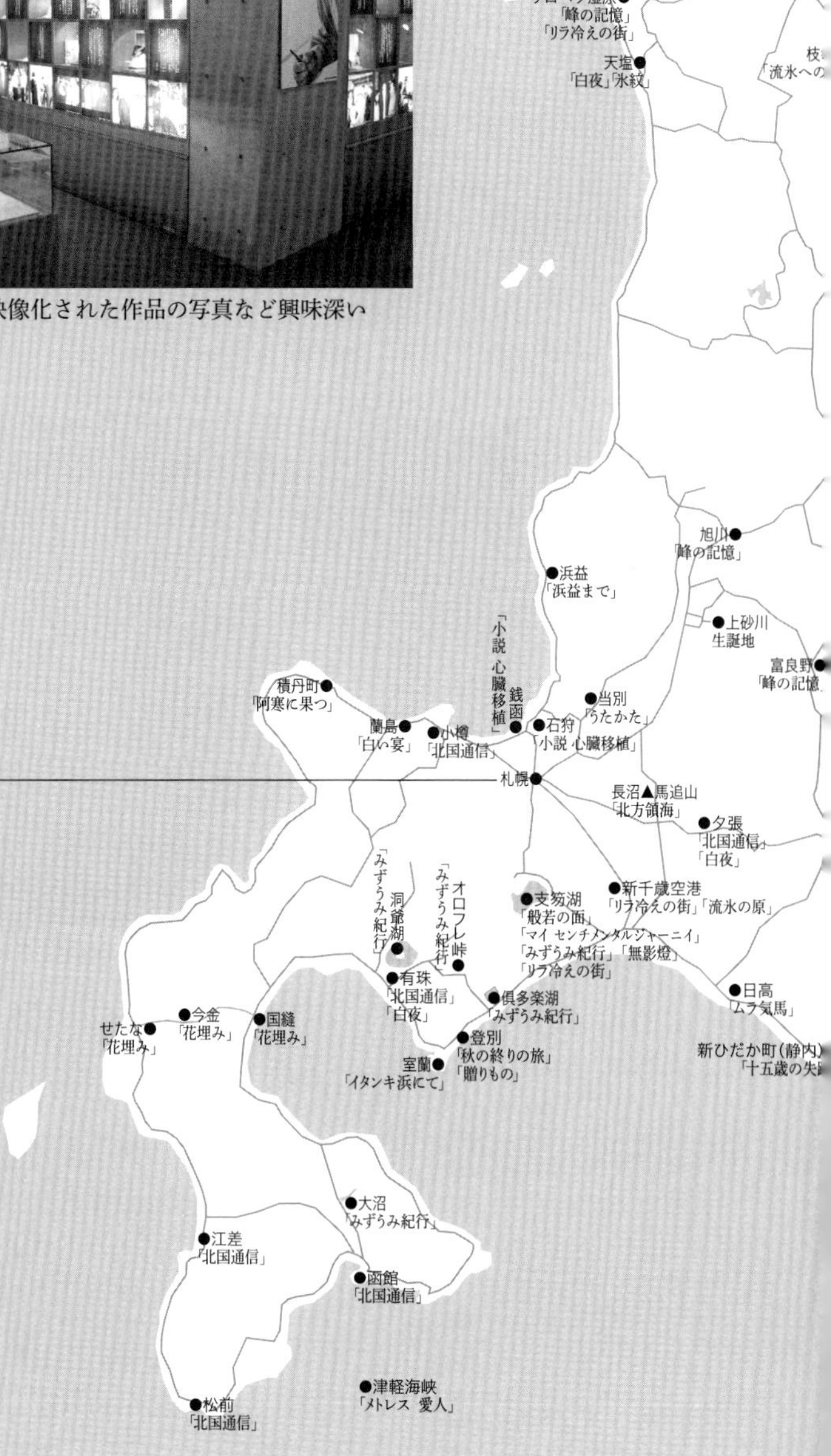

子どもの頃のアルバムより

いつも笑顔の楽しい家族

北海道の砂川に生まれ、札幌で育った。祖母と両親、姉と弟との六人暮らし。元気のいい子どもだった。

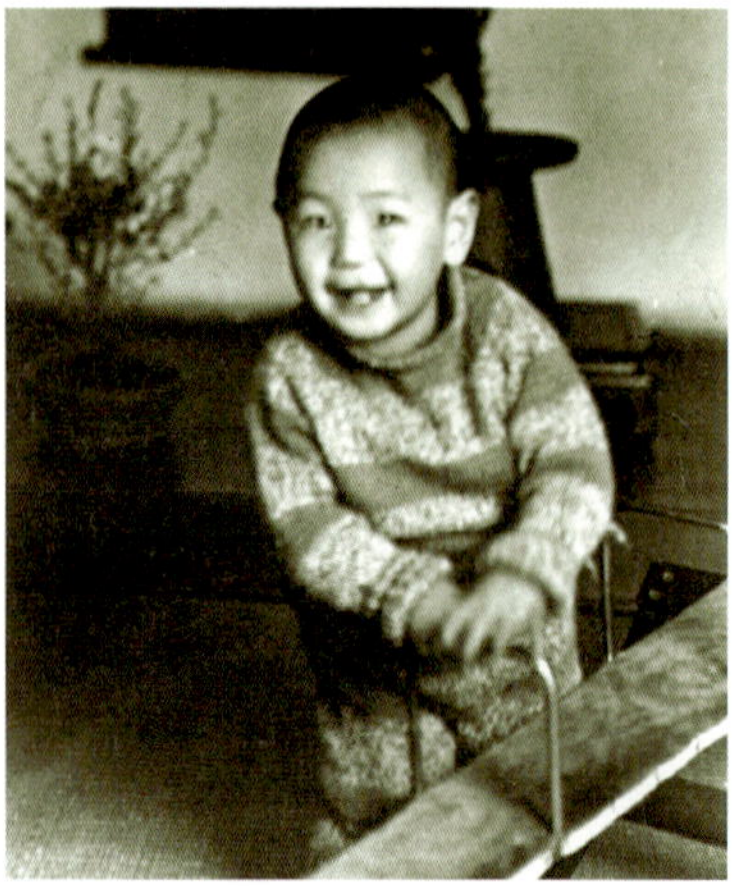

上右●２～３歳の頃はぽっちゃり。バナナなど果物が好きだった
上左●５歳の時の七五三。モダンな恰好が気に入っていた
中右●小学１年生。姉と札幌の家の庭で。わんぱく少年だった
中左●小学2年生(右)。当時、戦闘帽は子どもたちに人気があった
下●小学２年生の頃、両親と姉と。笑顔がたえない家庭だった

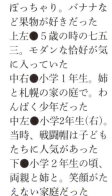

日光へ家族旅行。一家でよく出かけていた

1953年、北海道大学１年生の正月に札幌丸山の家で。前列左から父・鉄次郎、祖母・イセ、母・ミドリ、後列左から姉・淑子夫妻、弟・紀元、淳一

単行本未収録エッセイ

ストーブのある家

渡辺淳一

育った家、札幌の南円山

私が生まれたのは、正しくは北海道の砂川という町だが、もの心ついてからはほとんど札幌で過したし、本籍も札幌なので、そちらのほうの家のことについて書くことにする。したがって、このタイトルは正しくは、わたしの育った家、と書くべきかもしれない。

当時、私の家は札幌の西部の山に近いはずれにあった。といっても、いまも同じ位置にあるのだから、場所が変ったわけではない。

ただ小学生のころは、ずいぶん町の中心部からはずれたところにあると思ったのだが、いまは町の中心部になってしまった。

家は二階建ての一軒家で、外見は洋風だが、いわゆる木造モルタルで、部屋は二階に二つ、下に五つほどあった。

家族は祖母と両親と姉と弟と私の六人だったから、広くもない、狭くもない、まあ手頃な家ではあった。

この家は、入って右手が洋間の応接間で、正面が八畳ほどの茶の間になっていた。

北海道では、冬期間はストーブがなくては過せないから、自然、ストーブのある部屋が中心になる。

そのころは、茶の間と台所、それに応接間と二階に一つずつストーブがあった。台所と茶の間以外はいつも焚《た》いているわけではないので、好むと好まざるとにかかわらず、家族はみな、火のある茶の間に集まることになる。

北国の家はみなそうだが、この茶の間のストーブをめぐる坐り方に、おのずから順序というものができあがってくる。

まず焚口《たきぐち》のある正面には母が、ストーブの横の明るい縁側を背にした一等席には父が、それと向かい合った席に祖母が、子供達は湯沸しから煙突のある先のほうを取り囲むようにして坐る。

この煙突のまわりというのは、ストーブの焚きたては寒いが、火力がついてくると急に熱くなる。

要するに、熱しやすく冷めやすいうえに、煙突が邪魔になって、ストーブの前や横にいる人の顔が見えにくいという欠点がある。

いわば三等席だが、悪いことをしたときなど、その見えにくいところがかえって好都合で、叱られながら、父と目線を合わせずに済ますこともできる。

こんなわけで、北海道の冬はストーブのまわりで、家族全員が、顔を合わせる機会が多い。

東北あたりでは、これが囲炉裏《いろり》のまわりに集まることになるのだろうが、これでは家族の断絶など、おきようもない。

しかし最近では、北海道も集中暖房が行きわたり、どこの部屋にいても暖かく、おかげで家族はばらばらで夜を過すことが多くなった。文明の便利さが、家族の断絶を招くという皮肉な結果になってしまった。

冬の夜、私はごうごうと燃えさかるストーブのまわりで仮寝《うたたね》するのが好きだった。

父や母がぼそぼそと話している。その声を耳の端に残しながら眠る。

ストーブの温かさがほどよく、まわりに両親がいてくれるという安堵感のなかでまどろむ。

だが、それも長くは続かない。

「さあ、寝床へ行って寝なさい」

母の声が耳元でくり返される。

それをききながら、どうして大人だけは遅くまで起きていられるのかと不満に思いながら、きこえぬふりを装う。

たまりかねて、母が肩を揺すり、ついには父の叱る声もきこえてくる。

だが寝室は暗くて冷んやりとして、行く気になれない。

しかし、ついには揺り起され、無理やりパジャマに着替えさせられる。

寝室はストーブがなく、冷えきっているが、布団のなかには、母がいれてくれた湯タンポが待っている。

思いきってとびこむと、これ以上小さくなれないほど縮こまり、湯タンポにぴったりと足をつけてひたすら全身が温まるのを待つ。

やがて体の中心だけがいくらか温かくなるとそろそろと湯タンポの先をおして、温かい領域を拡げていく。

かつての北海道の生活に、ストーブは欠かせないものだったただけに、冬、ストーブのない部屋に坐ると、中心が欠けたようなもの足りなさにとらわれる。まさしく、ストーブこそ北海道の家の、そして部屋の中心であった。

子供のころ、私は早く大きくなって、父の坐るストーブ横の一等席に胡坐《あぐら》をかいて坐りたいものだと思っていた。

だが祖母が死に、やがて父が死に、その席についたときは、家で最良の席に坐れたという喜びより、ついにこの席に坐るようになってしまったという淋しさのほうが強かった。

スキーの冬

育った家の内部が変ったように、家の外も子供のころからみると、ずいぶん変った。

私の家は札幌の西部の南円山というところにあり、いわゆる山の手の閑静な住宅地であった。

家のほぼ正面には高さ二百メートルほどの、椀を伏せたような形の円山という山があり、家からその山ぎわまでは見渡すかぎりチューリップ畑が続いていた。

右隣りは、陸軍大佐の岡田さんという家だったが、左手は杉の木立の先にそば畑が拡がり、夏になると一面白い花でおおわれた。

たまに夕方など、母と姉達がなにかの用事で出かけて留守番をさせられたときなど、怖くて、早く帰ってこないかと、窓から外を眺めていた。

家から円山の山裾までは、子供の足で歩いても十分とかからず、そこにいけばイタドリやヨモギ、野苺《のいちご》などがあふれ、秋になるとキリギリスが鳴いていた。

私はこのキリギリスをとるのが上手で、長い棒の先に白ネギをつけたり、風下からそろそろと近寄っていったり、いろいろつかまえ方を研究した。

キリギリスはすべてつかまえようとした瞬間、下へ向かって逃げるから両手をキリギリスのいる位置からやや下に向けてさし出したほうがいい。

キリギリスは晩秋になると死に絶えるが、家のなかで夜も温度を下げないように工夫して、一匹だけ翌年の二月まで育てたことがある。

さらに広い籠のなかに土をいれ、そこにオスとメスをいれて、自然に近い状態で子供を生ませようと試みたが、こちらはうまくいかなかった。

この山裾にK子というちょっと可愛い女の子がいて、朝学校に行くとき、彼女が山のほうから降りてくる。

春ならチューリップ畑の彼方から、秋なら雑草の彼方からくる彼女に手を振ると、赤いランドセルを背負った彼女も手を振る。

あとで中学にすすんで、額田王《ぬかたのおおきみ》の、

「茜《あかね》さす紫野行きしめ野行き野守は見ずや君が袖振る」

という歌を知ったが、そのとき真先に思い出したのは彼女のことだった。

この円山の南面は、いわゆる南斜面といって、冬場はスキー場になる。

家からそこまで十分そこそこしかかからないから、滑る気になれば毎日でも滑ることができた。

もっとも南斜面は傾斜がなだらかで初心者向きのため、中学生のころからはその先の双子山から温泉山、さらには通称ゲンチャン・スロープという急峻なゲレンデに挑んだ。

当時の札幌っ子にとって、スキーはいつでも、誰でもできる、一番簡単な遊びであった。

それだけに、東京の人達に、「来週、スキーに行くのよ」などと、さも豪華な遊びにでも行くようないい方をされると奇妙な気持にとらわれる。

まして連休の前日など、上野駅で徹夜してまでスキー場に向かう人達を見ると、ご苦労なことだと思う。

学校では半月に一度くらい「スキー日」というのがあった。

その日は全員スキーを持って校庭に集まり、そこから山へ向かう。

午前中、滑り続け、昼に雪の上に坐りこんで食べる握り飯ほどうまいものはない。

私はスキー場が近かったせいもあって、冬はほとんどスキーばかりをやっていた。

中学二、三年の最もスキーにこったころには、朝、学校に行く前に一滑りして、帰ってからまた滑るというありさまだった。

おかげでクラスの選手になったが、インターハイでは、札幌地区予選のあたりでいつも落ちていた。

でもレベルの高い札幌地区だから落ちるので、関西や山陰のほうに行けば、国体選手くらいにはなれたはずだ、といまでも残念に思っている。

一時は本気で、兵庫か鳥取県のほうに居住地を移そうかと考えたこともある。

もちろん、そのころはスキー場にはリフトもケーブルもなかったから、下から登り、滑ってまた登る。中学時代は、学校まで三キロあったが、それを往復して、さらに一日に二度も滑れたのだから、自分ながらスタミナがあったものだ。

スキー場に行ったからといって、いつも滑ってばかりいたわけではない。

たとえば初冬、まだ雪が浅いころには、先端を出しているブッシュを折ってバーンをつくる。また真冬、雪を割ってその下から清水を見つけ、ストックの雪に滲《にじ》ませて吸う。

さらに春先、ザラメ雪でてかてかした雪面の上に小さな足跡を見付ける。野兎か、それを追っていくと、大きな樹の根元の雪穴に行きつき、そこで出てくるのを待つ。また白い芽をふくらませた猫柳を見付けては、登って枝をとる。

やがて夕暮になり、ゲレンデのうしろから夜が迫ってきて、カラスが一斉に羽搏《はばた》く。雪の頂上から見下すと、街のほうはすでに灯がつき、そのなかに、自分の家らしい灯を見付ける。

あそこでストーブが真赤に燃えて、母が夕御飯をつくっていてくれる、そう思うと急に空腹を覚える。

もうゲレンデに残っている人はほとんどなく、突然、うしろの雪山から、人さらいがでてくるような不安にとらわれて、一気にストックをける。

ごうっと、耳に風圧を感じながら、家に向かって一直線に滑り降りる。

自分の家の庭のように思っていたゲレンデも、夜になると別の妖怪じみた、無気味な雪面に見えてくる。

だが、その斜面も双子山も、そしてゲンチャン・スロープも、いまではすべて家が建ち、一部は山肌まで削りとられて昔の面影はない。むろんスキーはできないし、兎の穴もないし、夜の怖さもない。

この家に執着する母

札幌は山も街も、そして気候も変ってしまった。

子供のころは、いまよりずっと寒さも厳しく雪も多かったはずだが、いまはずいぶん少ない。

たとえば小学生のころ、真冬に母に隠れて落下傘部隊と称し、二階の窓から飛び降りても、雪に全身がうずもれるだけで、怪我をするようなことはなかった。

屋根の雪おろしをやっていて、過《あやま》って滑り落ちても危険はない。

年に一、二度は、縁側から奥の座敷の窓まで、雪にうずもれ、光りが入らず雪除けをした。

雪の日の朝、道路から家の玄関まで雪で閉ざされ、その雪掻きをするのが男の役目で、男に生まれたことを悔いてもいた。

また街には、雪のなかにおき去りにされた車が必ず一、二台はあって掘り出していることもあった。

だが、いまはそんな情景は滅多に見られない。

現に同じ家なのに、二階の窓から飛び降りたら、間違いなく大怪我をしてしまう。

たしかに札幌は雪が減り、暖かくなった。

だが気象台にきくと、降雪量は以前とあまり変りがないのだという。

してみると、雪は降るがすぐ溶けるということなのか。

とにかく、いまは屋根の雪おろしをすることも、縁側をうずめた雪を取り除くこともない。

大変、楽で便利になったが、子供にとってはその分だけ楽しみが減ったともいえそうである。

それにしても四十年近くも経てば、家も山も気候も変るのも、仕方がないことかもしれない。

かつてはチューリップとそばの畑で囲まれていた家も、いまは南横と斜め向かいに、生協のマーケットとスーパーができ、チューリップ畑にはびっしりマンションが並んでいる。

かつて、K子が手を振ってきた道も、広い舗装道路になった。

賑々《にぎにぎ》しい騒音のなかで、私の家と隣りの岡田さんの家だけが、置き忘れられたように残っている。

いま、そこには老母と弟夫婦が一緒に住んでいる。

十年前に一度、土台からなおしたが、それでも家全体はくたびれている。

私はそこを売って、どこか少し閑静な土地に家を建てたら、といってみるのだが、母は頑としてきこうとしない。

おそらく母にとっては、ここが戦前から戦後の苦難を経て、子供達を育て、父との思い出を重ねた、忘れがたい場所なのであろう。

「どんなになっても、わたしはここから動かないよ」

そういう母の頑迷さに呆れていたが、このごろ私も札幌へ行き、その古びた家に坐っていると、亡くなった祖母や父のストーブのまわりにいた姿が浮かび、やはり、ここはこのままにしたほうがいい、と思うようになってきた。


(『小説現代』一九八〇年一月号)

第一章◉キーワードでひもとく渡辺淳一のすべて◉三つのフランチャイズ

その二 京都

小説『桜の樹の下で』に登場する、平安神宮の桜

東京で出版社を経営している遊佐は、東山南禅寺に近い料亭「たつむら」が贔屓で、女将の菊乃と親しいが、いつしか娘の涼子のほうに惹かれていく。この小説のなかには、鴨川べりの桜から平安神宮の枝垂れ桜、そしてライトアップされた円山公園の枝垂れ桜、さらに常照皇寺や真如堂の桜も登場する。(『マイ センチメンタルジャーニイ』集英社 より。27P下も)

『桜の樹の下で』
冒頭 花疲れの章より

平安神宮の南の神苑から西の神苑をまわり、橋の見える東の庭まできて、遊佐恭平は軽い疲れを覚えた。

二時間前、鴨川べりのホテルを出てから同じ川岸に咲く桜を眺め、そのあと東山から平安神宮まで花を追ってきた。いまが盛りというので、急ぎ足で一度に桜を見すぎたせいかもしれない。

花の下に立って、遊佐は、「花疲れ」という言葉を思い出した。

小説『化粧』の舞台・原谷苑の桜

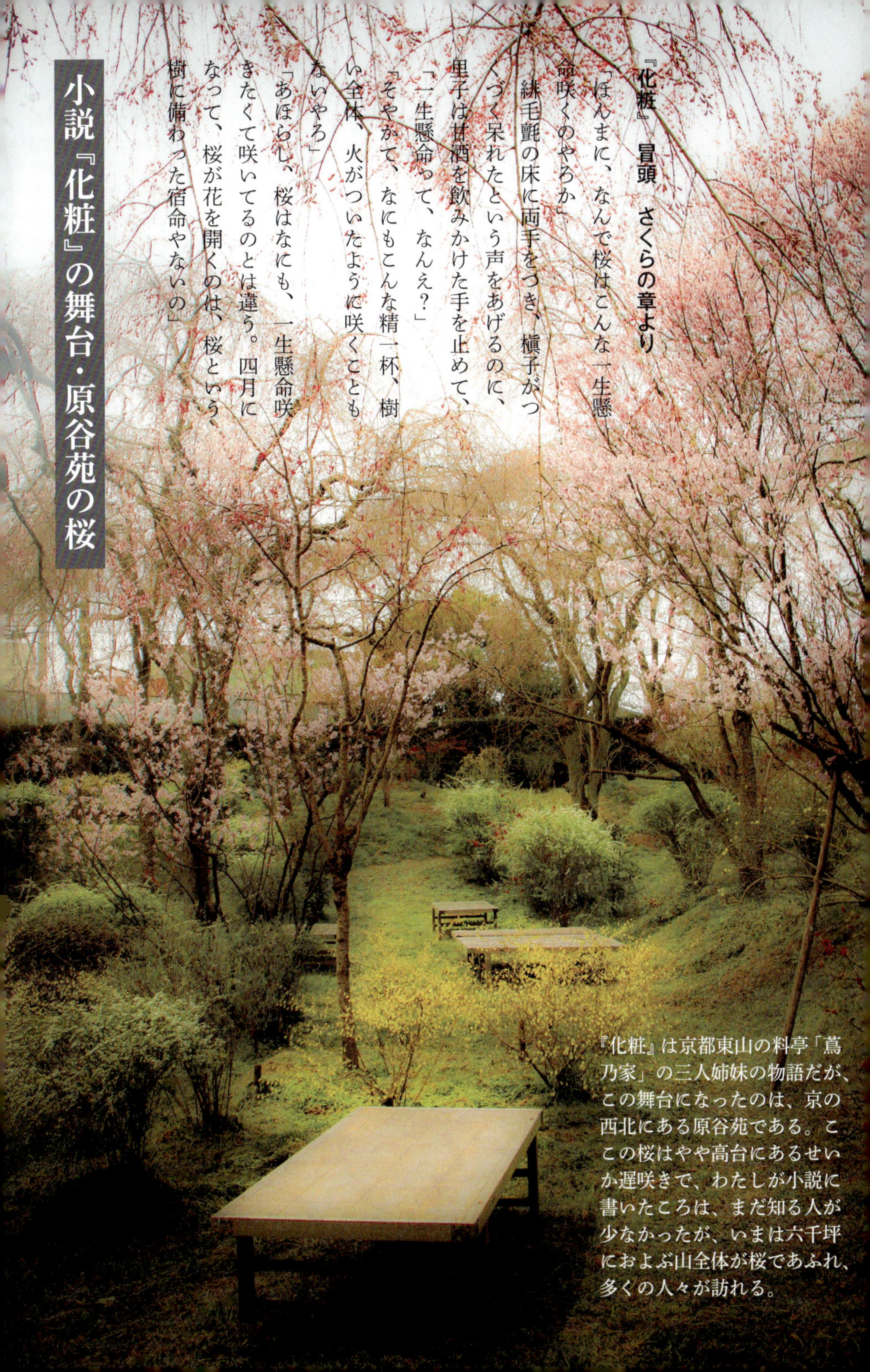

『化粧』冒頭　さくらの章より

「ほんまに、なんで桜はこんな一生懸命咲くのやろか」

緋毛氈の床に両手をつき、槇子がつくづく呆れたという声をあげるのに、里子は甘酒を飲みかけた手を止めて、

「一生懸命って、なんえ？」

「そやかて、なにもこんな精一杯、樹い全体、火がついたように咲くこともないやろ」

「あほらし、桜はなにも、一生懸命咲きたくて咲いてるのとは違う。四月になって、桜が花を開くのは、桜という樹に備わった宿命やないの」

『化粧』は京都東山の料亭「蔦乃家」の三人姉妹の物語だが、この舞台になったのは、京の西北にある原谷苑である。ここの桜はやや高台にあるせいか遅咲きで、わたしが小説に書いたころは、まだ知る人が少なかったが、いまは六千坪におよぶ山全体が桜であふれ、多くの人々が訪れる。

京を書くこと

京都を舞台に小説を書くということは、考えてみると怖いことである。その理由は、京都は千年以上も前から日本の都であり、四季それぞれに風情のある街だけに、昔から詩や歌に詠まれ、小説に書かれてきた。

近くでも谷崎潤一郎や川端康成らの巨匠をはじめ、多くの作家が京を舞台に小説を書いている。それら先達が書き尽したところへ、いまさら私のような者が挑むのは、自分知らずの冒険だといわれても仕方がない。

とくに私は北海道育ちで、京都には縁もゆかりもない。そのような者が京都を書くのは無謀であり、見方をかえれば、過信といえるかもしれない。

だが、それを承知で私は書いてみることにした。

その背景には、高校生のころから抱いていた京都への憧れがあることはたしかである。北海道という、京都とは気候も精神風土もかけ離れた土地に生れたから、ことさらに京都という街に憧れ、書いてみたいと思ったことは否定できない。

これがもし大阪とか、名古屋に育っていたら、私は京都を書かなかったかもしれない。あるいは書いても、別の形になったかもしれない。その意味では、京都と無縁の土地に育ったことが、京都を舞台に小説を書かせる一つの刺戟になった、ということはできる。

だが、憧れだけで小説は書けるものではない。書く以上は、その土地の風土から住む人々の心の内側まで、正確に冷静に知らなければならない。

もっとも短篇なら、いっときの印象や思い出だけで書くこともできるが、長篇ではそんなわけにいかない。

長篇にするからには、そのなかの主人公がその街で一年なり数年過すわけだから、その街の春夏秋冬を知らなければ書ききれない。

たとえば鴨川《かもがわ》の水の色も、東山《ひがしやま》の上に浮ぶ雲の姿も、東《ひがし》大路《おおじ》のプラタナスも、四季によってそれぞれ違う。もちろん街のたたずまいや人々の服装もみな変っていく。

たまさかにふらりと行っただけで、京の街を書けるわけではない。それにいま一つ、京都は京都弁という独特の言葉をもっている。あらゆる地方弁が標準語化しているときに、京都弁は厳として、いまだにゆるぎそうもない。

『野わけ』を書く時点で、私は札幌（北海道）と東京を舞台にして小説を書くことができた。

それは当然のことながら、札幌は自分の生れ育ったところであり、東京は現にいま住んでいるところである。時代の流れや、細部で移り変るところはあっても、この二つの街については、四つの季節を実感し、把握することができる。

作家が長篇の舞台にできる街を、プロ野球の本拠地になぞらえてフランチャイズというならば、私には札幌と東京と二カ所のフランチャイズがあった。

だがここにいま一つ、京都をくわえられれば三つになる。欲張っているようだが、私はぜひ京都をくわえたいと思った。京都は自分の育った土地とかけ離れているが、それだけに京都に馴染んだ人には気付かない発見をし、別の表現ができるかもしれない。

それに、過去にどのような大家が京都を書こうとも、いまの視点で京都と京の人を書くのとは別だとも考えた。

だがそう自分にいいきかせても、なかなか書けはしない。まず、新しい街を自分のフランチャイズにする最も確実で手っ取り早い方法は、そこに移り住むことである。

何年かひたすら住んでいれば、おのずからわかってくるものがある。このあたりは、いくら資料を読み、絵や写真を見ても駄目である。小説に書く以上は、肌で感じ、実感しなければ難しい。それを京都に住まず、東京にいてやるには、結局、頻繁に京都に行くよりない。

『野わけ』を書くころ（一九七二年）から、私の京都行きが急に多くなった。それも京都へ行って、なにを見るとか、なにを調べるというわけではない。ただひたすら京都にいて、京の風に吹かれ、京の人々と話すだけである。

『野わけ』は京都を舞台にした初めての小説だけに、私にとっては忘れられない、愛着のある作品である。

内輪話めくが、この小説は、京都にいて、やはり主人公と同じような仕事をしていた女性からきいた話が、土台になっている。もちろん各部分やラストなどは違うが、話をききながら、人を愛する女の気持は、京女も他の女性も変らないと思った記憶がある。

この小説のあと、私は京都を舞台に、『まひる野』と、そしていま『化粧』を書いている。それぞれ三、四年の開きがあるが、『まひる野』からは京都弁をつかい、『化粧』では花街の世界まで踏みこんでみた。だがまだまだ満足のいくものは書けない。しかしおかげで、京都を自分のものにしたいと思った私の思いは、当分尽きそうもない。


（『午後のモノローグ』文藝春秋より抜粋）

京都を舞台にした作品

作家のフランチャイズにするべく、毎月のように京都に通うようになったのは、四〇の声を聞く頃。祇園をはじめ京都の奥の奥まで分け入り、表も裏も知り尽くし、ついには難解な京言葉も自由に使いこなせるように。そして京都を舞台にした数々の名著を世に送った。

『桜の樹の下で』にも登場する八坂神社東、円山公園の枝垂れ桜夕景

『まひる野』上巻
1977年（新潮社）

『まひる野』下巻
1977年（新潮社）

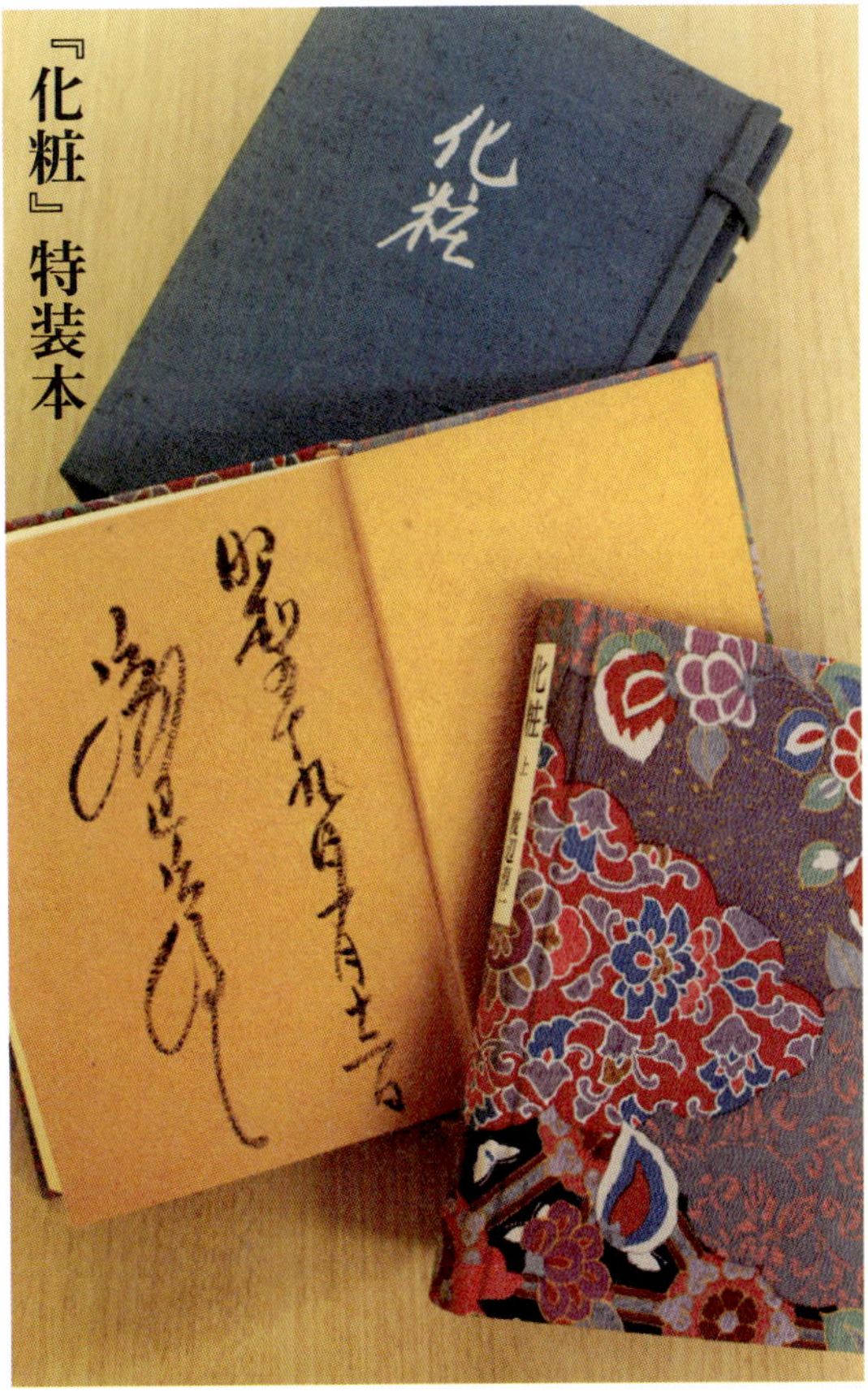

特装本『化粧』(朝日新聞社)。縮緬の布で装幀されている

写真 / 小田 東

『天上紅蓮』
2011年(文藝春秋)

『桜の樹の下で』
1989年(朝日新聞社)

『野わけ』
1974年(集英社)

京都・嵯峨野近くの、桂川べりを散策

京都を舞台に小説を書くように
なってからは四季折々、訪れた
写真／文藝春秋

◉三つのフランチャイズ

その三 東京

三六歳で北海道立札幌医科大学講師を辞職。四月、作家専業となるべく上京。五月、墨田区に居を構え近くの病院に週三回勤務しながら小説を書く。その不安な日々は小説『何処へ』にも書かれている。翌年、三七歳で直木賞受賞。二〇一四年に没するまで四四年間東京に暮らした。作家にとってフランチャイズの基本は東京に。

事務所近くの国立代々木競技場の夕景

渋谷公園通りのカフェにて

気分転換に事務所の１階にあるカフェで息抜き。電話連絡はまめだった

上京後のアルバム。人気作家への道

すべては、直木賞から始まった

一九七〇年、作家となるべく上京した一年後の七月「光と影」により第63回直木三十五賞受賞。一〇月に医者を辞め筆一本の生活に入いる。それから一〇年後の一九八〇年、四七歳のとき、『遠き落日』『長崎ロシア遊女館』で第一四回吉川英治文学賞を受賞する。作家として華々しく活躍した。

↑直木賞贈賞式にて。右より渡辺淳一、結城昌治、芥川賞の吉田知子、古山高麗雄氏
→受賞の挨拶に立つ37歳の渡辺淳一。青年作家が誕生した記念すべき日。

↑直木賞から10年後、1980年３月、第14回吉川英治文学賞受賞。花束を贈呈される渡辺淳一。
←贈賞式にて受賞の挨拶に立つ

写真 / 文藝春秋

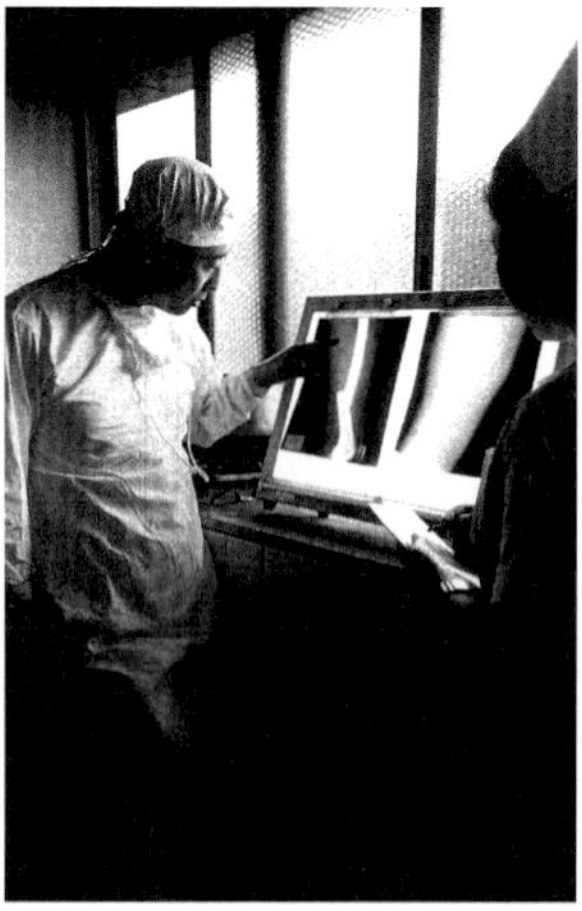

↑受賞パーティーには『無影燈』の主演女優、山本陽子さんもかけつけた
→1969年上京した頃は、小説を書きながら生活のため、医師の仕事を週３日間していた

1970年頃。「リラ冷えの街」を発表。『光と影』『花埋み』の出版他、精力的に書いていた。写真 / 斉藤勝久

東京を舞台にした作品

作家になるべく三六歳で上京して以来四四年間、終生、東京を生活の場にしていた。夜の時間を過ごした銀座や、事務所があった渋谷公園通り。青山、原宿、表参道、東京駅界隈、千駄ヶ谷の能楽堂など、東京の四季折々、様々な風景が小説を豊かに彩った。

『ひとひらの雪』下巻
画は、原萬千子（文藝春秋）

『ひとひらの雪』上巻
1983年初版本（文藝春秋）

『別れぬ理由』
1987年（新潮社）

『夜に忍びこむもの』
1994年（集英社）

『愛の流刑地』上・下巻　映画も話題になった。2006年（幻冬舎）

愛蔵版『失楽園』。250万部を越すミリオンセラーを記念し作られた特製本。1997年（講談社）

『かりそめ』
1999年（新潮社）

『ひとひらの雪』のヒロイン、霞は、伊織との逢瀬のあと東京駅から電車で辻堂の自宅へ帰る

『あじさい日記』
2007年（講談社）

ミリオンセラーを祝して作られた、上下2巻が特製ボックスに入った愛蔵版『化身』。1986年（集英社）　写真 / 秋元孝夫

『愛ふたたび』
2013年（幻冬舎）

華麗に透明に愛を描く

男女ものの小説をメーンに据えようとした時、私はエロスとは何かについて考えていました。そして華麗なエロスを書こうと思い立ったのが、毎日新聞朝刊に連載した「ひとひらの雪」でした。

私は精神と肉体のどちらを取るかと問われれば、有無をいわずに肉体を取ります。外科医だったせいか、精神は嘘っぽいというか、肉体の状態で精神が変わることは限りなくあるのに、精神によって肉体が変わることは極めて少ないと思っていました。男女の差も体の違いであり、肉体の快楽の有無と深さによって、愛の形も変わります。

「ひとひらの雪」では、まず様式美にこだわりました。つまり、乱れていない、きっかりとした、「楷書《かいしょ》」のような女性をヒロインにしたのです。外見がきりっとして清潔な人。そのような女性が乱れるから危ういエロチシズムを感じる。元から乱れている女性が乱れてもエロスは感じません。日本的な美、女性の美も含めてかっちりしているものが崩れる。それがエロスであり、それを活字に定着したい、と思いました。

タイトルは男女が愛し合えば愛し合うほど、愛はうつろに消えていく、はかなく消えるというイメージです。ちょうど京都の春の雪を思い出したのです。春の雪は結晶が大きくて、光を浴びながらイチョウの枯れ葉のようにひらひらと舞い降りてきて、淡く消える。それから取ったのです。この題名は気に入っているものの一つです。

男女ものの小説は当然のことながら、女性を好きでないと書けません。ある種の気取りを持ち、いい意味でナルシシズムがあって、俗に言うええカッコしいで、ロマンチシズムがにじまないと成功しません。自分の気分が艶《つや》めかないと書けないのです。私は執筆活動をしているうちに、着実にそのような資質が膨らんでいたのだと思います。

この連載中、確かな手応えがありました。「朝からみだらな風を吹きまくるおまえは死ね」とカミソリが送られてきたり、絶賛してくれる人がいたり、賛否両論でした。批判がくるとますますやる気が出ました。「それなら、とことん書いてやれ」って。単行本が出るとたちまちブームになり、華麗な不倫をしている人を指す「ひとひら族」という言葉も生まれました。

この作品で、自分なりの書き方がある程度完成できたという実感を得ました。それもポルノではなく、いかに華麗に透明に男女ものを描けるかと、文章を練りに練って挑みました。後で「新情痴文学」という呼称をもらいましたが、これも嬉しかった。ビデオやヌード、ポルノが巷《ちまた》にあふれているのに、映像よりも私の小説を読んで艶《なま》めかしさを感じてくれる人がいることに、私は文学の文字の力を感じました。

　小説はリアリティも大事ですが、それに加えて想像力を喚起する力がある。それを引き出さないと文学は駄目になる。純文学のごく一部のように、自分だけ分かればいい、自慰的なことをやっていてはマイナー化し、前衛化し、やがて消えてしまう。と言って、ストーリー重視では映像に負けます。やたら機関銃を撃ち合うなんて場面の描写は映像には勝てません。でも、銃の引き金を絞る兵の心象風景は小説だけのものです。

　そして小説というのは一代限りの知恵を書くものです。伝承できない知恵。学校で教えられない知恵。男女の関係はまさにそう。伝承できず一代で終わってしまう知恵です。そこに空《むな》しさと、それ故にいつまでもつながるリアリティが必要なのです。どんな体験をしてもその人だけのもので子供には残していけません。だから、人類はつながり、協調できるのです。連載中、「これを書いていて間違いない。男女ものでいいんだ。生涯これを書いていこう」と確信したのです。ちょうど五十歳目前のときでした。

（『いま語る　私の歩んだ道①』／聞き手　石田　徹　北海道新聞社編に加筆訂正したものです）

映画『ひとひらの雪』は、1985年東映系で全国上映された。主演は津川雅彦と秋吉久美子。
© 東映

銀座、我が街

グラスを片手に話が盛り上がり、そこから生まれた小説は数多い。『化身』は男と女の駆け引きが夜ごとに錯綜する銀座が舞台。リラックスする場であり、創作の現場でもあった。

昭和四十年代から五十年代にかけての二十年間は、銀座のクラブが最も賑《にぎ》わい、作家たちが銀座に頻繁《ひんぱん》に通った時代かもしれない。

たとえばその頃、作家や編集者がよく行く、いわゆる文壇バーには、「エスポワール」「眉」「葡萄屋」「数寄屋橋」「ラモール」「花ねずみ」などがあり、それらのどこかに行くと、必ず一人や二人、著名な作家に会うことができた。

これらのバーでよくお見受けしたのは、井上靖、源氏鶏太、吉行淳之介、水上勉、梶山季之、開高健、黒岩重吾、笹沢左保、早乙女貢などの諸氏で、松本清張、池波正太郎といった人々も、しかるべきバーへ行けば会うことができた。

これらさまざまな店のなかで、中心的な存在であったのが「眉」というクラブである。

この店は文壇バーのなかでは最も広いうえに、ママが大柄な美人で、店の雰囲気もおっとりしているところから、文壇のパーティなどがあると、まずこの店へ流れてゆく。いわば全文壇的な溜まり場で、ここに一旦《いったん》集合したあと、三々五々、さらに好みの店へと散っていく。

賑やかなときには、この店に三組も四組も作家たちがそろい、まさに文壇そのものが移動してきたような感さえあった。

わたしがこの「眉」によく出かけるようになったのは、昭和四十五年、直木賞を受けて二、三年経ってからである。

それまで、わたしは新宿のごみごみしているが妙に人肌の匂いのするバーなどで飲んでいたが、直木賞を得てから、次第に行き辛くなっていた。

当時は作家や編集者などが入り交って、徹夜で侃々諤々《かんかんがくがく》、文学論から各自の小説の良し悪しをめぐって論じ、なかには大喧嘩になって殴り合うことも珍しくなかった。

文学仲間に熱気があったというか、ヴォルテージが高かった時代で、互いに議論し、喧嘩を吹っかけるために飲んでいるような者もいた。

　とくに新宿のゴールデン街は場末で値段も安いだけに、志を抱きながらいまだ芽の出ない作家もいて、そういう連中は酔うにつれて誰かれとなく絡みだす。とくにわたしのように三十七歳で直木賞をとった若造（そのころは、受賞年齢としてとくに若いわけではなかったが）は、彼等の恰《かっ》好《こう》の標的で、なにかと因縁をつけられた。むろん嫉妬まじりの絡みだから無視すればいいのだが、わたしも血気ざかりの頃だからついやり返して口論となる。

　そんなことを数回くり返して、いや気がさしていたとき、ある老編集者がわたしに囁いた。

文壇バーをはじめ、１日に何軒か顔を出す。次に行く店に電話を。
写真／秋元孝夫

「ここは、あんたのくるところじゃないよ。飲みたいなら銀座へ行きなさい」

正直いって、この一言がわたしを銀座へ向かわせるきっかけとなった。彼ははっきりとはいわなかったが、すでに賞ももらって世間的にも認知されたのだから、もう少し値段が高くて、明るいところへ行きなさい、という意味であったのだろう。

銀座のクラブへ行くようになって、まず知ったことは、銀座は現実的な街だということである。いま一人の客がいたとして、この街ではその人の生まれや育ちといった過去のことはほとんど問わない。それより現実にその客がどのような地位にいて、どれくらいお金をつかえるのか、それだけが問題になる。一方、客の側には美しいホステスを口説くのが目的の者もいるし、それよりは女性を交えて酒を酌み交わし、いっときの華やかな雰囲気を楽しむのが目的の客もいる。

当然、こういうところでは不毛な、喧嘩のためだけのような議論はしないし、ましてや店の女性がそれにくわわることもありえない。議論や喧嘩はヤボで、それをしたい人はご遠慮願うし、そういう人は初めから現れない。

そういう意味では銀座は大人の街で、どのように遊び、どのように楽しむかは、客のやり方ひとつで、それだけに常に自由でオープンな雰囲気があった。

正直いって、わたしはこういう銀座が気に入った。変に屈折して、他人のアラ探しばかりしている場末のバーより、どれほど清々《すがすが》しくて、さっぱりしているか知れない。

もっとも、そうはいっても、銀座の店はかなり高い。そのころ、「眉」で一人二万円くらい。「葡萄屋」や、「数寄屋橋」はもう少し安かったが、「ラモール」や「花ねずみ」はもう少し高かった。

むろん、よく行く作家には、学割という制度もあったが、それにしても高いことに変わりはなかった。

しかし高いとはいえ、見方を変えれば、銀座には銀座なりの価値があった。

まずその頃の銀座のホステスは、現在とは比べものにならないほど美しかった。いまでこそブランドものは女子大生でも身につけているが、当時は一般のOLもまだまだ地味で、それだけに銀座のホステスはプロに徹して美しさを競いあっていた。

要するに、そこには非日常の華やかさと豪華さが溢れていたのである。


（『マイ センチメンタルジャーニイ』より）

女性がいるクラブのほか、
バーにも足を運んだ

クラブのママに声をかけられると
つい笑顔になる

40年以上通っていたカウンター割烹の
「三亀」。魚料理を目当てに。

フランス料理店「ボン・シャン」の
料理と雰囲気が好きだった

三つの書斎

窓が大きい自宅の書斎は一番落ち着いて書ける場所。渋谷の事務所ではゲラに手を入れることが多い。別荘のある石狩当別は石狩平野を見渡せ『うたかた』にも登場している。

札幌・石狩当別

白々と夜が明ける時の、窓からの眺めはすがすがしい

東京・世田谷自宅

小説はほとんど自宅の書斎で執筆

東京・渋谷公園通り

渋谷公園通りに面したマンションの一室が事務所。編集者との打ち合わせがひっきりなしに行われた

鉛筆はユニの2B、原稿用紙は特注を

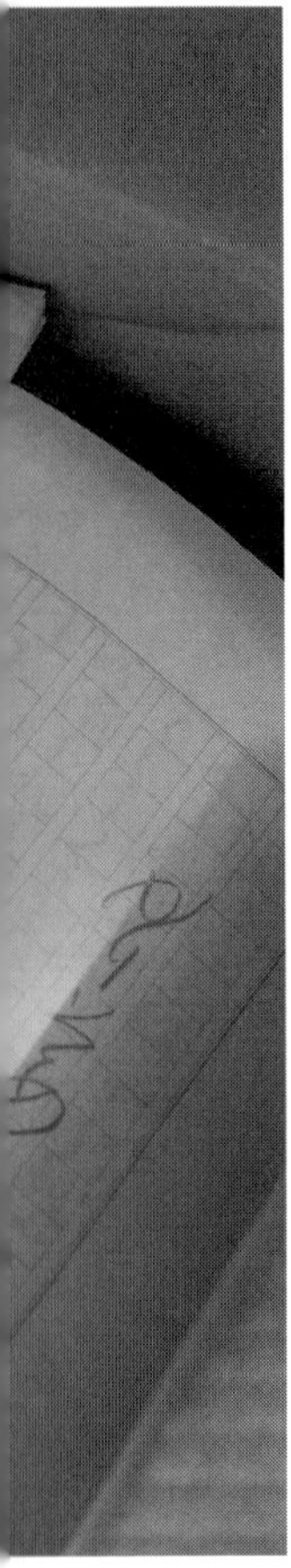

原稿用紙の升目を一字一字埋めていく。書き始めると早い

生涯、鉛筆で原稿用紙の升目を一字一字埋めていく手書き作家を貫いた。筆圧が高かったためか、鉛筆はユニの太く柔らかい芯の2B、4Bを愛用、切らすことはなかった。原稿用紙は、自身の字の形に合わせて、升目の横幅を広めに取ったものを特注していた。もちろん渡辺淳一と名前を入れて。

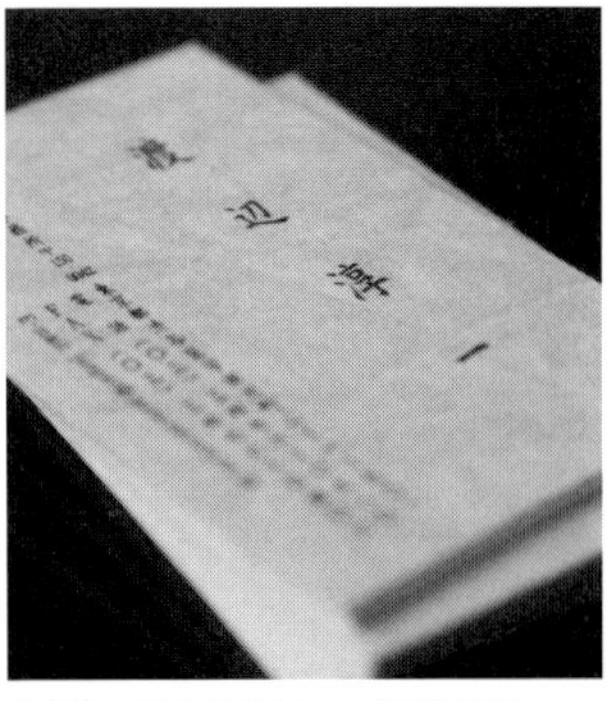

名刺は肩書き無しの名前だけで。
厚めの和紙に印刷され、美しい

『かりそめ』の生原稿。よく見ると、原稿用紙のひと升が、横長に取ってあることがわかる

一本一本きちんと削られた三菱ユニ２Bの鉛筆。消しゴム、ホチキス、爪切り、ライターも

手帳はないと動けないほど、大切なもの。いつも鉛筆で予定がびっしりと書かれていた

　写真／秋元孝夫

サインは必ず墨で書く

著書や色紙などにサインをする際は、必ず墨と筆で書き、生涯、そのスタイルを変えることはなかった。しかも墨汁は使わず、硯で摺った墨にこだわった。そのためサイン会の会場には、ほのかに墨の香りが漂っていた。

「淳」の字が彫られた落款。使用頻度が高いため、たびたび作り直していた

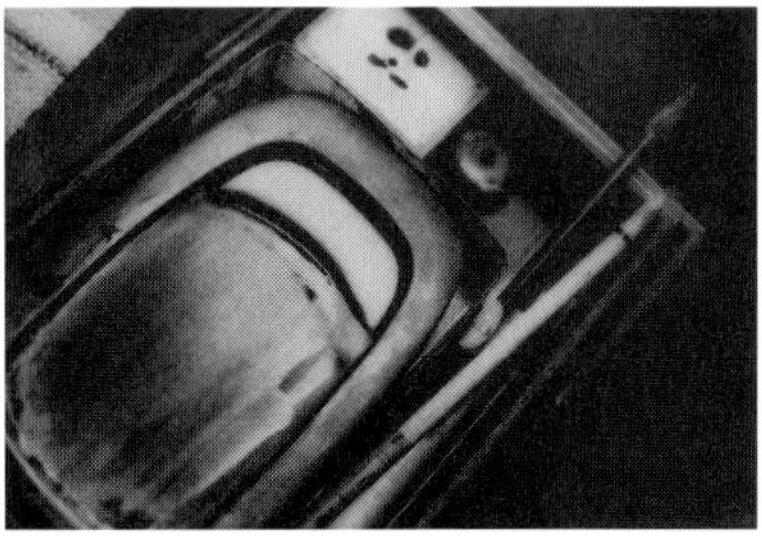

使い込まれた、愛用の硯箱と硯。硯は中国の端渓硯。サイン会場にも持参した

『幻覚』の見返しに書かれたサイン。さながら一幅の作品のようだ

写真／秋元孝夫

新刊ができると、担当編集者を始め、関係者に必ず贈呈本をした。一冊一冊、丁寧にサインをするが、そのスピードはさらさらと実に早い。文藝春秋社の一室にて

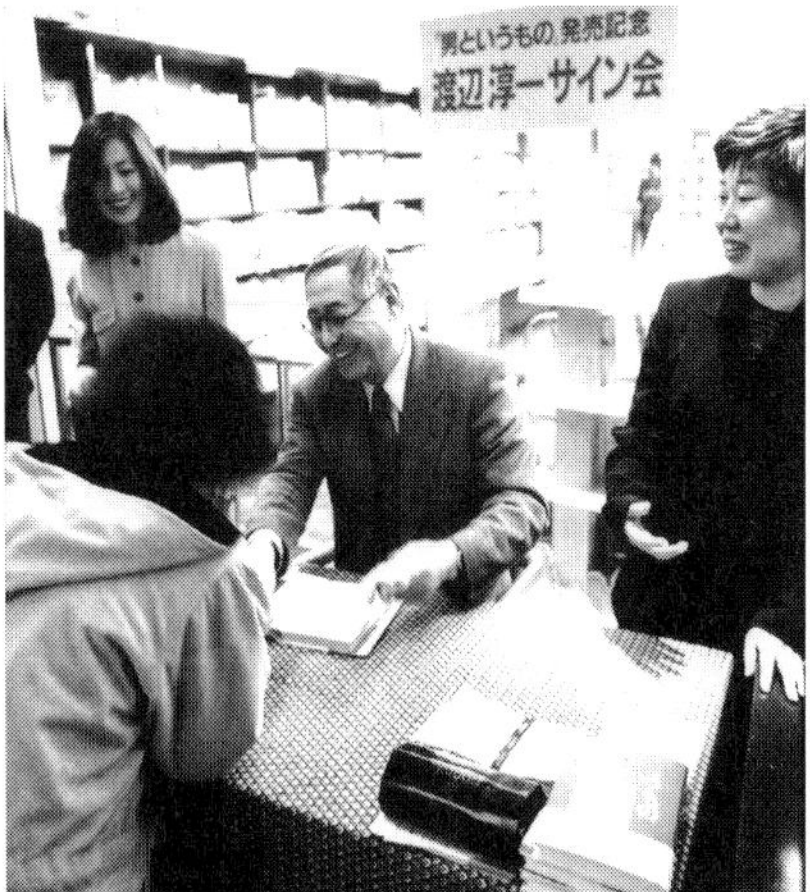

書店でのサイン会も積極的に行っていた。読者を常に大切にし、名前も目の前で書いた

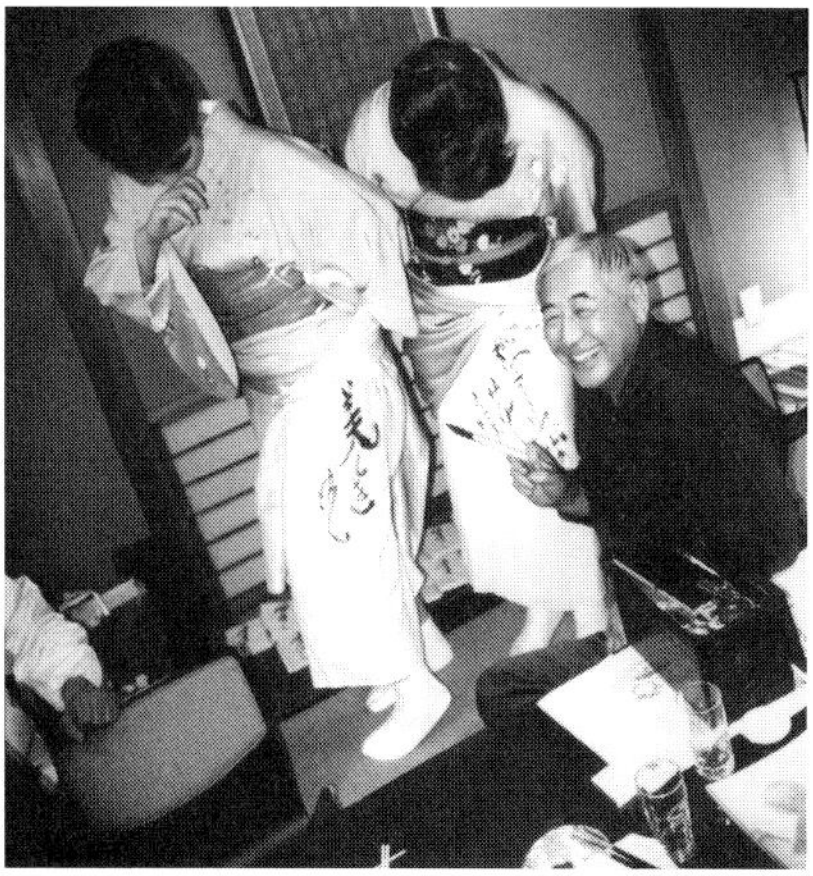

請われれば酒席で、長襦袢にサインをすることも。贔屓にしていたふぐ料理屋、向島の「大漁」にて。ふぐの淡泊な味わいを愛した

色紙には、いくつかの好きな言葉を

「危所に遊ぶ」のように、型破りで、自由な生き方を表す言葉を好んだ。「わたしの中のもう一人のわたし」「珍しきが花」は最も好んだ言葉だった。墓石の横には「天衣無縫」の石碑がある。

その一
人間の複雑さを表す言葉を書いた

人間は一面的ではなく多面性をもった存在である。善と悪もあれば美醜両面もある。それを見つめ、探ることにこそ人間の面白さがあり、人間描写を含む文学の存在価値がある、と考えていた。

短冊に言葉を書くこともあった。流れる様な美しい草書体で

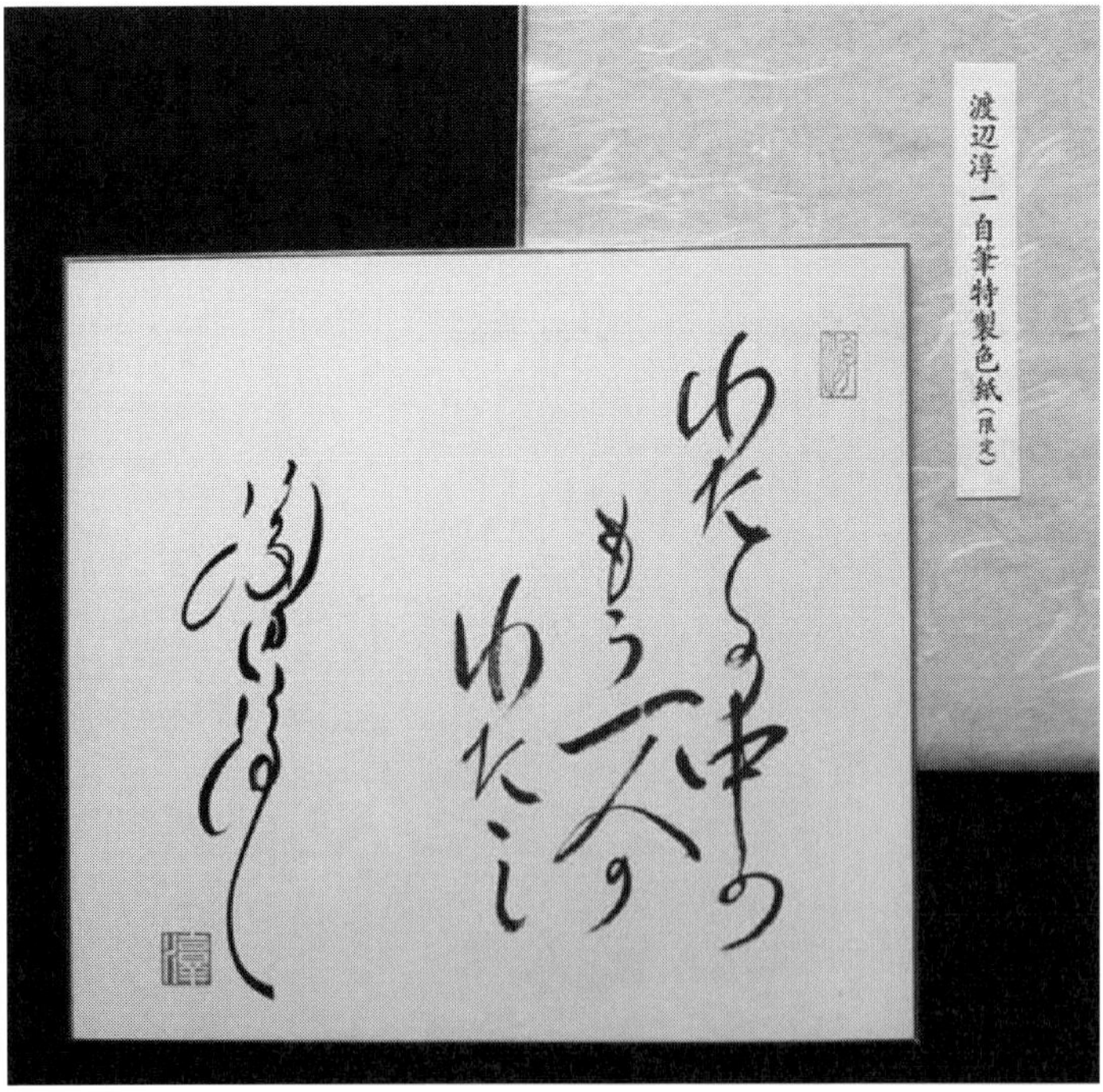

『渡辺淳一全集』全二十四巻一括購入者に贈られた限定の色紙（角川書店）

その二

自身が常に目指していた心情を色紙に。人柄も文字通り天衣無縫、豪放磊落で、各界の人々に愛された

その三

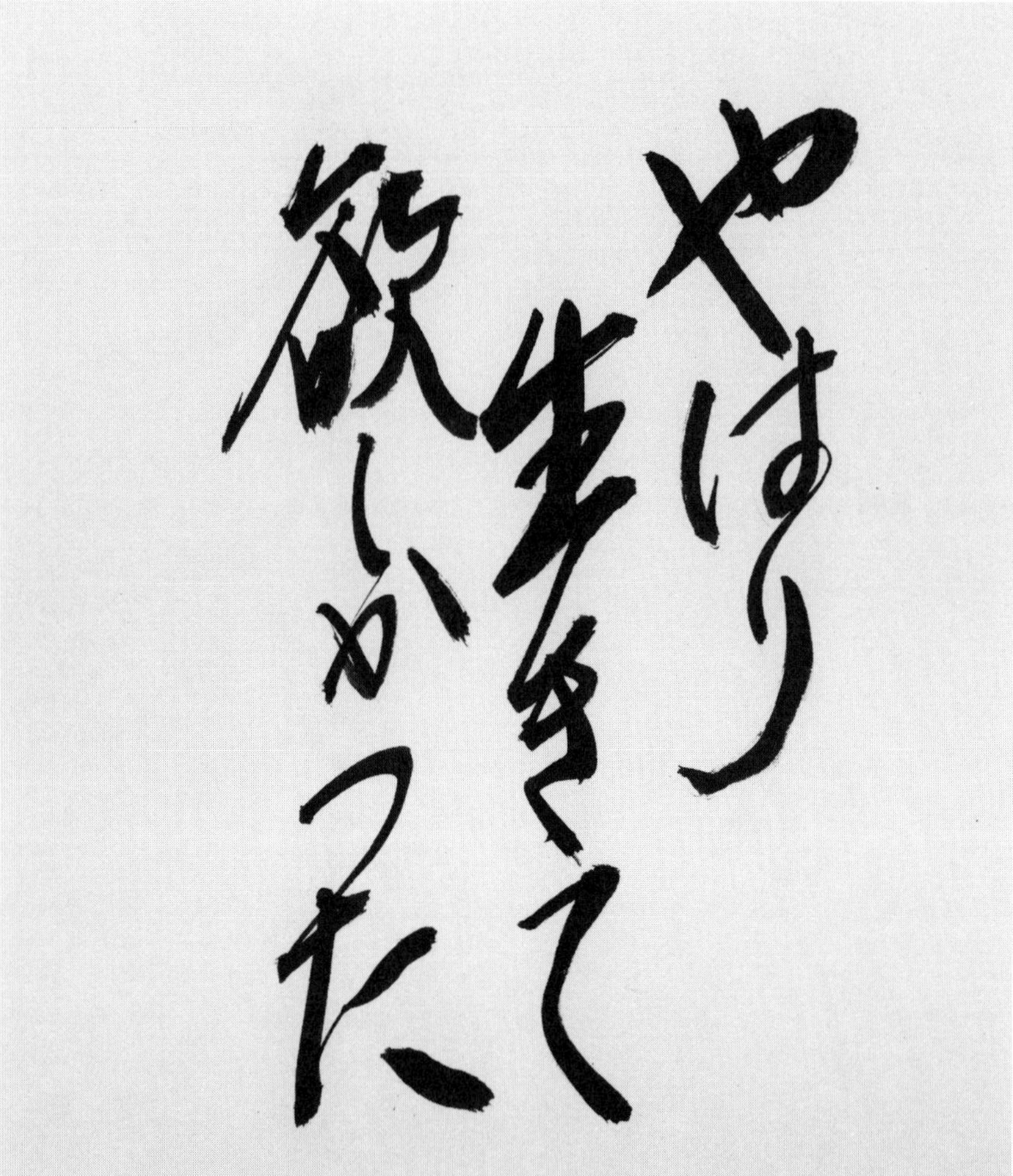

渡辺淳一文学館倉庫から見つかった色紙。亡き母親への
正直な気持ちを吐露した言葉に、胸をうたれる

その四

茶席の色紙

珍しいことに、茶室に飾る色紙も書いた。生涯に、この二枚しか残していない。ご家族所有の貴重な色紙、初掲載。

静寂の中にも有楽あり。茶席に合わせて

簡素こそ美しい、の意を込めた

「直木賞受賞40年を祝う会」と、「紫綬褒章」受章

二〇〇九年、九月一七日、七六歳の時「直木賞受賞40年を祝う会」が丸の内の東京會舘で開かれた。出版、新聞、報道各社はもちろんのこと女優や各界から幅広いゲストが集い、賑やかに祝った。受賞歴の中でもことに「驚いた」と書いた「紫綬褒章」は喜びもひとしおであった。

京都を舞台にした長編小説を多数著した渡辺淳一のために、祇園からは、なじみの舞妓やお茶屋の女将がかけつけた

↑舞台では「松竹梅」の鏡割が。中央は、女優の三田佳子さん

←会場の入り口には、40年前直木賞受賞の頃の写真も

↑「紫綬褒章」。2003年4月、69歳で受章。現在は文学館に展示されている

←会場は、お祝いに駆けつけた多くの人々で埋め尽くされ、華やかな雰囲気

将棋と囲碁を愛す

趣味とはいえ、将棋と囲碁はプロ級と言ってもいいほどの実力だった。事務所にも碁盤と将棋盤を常備、ときにはプロを招いて対局することも。「トン四クラブ」と名付けた将棋の会も行った。創作の合間の息抜きの時間。

将棋会館にて、羽生善治対森内俊之戦を見学

次の手がみつからないのか、表情に陰りが。この時の対戦相手は羽生善治　写真 / 弦巻 勝

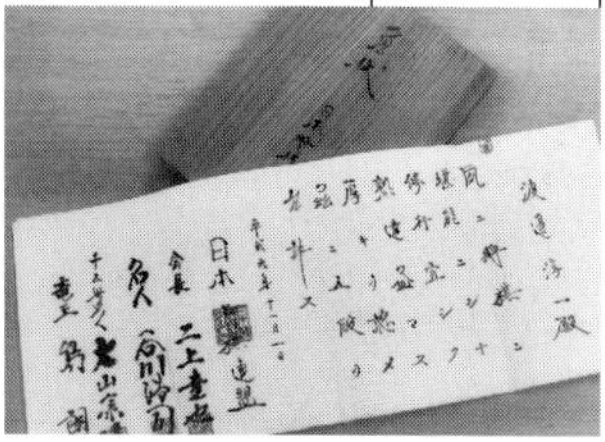

日本将棋連盟から授与された、アマチュア五段の正式免状

いつでも打てるよう、事務所に置かれた碁盤と碁石

華美を嫌い実利を重んじる、質実剛健な棋風。いつでも最後まであきらめない真剣勝負をした

ゴルフはシングル級の腕前

イギリスへ。ゴルフの原点を求めて

セントアンドリュースの街を散策。中世にタイムスリップしたかのよう

セントアンドリュースのゴルフコースは世界で最も古く、ゴルファーの聖地

1986年、全英オープンで有名なターンベリー・ホテル&ゴルフ・リゾートで

ターンベリーゴルフ場のショップで。グッズはゴルフ好きへの土産に

ゴルフのデビューは、四九歳と遅かったが、腕はめきめきと上達、熱中した。一九八六年六月五三歳の時には、五木寛之氏らとともにゴルフ発祥の地、セントアンドリュースをはじめ、イギリスの有名ゴルフ場を訪ねた。

『女優杯』の一〇年

（集英社主催のゴルフコンペ）

編集者たちとプレーすることが多かった。中でもこの会は、一〇年以上定期的に続いていた。和気藹々と楽しい会だった。

小説『女優』の刊行を記念し発足した『女優杯』10年を辿る小冊子

白夜のイギリス。滞在
日数よりもプレイした
回数のほうが多かった

作品にも生かされた、短歌や俳句

短歌は、中学生の頃からなじんでいたが、大人になるとより簡潔な俳句の方が性に合っていると、感じ始める。作句の経験は、日本の四季を彩る美しい季語を、小説にもふんだんに使うことで生かされた。

うたをよむ　渡辺淳一の俳句

重金敦之

昭和二十六年四月、雪が残る札幌から修学旅行で京都へ来た高校三年生の渡辺淳一は、平安神宮の枝垂れ桜に声を失った。蝦夷山桜しか知らない十七歳には「造花」にさえ見えた。同じ日本に長い冬と短い夏だけの「季語が無い国」があるとは、差別に似た苛立たしさを覚えた。

中学三年の初詠は「わら窓の雪小屋の夜は忘れがたし赤き焔に照らされてありし」。渡辺淳一が文学に芽生える契機となった。

昭和四十六年に札幌を舞台にした小説『リラ冷えの街』を発表した。題名は季語の「花冷え」から考えついた。北海道の遅い春の冷気を表現するには、六月のリラの花の木陰が最もふさわしい。

京都の料亭の母娘を巡る愛を描いた『桜の樹の下で』の章立てには季語が多くある。執筆には土地の四季を体感しなければと京都に居を求めたが、北国育ちでも厳冬の底冷えは耐えられなかった。

二十年ほど前から賀状に自作の句を記し始めた。平成六年の句が手許にある。

なにをもて新春というか寝そべる犬

二十五年には傘寿のお祝いがあった。

傘寿来て愛の小説書きこみぬ

そして、今年は事務所を閉鎖する知らせと、余寒の見舞いを兼ねていた。

新年や風邪が治らず冬ごもり

平成十六年はまだ精気があったけど。

あやまちをまた繰り返す初詣で

（「朝日新聞」二〇一四年六月八日より）

年賀状の数々

毎年の習わしになっていた賀状の一句。楽しみにしている人も多かった。写真 / 秋元孝夫

中学時代に詠んだ短歌

短歌に親しむようになったのは、中学三年の頃。国語教師であった中山周三が主宰する歌誌「原始林」に出詠し評価されていた。「ほめられることは大事」と後に語っている。北海道の風土に根ざした歌を多く詠んだ。

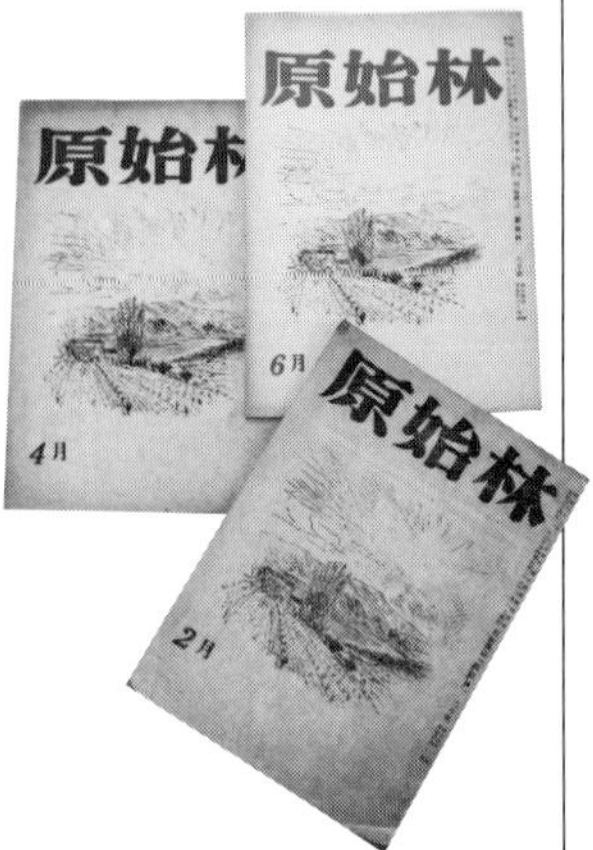

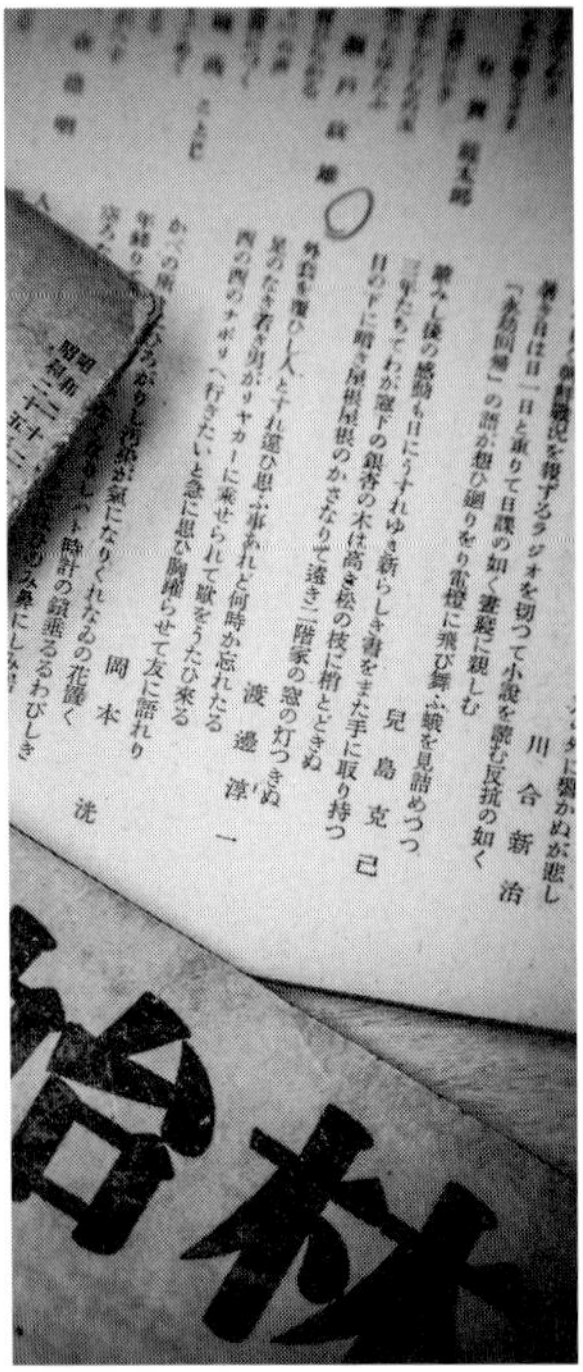

↑『原始林』には高校２年まで、歌を寄せていた
←歌誌『原始林』に掲載された渡辺淳一の歌

地吹雪の間隙に見えし固きもの
開拓時代の碑石なるらむ

●講評　初見で中学三年末頃の作である。甘美な感傷にはしらず、実感を着実にいかしているところがある。「地吹雪」などという風土的な言葉もすでに身につけているのにおどろく。

夜を俄に思ひ出だせり生くる事の
訳わからなく母を呼びたり

●講評　純粋に生きようとする自己の内面を、率直に追い求めている。

漠然と昨日の我を悔ゆる心
蜜柑の皮のあどけなく散る

●講評　耽美、感傷的なものは、あまり見られず、自我に目覚めてゆく少年の内面が、リアルに、端的に表出されていておもしろい。（中山周三・「渡辺淳一君の歌」より）

年賀状には必ず一句

後年は俳句に親しむ。散文とは違う凝縮された世界は、作家の心を捉えて離さなかった。また、美しい日本の季語を小説の章立てに数多く使った。恒例の年賀状に一句、は没するその年まで二〇年以上続けた。

平成二十年
元旦や
償うごとく家にいる

平成二十一年
去年今年
煩悩だけを引き継いで

平成二十二年
元旦や
断りもなく来て去りゆきぬ

平成二十三年
喜寿という
身勝手山に登りけり

平成二十四年
初詣
事実婚という言い逃れ

平成二十五年
傘寿来て
愛の小説書きこみぬ

平成二十六年
新年や
風邪が治らず冬ごもり
（寒中お見舞い）

季節ごとに、着物を粋に着こなす

『化粧』を始め、多くの小説で着物の美しさを描いてきたが、自身も着物を好んだ。その場その場にふさわしい着物の選択と粋な着こなしは、まさに「男の着物」のお手本。その粋な姿に、多くの人があこがれた。

男の着物姿

最近、和服を着ている男性を見かけることがほとんどなくなった。

もともと、和服を着ている女性も珍しいのだから、和服の男性がさらにさらに珍しいのは当然かもしれない。

おかげで、たまに和服を着ている男性を見かけると、呉服屋さんかお相撲さんか、と思ってしまう。

他に和服を着るとなると、落語家か踊りや三味線など、芸ごとの師匠、囲碁や将棋の棋士、そして小説家くらいだろうか。

といっても、そのほとんどは舞台に立つか稽古のときに和服に着替えるだけで、外出するときは洋服の人が多いから、外で見かける機会はますます少なくなる。棋士もタイトル戦など、大一番に和服を着ることがあるが、この場合、なぜか囲碁より将棋の棋士のほうが圧倒的に多い。

ちなみに作家の場合、以前はかなりの人が和服を着ていたが、最近は極端に減って、よく着ていたのは、つい最近亡くなられた尾崎秀樹氏で、他にときたま着るのが阿刀田高、南原幹雄の諸氏と、小生くらいなものである。

こんな具合だから、和服を着て外を歩くと、目立つことこのうえない。

むろん電車になど乗れないから、車を利用することになるが、それでも乗り降りのときはもちろん、少し待っているときも、じろじろ見られる。

「あれ、作家の渡辺淳一よ」などといわれてるのならともかく、「あれ、お相撲さん。でもあんな年寄りの弱そうなの、いないわよね」といわれているかもしれない。

ともかく、和服を着て街を歩くのは、かなり勇気のいることである。（中略）

がいして男性の和服姿の場合、そのほとんどが、丈が短かすぎる。初詣で見かける男の和服でも短かすぎて、踝《くるぶし》から、ときには足首まで見えることもある。

正月の寒さのなかで、このような丈の短かい着物を着て、マフラーで襟首を合わせ、そそくさと歩いている姿を見ると、こちらまでうすら寒くなってくる。

それにしても、どうして男の着物が短かくなりすぎるのか。その原因のひとつは、まず男の着物を仕立てるベテランの仕立師が減ったからだろう。

男の着物をつくり慣れない人が寸法を測るとき、ズボンと同様に、踝のあたりまでを測るようだが、これではどうしても短かくなってしまう。

いつも着物を着ている人なら、わかっているはずだが、着物は着て帯を締めると、お腹のあたりにたわみができて、実際より五、六センチは短かくなる。さらに坐ったり、屈伸をくり返しているうちに裾があがるので、十センチ前後は長く、余裕をもってつくったほうがいい。

したがって寸法を採るときには、身長にプラスして、着物の裾が床に引きずるくらい、長めに採るべきである。

これをせず、裾が短かくて足首を出したまま、胸高に帯を締めると、まさに貧相な丁稚姿そのもので、格好の悪いことはなはだしい。

これらは少し気をつければ、簡単に改められることである。そのわずかな注意で、男の着物姿は格段に気品と落着きを増してくる。

多くの男性たちが、これらのことに気をつけて、もっと頻繁に着物を着るようになってほしいものである。

（「きもの草紙」第三回より『美しいキモノ』一九九九年冬号）

着物の着こなしは小物で決まる！

本物の着物好きは、小物に凝る。羽織の紐、袋物、草履など、持ち物には細部にまでこだわった。着物の長さ、襟元にも気を遣い、粋な着こなしを心がけていた。

結城の袷の着物に羽織り。お対の正式な着こなし。京都西陣にあるすっぽん料理「大市」の座敷にて

↑着物のときに必ず持つ柿渋の扇子には、芸妓や舞妓からもらった千社札が、所狭しと貼られている

↓目のつんだ亀甲柄も美しい、結城紬と帯

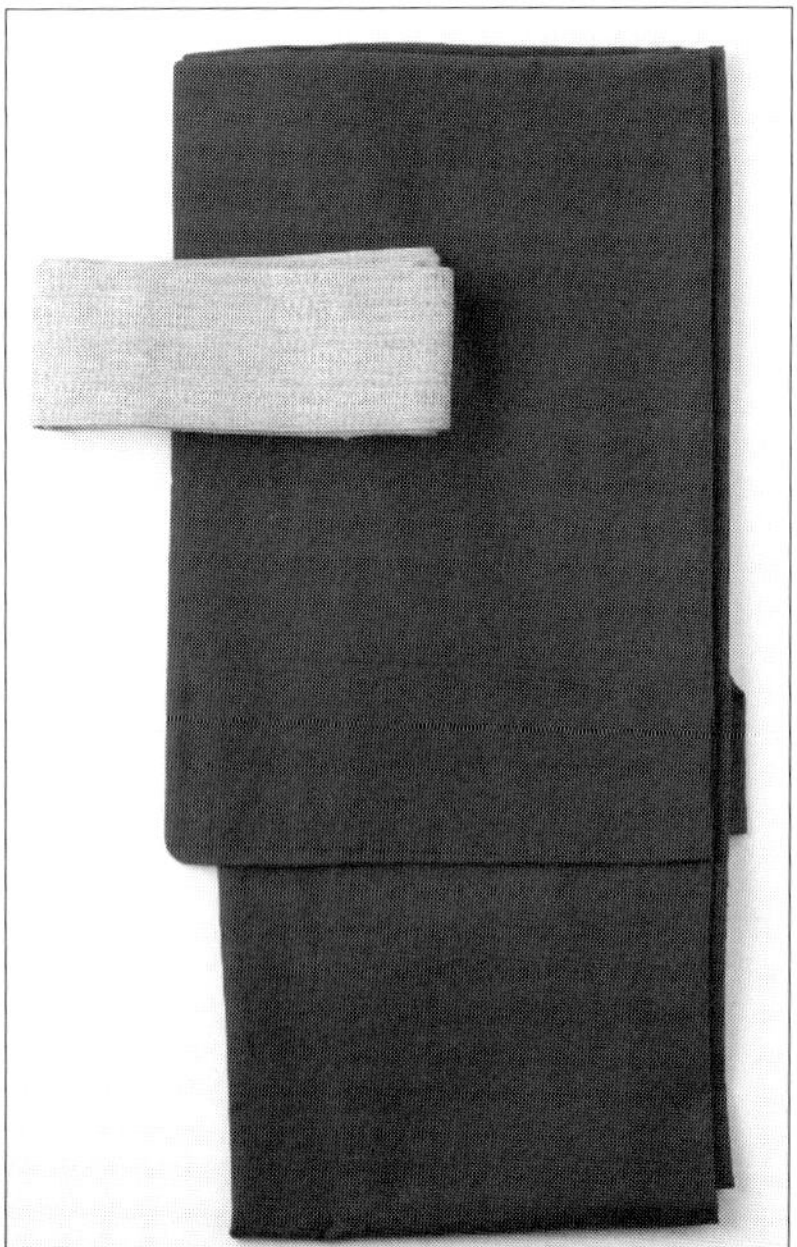

↑お気に入りのバックスキンの袋物を合わせるのが常。GUCCI製

↑畳表の履きなれた雪駄。鼻緒は柔らかなビロード製

→愛用の、羽織の紐。ふさが大きめのものを好んだ

写真 / 秋元孝夫

中国でも人気は絶大！『失楽園』を機に有名作家に

「中国人のために現代日本文学の窓を開けた作家」「情愛大師」と愛され、多数の翻訳書が出版されている中国。二〇一八年、青島（チンタオ）の新華書店内に「渡辺淳一書房」コーナーがオープン。除幕式と記者会見が行われた。

↑文学館の書棚をイメージした特設コーナーは圧巻。小説、エッセイ等多数の新装幀の翻訳書が並ぶ

→入り口では作家のシルエットが出迎え、コーナーには東京渋谷の公園通りにあった事務所のソファも展示されている

↓「渡辺淳一書房」除幕式が大手の新華書店で行われた。記者発表に参加した渡辺家次女の、直子氏

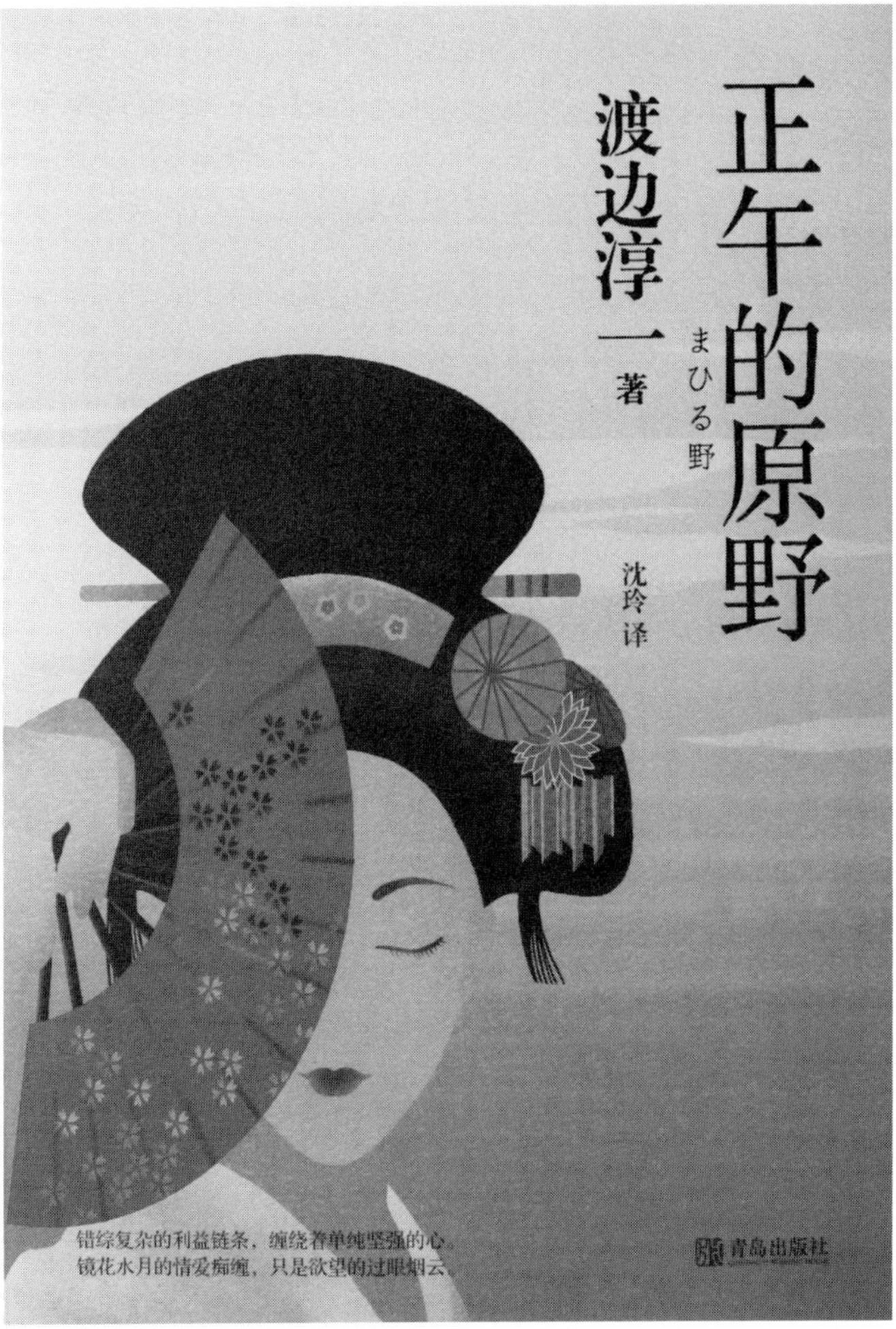

中国語版『まひる野』ピンクの扇で顔を半分隠したおしゃれな新装カバー
本・写真／青島出版集団

中国語版『鈍感力』

中国語版『野わけ』

中国語版『何処へ』

取材や講演で海外出張も多く、世界中を回った

主人公が海外に出るシーンがあると、リアリティーの追求のため、実際現地に取材に赴いた。その他、雑誌の撮影や取材も多かった。また在留邦人向けや外国人を招いた、出版社や航空会社主催の講演会も世界各地で開催された。

台湾

翻訳本出版の打合せで台北へ。台湾でも人気の作家であった

シンガポール

1986年、シンガポールで開催された文藝春秋の文化講演会で、阿川佐和子さんと　写真／文藝春秋

雑誌『MORE』の取材で訪ねた北京の「全聚徳」では、北京ダックを焼く調理場で撮影も
写真 / 若田部美行

2000年9月、ニューヨークとボストンのハーバード大で『失楽園』の講演とサイン会を行った
写真 / たかはしじゅんいち

『アクロポリスの彼方に』の取材でギリシャのアテネへ。パルテノン神殿で
写真 / 文藝春秋

女優たちとの、華やかな交流

『失楽園』『白い影』『雲の階段』『化粧』など、渡辺淳一の作品は、多数映像化され、時代を彩った。また主演女優たちとも華やかな交流があった。『愛の流刑地』の「哀歌・エレジー」(平井堅)、『失楽園』の「永遠」(ZARD)など、主題歌も優れた曲が多かった。雑誌のグラビアからパーティーでのワンシーンまで、秘蔵写真で綴る。

1970年雑誌のグラビア撮影で。
歌手のザ・ピーナッツと

『文藝春秋』1985年2月号「日本の顔」で女優の三田佳子さんと。
『遠き落日』『別れぬ理由』等に主演

女優のいしだあゆみさんは、ドラマ『パリ行最終便』のヒロイン

ドラマ『氷紋』映画『桜の樹の下で』で主演の女優、岩下志麻さんと

写真 / 文藝春秋（74P下、75P）

作家を囲む「ヤブの会」本日も盛況！

渡辺淳一は現場の編集者を大事にした。その編集者の集まりが「ヤブの会」である。会社の垣根を越えて、担当者が宴会に、着物の会に、ゴルフコンペにと集う。担当者が外れても脱会はない。参加は自由だった。

編集者に日本文化を伝えることにも熱心で、時に「着物を着る会」を催し、着物の普及に努めた。「女性は着物を着ると二段階くらい女ぶりが上がる。だからこそ、もっと着物を着よう」とは口癖だった

静岡県三島の別荘はヤブの会ゴルフコンペの行き帰りに立ち寄った。窓から富士山の絶景が

2004年正月のパーティーで。俳優の田村亮、久保菜穂子、文学館初代館長の塚本皓一の各氏と談笑

会の世話人を永年務める、祥伝社（当時）渡辺起知夫氏の快気祝い。編集者に囲まれているといつも幸せそうだった

渡辺淳一の命日４月30日は「ひとひら忌」。2017年、三回忌には作家の小池真理子氏が講演

不許葷酒入山門
藪煩悩座禅会

その節は　いろいろ
ありがとうございました

「ヤブの会」ご案内は、似顔絵つきで

初期は事務所で、石狩鍋を作ったりトウモロコシをゆでたりしていたが、メンバーが増えすぎて渋谷東武ホテルの宴会場に場所を移した。

ジュンイチビール
あります。
（まだ無税です）
JUNICHI

忘年会　です

渡辺淳一を撮影し続け信頼も厚かった、カメラマンの秋元孝夫氏と

そして受け継がれるもの　渡辺淳一文学賞

存命中に創設が発表された「渡辺淳一文学賞」は、二〇一八年五月、第三回贈賞式を迎えた。受賞作は東山彰良氏の『僕が殺した人と僕を殺した人』（文藝春秋）。「純文学、大衆文学の枠を超えた、人間心理に深く迫る豊潤な物語性」は賞を通じてこれからも引き継がれていくに違いない。

選考委員代表で今年は、髙樹のぶ子氏が講評に立った

選考委員の右から宮本輝、浅田次郎、髙樹のぶ子の各氏、主催の集英社　社長・堀内丸恵

選考委員の選評が掲載された小冊子とお知らせ

受賞作

第1回受賞作（２０１６年）

『あこがれ』
川上未映子
新潮社

第2回受賞作（２０１７年）

『マチネの終わりに』
平野啓一郎
毎日新聞出版

入り口には、渡辺淳一氏の写真と『渡辺淳一恋愛小説セレクション』の展示コーナーが設けられた

東山彰良（ひがしやま・あきら）
1968年台湾生まれ。５歳で日本へ。2015年『流』で直木賞、2016年『罪の終わり』で中央公論文芸賞、2017年『僕が殺した人と僕を殺した人』で織田作之助、読売文学賞小説賞各賞を受賞

受賞作『僕が殺した人と僕を殺した人』（文藝春秋）

東山彰良氏の受賞の挨拶

札幌にある渡辺淳一文学館の本棚。初版本が並ぶ

第二章
作品キャッチ・アップ

小説、エッセイ、対談集など生涯 152 冊の作品を残した。
人間は見つめれば見つめるほど、不可思議で妖しい存在であり、
考えれば考えるほどとらえがたい。その壁に挑み続けた。

恋愛小説

愛について書くうちに、対極にあるのは死であり、死に対抗できるのは愛しかないと思った渡辺淳一。男女のことは伝承できない一代かぎりの知恵だからこそ、論理では説明できない心の奥にあるリアリティを書き続けた。

阿寒に果つ

集英社

●解説――小池真理子

『阿寒に果つ』は一九七一年（昭和四十六年）七月号から、翌七二年の十二月号まで『婦人公論』に連載され、一九七三年十一月に中央公論社から単行本として刊行された。渡辺淳一氏のまぎれもない初期の代表作であり、また、氏の作家活動を語る上で、欠かすことのできない記念碑的な作品でもある。

本書に登場する奔放な少女、時任純子は、実在した女性、加清《かせ》純子さんをモデルにして書かれた。渡辺氏が高校二年生だった時に出会ったとされる、氏の同級生である。

彼女は美貌のみならず、あふれんばかりの画才に恵まれ、十五歳で道展に入選、以後、着々と階段をのぼり続け、マスコミからは「天才少女画家」と呼ばれてもてはやされた。何ものにも左右されない、その自由奔放な生き方は、いささか傍迷惑《はためいわく》な虚言ですら魅力に変えてしまう力をもっていた。

男たちに自ら近づき、大人の女のように誘惑するのだが、そこに損得勘定や功利的な目的は一切、見当たらない。ただ、途方もないさびしさと虚しさを埋めたくて、そうしているだけであることが窺《うかが》える。

渡辺氏は高校二年生だったころ、そんな少女から「誕生日、祝ってあげる」と書かれた手紙を受け取った。純情な優等生で、どちらかというと純子のような女生徒に対しては批判的だった氏だが、たちまち熱い恋心をかきたてられる。そして、彼女にふりまわされながら、やがて生まれて初めての、青く幼い官能を知っていくのである。

だが、彼女は生き急ぐかのように様々な場所に神出鬼没し、周囲を煙にまいたあげく、阿寒湖を見下ろす針葉樹林のそばの雪の中で、自らの生命を断つ。まだ十八歳の若さだった。亡骸《なきがら》は冬の間中、雪の中で静かに眠り続け、春になって雪が溶けだして初めて発見された。

かつて渡辺氏との歓談中、私は何度か、氏からその話を聞いたことがある。ドラマティックな実話として、自慢げに話すこともあれば、単なる過去の記録、自分史の小さなひとこまとして、あっさりと無表情に話すこともあった。いずれにしても、氏は加清さんについて、あるいは彼女の死について語ることが好きだったように思う。

大昔、自分をふりまわしてやまなかった魅力あふれる恋人が、多くの謎を残したまま自殺して果てた、という事実は、ふつう、時間の流れと共に少しずつ風化され、ロマンティックで美しいだけの物語に形を変えていきがちなものだと思う。だが、私の見る限り、氏の場合は違った。

阿寒湖の事件から半世紀以上たっていても、氏が加清純子さんを語る時の口調は、あたかも加清さんが今もなお、生きて自分に影響を与えているかのようにきびきびしていた。彼女をめぐる経験が、氏の中で単なる青春の切ない思い出として美化されているわけではなかった。極端に言えば、これまでの人生の中で、もっとも烈しく恋をした女性が、十八の若さで自殺し、その理由が未だにはっきりしない、という事実を氏自身が、作家として長きにわたって、これ以上ないほど慈しみ、慈しみながらも、その謎にメスを入れて、冷徹に検証し続けてきたかのようでもあった。

加清さん（本書に描かれた時任純子）は、ファム・ファタル（運命の女、魔性の女）の典型である。ほんの少女だったにもかかわらず、かかわった男の運命を左右するほどの、危険な魅力にあふれた女性であったことは間違いない。

文学や映画の中では何人ものファム・ファタルを挙げることができる。谷崎潤一郎の『痴人の愛』のナオミや、ウラジミール・ナボコフ『ロリータ』のドロレス（愛称ロリータ）は代表的な文学上のファム・ファタルであり、また、フランソワ・トリュフォー監督の名作『突然炎のごとく』で、二人の男を夢中にさせながら、自らが破滅していくカトリーヌも同様である。演じたのは、存在そのものが魔性に満ちた女優、ジャンヌ・モローだった。

純子もまた、その系列の中に入る女性として描かれている。つまり、渡辺氏が現実に知っていた加清さんという女性そのものが、氏にとってのファム・ファタルであったのだ。

とはいえ、『阿寒に果つ』は単なるモデル小説に終わってはいない。モデルにした女性（＝加清純子さん）を存分に描きながらも、同時に、彼女をとりまいた男たちのそれぞれの視点から、さらなる実像に迫ろうとしている。そうした、ノンフィクション的な形式を小説の中に取り入れたことにより、『阿寒に果つ』は文芸作品としてより深く、より魅力的なものになった。

虚実をないまぜにした物語は、多くの作家が得意とするところだが、渡辺氏は、実在した魅力的なデエモン(悪魔)のような少女を中心に据え、少年だったころの、自身の記憶を克明にたどりつつ、彼女の中にあった本当のものを抉りだそうと試みている。死なれてしまった以上、真実など、永遠にわからぬままであるのは承知の上で、それでも氏は、彼女の死が自身にもたらしたものが何であったのか、探ろうとしたのである。

それにしても、描かれる純子という女性の魔力は、彼女がまだ高校生であることを忘れさせる。男たちは年齢や社会的立場を問わず、彼女の一挙手一投足に心乱され、何が真実で何が嘘なのか、次第にわからなくなっていく。

彼女は平気で嘘をつく。結核でもないのに、結核を装い続ける。吐血したように見せるため、雪の上に赤い絵の具をといたものをにじませ、その上に倒れるという芸当までやってのける。

彼女はまた、平然と狂言を演じる。彼女に心酔している、年の離れた男とスケッチ旅行に行き、旅館の階段から転げ落ちたふりをする。後でその理由を訊ねられると、「あたしに冷たくしたから」と答える。男が彼女に冷たくふるまったのは、その少し前、一緒に出かけた漁師町の映画館で、若い男たちに声をかけられた彼女が嬉しそうにしていたことが不快だったからなのだが、彼女はそんなことには何の関心も示さない。自分に冷たくする男には、どんなに痛い思いをしてでも復讐してやろうとするだけなのである。

複数の男たちとの間で、様々なドラマが展開されていても、彼女は何事もなかったかのような顔をして、札幌の喫茶店やバーに、まるで「妖精のように現われ」た。そして、『暗い日曜日』（日曜日に自殺した恋人を想いながら、自分も自殺しようと決意する女性の歌）を聴きながら、アンニュイな雰囲気を漂わせつつ煙草を吸う。

そんな純子は、いかなる男にも独占されない、自由な女であるように見えたはずだ。男たちは我先にと彼女に近づいた。取り巻きはどんどん増えていった。それもまた、彼女の中にあった、罪のない計算のひとつだっただろう。

心身ともに不安定な少女期に、彼女のようなふるまいをしてみせるケースは決して少なくはない。かつてそうした少女たちは、早熟、とか、不良少女、などという言葉で片づけられていた。

だが、彼女たちは決して早熟なのではなく（肉体の成熟と心の成熟は必ずしも比例しない）、また、性的に真に解放されているから、そうやっているのでもなかった。性的にあけすけにふるまえばふるまうほど、芯の部分にある冷感症的な一面が露呈された。それも当然で、頭でっかちになっているだけの少女に、性交やそれにまつわる異性との接触によってもたらされる真の快楽など、得られるわけもないのである。

依存心と独立心、加虐性と被虐性のバランスがきわめて悪いため、突飛な言動に出ることにためらいがない。まわりに群がってくる男たちと誰彼かまわず関係を結んでしまうのも、金銭目的や野心達成のためなどではなく、ただただ、彼らを翻弄してみたい、自分の魅力を確かめ続けたい、と思うからである。だが、そうすればするほど、底無しのさびしさや虚しさの中に自分を追いこんでいくことになる。

その歪んだ、子供じみた遊戯はどんどんエスカレートしていき、やがて自分でも収拾がつかなくなる。そんな時、すべてが面倒になり、投げ出したくなって、自殺未遂や、それに近い行動をとることがあるのも共通する傾向だったように思う。

私の高校時代にも、それに近い女子生徒がいた。感受性が異様なほど豊かな美しい娘で、身体の発育はきわめてよかった。同世代の女子生徒たちが興味をもつようなものには一切、無関心。授業中は、詩や文学の中の一節をノートに書き写していた。寄ってくる男たちは全員キライ、だってみんな退屈なんだもの、とけだるそうに煙草を吸って、遠くを見つめながら嘆き、雪山に入って睡眠薬を甘くなるまで嚙んで死にたい、と本気とも冗談ともつかぬ表情でつぶやくのが口癖だった。本当だったのか嘘だったのかはわからないが、かつて自殺未遂をしたことがある、と自慢げに打ち明け、いつか本当に死んでみせるわ、などと勝ち気そうな目をしてつぶやいた。

『阿寒に果つ』の純子、そして、作家・渡辺淳一氏が今から約六十六年も前に出会い、恋をした実在の女性のことを考えるたびに、私はその女子生徒のことを思い出す。若すぎるゆえのアンバランスがもたらす精神の歪みは、時に常識や道徳を無視しつくした、きわだった純粋さの表れのように受け取られ、それゆえ人を魅了し、翻弄させるものかもしれない。

渡辺淳一氏は、二〇一四年四月に他界するまで、脇見をせずひとすじに、男女の間に生まれる幾多の物語を書き続けた。その魅力的な人柄、おおらかな物言い、存在感のある容貌はどんな場所においても華やかに目立ち、氏は文壇におけるスターでもあった。

数えきれないほどの作品、数えきれないほどの新たな代表作の中に氏が描き続けた女性像の核になっていたのが、「純子」である。

驕慢《きょうまん》でわがままで、妖精のように可愛く美しい。ひとたび真剣に立ち向かってこられると、男は溶けてしまいそうになるほどの悦びを覚える。この女のために、すべてを擲《なげう》ってもいい、とまで思わせる。

「純子」は、氏のそれぞれの作品の中で形を替えながら登場し続けた。いかなる年齢、いかなる立場の女性を描いても、氏が描く女性の中には大なり小なり、「純子」がいた。「純子」がいなかったら、「純子」と出会わなかったら、作家・渡辺淳一はひょっとするとまったく別の作品を書いていたのではないか。「純子」は氏にとっての絶対的な「女性」であったと同時に、長きにわたる作家活動を力強く支え続けた強力な足場のような存在であったような気がする。「純子」がいたからこそ、渡辺淳一氏の小説世界は、かくも絢爛《けんらん》豪華に繰り広げられていったのだ。

折しも、この原稿を書いている時、私の住んでいる地域にはかなりの量の積雪があった。氏が、本書の中で描写しているのと同じ、白い静寂が目の前に拡がり、思いがけず、亡き作家との思い出をあれこれ甦らせながらの執筆となった。

白い雪の中から、真紅のコートを着てうつ伏せになった純子が現れる、冒頭のシーンは美しい。「あとがきにかえて」の中で、渡辺氏は「痛ましさと驕慢さと、その二つの相反するものをさらしたまま去ったところが、純子の潔よさであり、美しさでもある」と書いているが、埋めつくされた白の中の赤い点、という情景は、読者である私たちの中にも鮮烈な印象を残す。

書斎の窓越しに見える、堆積した白い色の中に、私もふと、いたましさと驕慢さの表れでもある、赤い点のまぼろしを見たような気がしている。もっともふさわしい季節にこの稿を書くことになったのも、何かの縁かもしれない。

（『渡辺淳一 恋愛セレクション 2』集英社 より）

リラ冷えの街

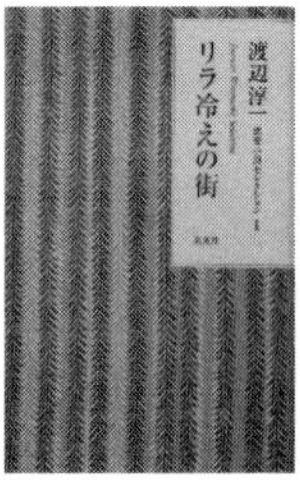

集英社

◉解説——桜木紫乃

北海道は、三月半ばまで雪に閉ざされる。

四月はその雪がほとんど姿を消し、埃っぽい風のなか、緑や人に「新」の文字がつく。そして五月は急に暖かくなり、窓の外に子供たちの声がよく響くようになる。

桜は五月に満開だ。上陸から三週間かけて北や東の端まで行き渡る。梅も桃も、ほぼ同時に咲く。毎日街角に花があり、まだ吹雪の記憶も新しいせいか人々の挨拶は毎年繰り返し「急に暖かくなりましたね」だ。

札幌の街に吹く五月の風には、閉《い》ざされた冬のぶん開放感がある。ときどき上着の要らない日が通り過ぎることで余計にそのありがたみを増す。梅雨のない北海道と言われて久しいが、六月を迎えるころは意外と湿っぽい。思ったほど太陽を拝めないせいか、妙に肌寒いのだ。

ときおりぱらつく雨のなか、春の花々が落ち着いた街の、そこかしこにライラックの花が咲く。上着を羽織り直しながら、この時期満開となるライラックの薄紫を見ると、北海道人はみな「あぁ、リラ冷えだ」と妙に納得する。

季節とともに吹く風によって、雨雲が長く居座らないせいの「晴天」だったことを、不思議なほど毎年忘れる。四季は毎年あまりに新鮮で、慣れないし学べない。

本書『リラ冷えの街』は、当地の季節の移り変わりにからめ、別れに導かれて出会う男女の肌寒さを切り取った物語だ。そして、タイトルが世に出て以降「リラ冷え」は、しっかりと土地に根付いた。

物語は四月から始まる。有津京介《ありつきょうすけ》は羽田空港で空席待ちの呼び出しアナウンスを聞き、宗宮佐衣子《むねみやさいこ》という名前に心が転がり出す。男は三十半ば、女は三十前後。現代であればどちらもようやく幼さを手放し仕事を覚えて、さあこれからという年齢にも思えるが、昭和四十年代半ばのこと。有津は既に北大農学部助教授、泥炭の研究者という立場を得ており妻帯者だ。佐衣子は小学生の息子がいる未亡人だった。時代が伝える男女の早熟さだろう。

女の名前を覚えているのにはわけがあった。宗宮佐衣子は、十年ほど前に人工授精によって出産しており、精子を混ぜ合わせたという三人の提供者のうち一人が有津だった。

空港アナウンスを聞く日まで、ふたりには肉体関係はおろか面識もない。しかし名前を知っていただけで、男の幻想のなか、女は存在し続けてきた。この「幻想」が曲者《くせもの》だ。今までおぼろげだった女の姿が目の前に現れたとき、男には妻子がおり女は未亡人となっていた。ここで渡辺文学はためらいなく男女に深い関係を与える。現実に同じような関係にある男女を咎《とが》めずやさしく見守る。見守るが、情け容赦ない筆で心の実際を描いてみせる。

命の創造や夫婦のありかたにまつわる「分別」は別の誰かが書くだろうという、男女小説の先駆者の太い信念は、物語に既成の倫理や道徳を必要としない。

女に一度体を開かせたあとの男の心の移り変わり、一度開いた体を容易に閉じることができなくなる女の不思議、どちらが優位でどちらが弱いのか。『リラ冷えの街』は、男も女も肩肘を張りながら恋をして、あらがうふりをしつつも素直に状況にのみ込まれる。そこに、妊娠という生々しいものを挟み込むことによって「恋」がどのように変化してゆくのかを切り取るまなざしは、まぎれもなく研究者だ。

何の？　「人間」だろう。

妻子を捨てて一緒になりたい、と男は言う。けれども、そんな言葉を吐かれる自分が女として軽んじられていることに佐衣子も気づいている。

ふたりにとっての初めての旅は東京だが、男はそこで「乾《かん》盃《ぱい》しよう」と言い出す。

「乾盃？」と訊ねた女に向かって彼は「そう、僕達の新婚旅行だ」と返す。青年のように威勢よく立ち上がった有津の胸の内にある高揚感は、罪悪感を伴いつつも開放感や期待でぱんぱんに膨れあがっている。ゆえに、デリカシーのかけらもなくなっている。そんな言葉に高揚する女では、渡辺文学のヒロインを張ることはできない。ここで、後ろめたさは男のアクセルとなり、女にブレーキを踏ませる。同時に作動ができないからこその「恋」だろう。

だがこの旅で有津は佐衣子から妊娠を告げられ、ただの恋する男ではいられなくなった。告げるほうの心情はある種の賭けに満ちている。女は告げた直後の男の顔を皺《しわ》一本も見逃さない。生の本能はいつだって残酷なものを秘めている。ふたりの関係に明日があるのかないのか、占いよりも確実に「判定」できるのがそのときの男の顔なのだ。

妊娠を告げられた夜、有津は怯《ひる》む気持ちを振り払い、いつもより荒々しく彼女の体を求め佐衣子もそれに応える。そして女は男よりもひと足早く、別れを決める。そこには掛け違ったボタンに似た「誠意」がある。翌日男は女になにか欲しいものはないかと訊ねるが、女は軽い拒絶のあと「貴方《あなた》です」と答える。そのときの男の表情や思いは書かれていない。書かぬことで、より虚しい言葉であったことを読者は知る。

旅の終わり、有津が佐衣子にハンドバッグを買い与えるシーンは目を背けたくなるような冷酷な筆で書かれている。要らないという女に対し、男は半ば強引に商品を決める。

有津の指さしたケースの下には、佐賀錦のハンドバッグがあった。

「そんな立派なもの……」

「とにかくよろしいですね」

一度念を押すと有津はさっさと、女店員にそれを頼んだ。

「ありがとうございました」

包みを受け取って佐衣子は他人行儀に頭を下げた。

「これでようやく気が落ちついた」

有津は明るく笑うと売場を離れた。

このときの男の言葉には嘘がない。だからこそ、女の心が離れてゆく瞬間をとらえることができない。その後札幌に戻ったふたりは、堕胎するか否かについて半ば演技めいたやりとりをする。本当に愛していた――、と言う男。産むからには最後まで責任を持たなければならない――とも言う。そのためには妻子と別れる、と口にする。そうでなくては佐衣子を苦しめる、と。

〈それでも産めと言ったら産んでもいい、佐衣子の心に再び諦めかけた望みが頭を擡《もた》げた。〉

「悔いたりはしません」と女が言ったところで男は「待ってくれ」と言うのだ。今度だけは諦めて欲しいと告げる。

「この次できたらきっと……」

その口がすぐに、堕胎を頼める医師を紹介する。家庭を持った男の狡《ずる》さと言ってしまえば身も蓋もない。しかしその身と蓋のなさに「許し」を見せるのがフィクションの仕事でもある。著者の筆は有津の揺れを細かく描写し、佐衣子をひと皮むけた女へと成長させ、別れの場面へと突き進んでゆく。

妻以外の女に躓《つまず》いたあと、有津は改めて妻のことを考える。

〈格別優れてはいないが人並みの妻であった。冷静に考え

れば別れるだけの理由はなかった。〉

嘘偽りのない男の心情を、たった数行で冷徹に記す。許しは同時に、ひとの心を深くえぐる作業でもある。

一度立ち止まったあとの男心は、案外もろい。ふたりの女を秤《はかり》にかけて、落ち着いたところで楽なほうへと流れる心根を誰が咎められるのか。苛立ちながら読み進めつつ、著者に、お前か？　わたしか？　誰なんだ、と絶えず問われている。

出会う前の人工授精では出産できたが、実際に体を重ねるようになってからの妊娠では産むことができない。そんな特異な環境での出会いにもしかし、等しく恋心があり別れがあった。

最初の一行が書かれたときから約半世紀を経た。男女のあいだに公衆電話や手紙を使ってのやきもきするようなひとときは失われたが、同じような関係と出来事は巷《ちまた》にあふれている。半世紀経っても一世紀過ぎても、男は変わらないのではないか――。女は今も昔も、男ほどロマンチックな生きものではないのだ。

小説は虚構だが、書き手の吐く嘘は内なる真実で、逃れられない傷でもある。


本作は、昭和四十五年、『北海道新聞』日曜版七月五日～四十六年一月三十一日掲載。四十六年五月、河出書房新社から刊行された。筆者の本棚にあるのは新潮文庫版昭和六十年五月十五日　二十三刷。このたび「渡辺淳一　恋愛小説セレクション　全九巻」の一巻目として集英社から刊行されるにあたり、解説の任を与えられたのだが、少し経って担当者から手紙が届いた。

「渡辺先生が大幅に加筆訂正し、三十刷で改版として出版されていました」

最新版の五十六刷もそれ以前も在庫がなく図書館で照合する、という作業に飽くなき職人の気質を見るのだが、筆者の感激はそのあとだった。

「訂正が入ったものを送らせていただきます」

著者がどこにどんな手を入れたのかがわかるゲラのコピーが送られてきた。時期は昭和六十一年、『化身』を刊行し『別れぬ理由』を連載していた頃と思われる。三十八歳で世に出した本に五十三歳で再び手を入れるという、小説家としての姿勢に頭が下がった。

改版は、改行が増えて会話文がかなり削られていた。会話と地の文の繋がりがとてもなめらかになっている、という印象だった。

会話文が潔く削られているなか、ラストシーンで書き加えられた会話もある。

夕映えの大通公園外れまで歩き、ここでお別れというときだ。夫婦の形、あるいは元の鞘を整えて生きることを決意した男と、別の男の元へ嫁ぐ決意をした女の会話だ。有津は「しかし奇妙なものだ」と切り出した。


「なにがですか」

「人生なんて、こんなことで成り立っているのかもしれませんね」

「よくわかりません」

「すべて、思いがけない偶然だけが大きい顔をして、本当のことはずっと底に沈んでいる」


手書きゆえなのか、物語にたゆたっていたはずのわたしはいつの間にか、その会話文が渡辺淳一氏本人の自問自答のように思えてきた。小説の読み方として正しいとは思わない。けれども、改版の動機が大きくこの数行にあったように思えてならなかった。

再読すると、時代は本当に変わったのだろうかと、問う先もわからず問いたくなってしまう。そしてそれが普遍を描くことだと改めて気づくのだ。

渡辺文学は長く男と女の愚かしさを許し続けている。それは今までもこれからも、きっと変わらない。


（『渡辺淳一　恋愛セレクション　1』集英社　より）

●『リラ冷えの街』文学散歩

「北海道はわたしの故郷で、（中略）四季の美しさとともに、さまざまな想い出の宝庫でもある」（「私と北海道」より）。そう語る著者は、この作品の舞台を札幌の街に据えている。丸山公園、宮の森、北海道大学植物園、薄野《すすきの》、サロベツ湿原。美しい紫のリラが咲き誇る季節、ぜひ札幌を訪れたい。

札幌の舞台、大通公園

有津が勤務する北海道大学植物園

有津が泥炭研究で訪れたサロベツ湿原

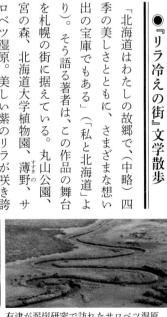

野わけ

集英社

◉解説――――白石一文

これを書くためにひさびさに渡辺淳一さんの小説（この『野わけ』）を開いたら、もう書き出しの数行で身の内がぞわぞわしてくるのを感じた。

まだ二十代だった頃、早くに結婚して子供も生まれ、仕事も忙しくて傍目には充実しているかに見えながらも自らは飢えた獣のような心性《しんせい》だった、あのつらくて苦しい時代に惑溺した渡辺さんの小説の香りがすーっと立ちのぼってきて、いっぺんでその時代に連れ戻されるような気がした。

渡辺淳一さんは、私にとってヒーローだった。

外見も中身も見るからにひ弱な我が身には「何とか自分なりにこの人を乗り越えられないか」と狙いを定める、巨大な目標でもあったと思う。

臆病な私が、男女がうごめくただならぬ世界に足を踏み入れていくとき、何よりのお手本になったのは渡辺さんの小説だった。そしてとても及びもつかないと尻尾を巻いて早々に逃げ出すことができたのも渡辺さんの小説がすでにあったからだった。

渡辺さんが目に焼き付けた世界、到達した境地を私たちが実際に経験するのはおそらく不可能だろう。「生兵法は大怪我の基」の警句を胸に刻んでその作品世界で疑似体験に励むのが最良の方法だと思う。

冷徹な観察力と、もう一つ、著しい生命力が渡辺さんにはある。

私には前者は多少あるが、後者は乏しい。渡辺さんが性愛の世界に分け入り、その中で「愛」の実在を見極めようとしたのは、渡辺さんの持っている逞しい生命力のたまものであった。私のような人間がそうした世界に足を踏み込めば、最初は幾分か健闘できたとしても、いずれ世界に取って食われてしまうのは必定である。

その点では、渡辺さんのあとを追うほどの生命力を持つ作家はいま男性陣の中に少なくなっているのかもしれない。思いつくのはむしろ女性作家の名前ばかりである。

この作品でも結局、人生は生きている者の独り占めであるということが刻み込まれている。読後の感想はもろもろあるだろうが、人はしたたかに生きてよいのだ、と教えてくれる。それも現実の世界の奥の院にまで連れて行かれ、自分だったら……という想像を否応なく掻き立てさせられながら、私たちは生命のしぶとさや大胆さ、強さというものの積極的な価値を教えられるのだ。

『野わけ』は、有沢迪子《みちこ》という二十四歳の主人公が妻子ある上司、阿久津恭造を好きになってからの心模様を丹念に追った渡辺さんが最も得意とする心理小説である。

〈迪子の体は外見は痩せてみえるが、骨ばっていない。裸にしてみると肉はついているのに太っては見えない。父も母も、姉妹も、迪子の家系は骨細であった。阿久津の好みは細身の、やや小柄な女であったが、その点で迪子は合格していた。

初めて体を許したとき、阿久津はその細身の体を、大事そうに抱きしめて、「きみのような女性が好きだ」と幾度も囁いた。〉

こうしたもとは外科医である渡辺さんらしい描写に、私などは冒頭から激しい現実感を覚える。渡辺さん自身も「私の履歴書」(『日本経済新聞』)で「わたしは私小説作家であるのかもしれない」と書いているが、むべなるかなである。

この作品は一九七二年六月から七三年八月まで集英社の女性誌『ｎｏｎ・ｎｏ』に連載された。二年前に「光と影」で直木賞を受賞した渡辺さんが銀座の高級クラブにせっせと通いつつ、若い時分からのあこがれの地であった京都にも足を運び始めて、本格的な女性探究へと乗り出していった時期である。男として最も脂の乗り切った季節に書かれた京都ものの嚆矢《こうし》でもあった。

普通の恋愛が、少なくともスタートは青空のもと見渡す限り光に満たされた草原を駆けるかのようなものだとすれば、不倫の愛は初めから凍てつく大地を、しかも湖に張った薄氷の上を歩くがごとき恋愛である。

それをスリルと感ずるか、踏み出したもののやがて一歩も前に進めなくなる恐怖の体験と感ずるかは人それぞれ、場合それぞれであろう。

『野わけ』では、そんなスリルに魅せられた若い迪子の他愛ない嫉妬が生む、ちょっとした、だが心のうちの相当に根深いところに巣食っていたに違いない邪心によって二人の関係が思いもかけない窮地へと陥っていくさまが丹念に描かれている。

いつも読み始めて真っ先に感ずるのは一体、このリアリティはどういうことだ——というほどのリアリティである。むろん人物や舞台設定の現実味も堂に入っているが、渡辺さんの真骨頂は人間心理の圧倒的なリアリティにある。

登場人物の感情や判断を無理に要約せず、似たような感情であっても微妙に異なる色合いをこれでもかというほどに塗り重ねていく。そういう書き方は普通であればくどくなったり嫌味になり、やがては物語に渋滞を生むのだが、そこは天性の才能でそうはさせずに、切りのいいところではなく、切りのいいところをわずかに過ぎているのだが、とはいえ、もうこれ以上は無理というぎりぎりの地点でさっと筆をおさめて最大限の効果を生み出している。

同業者としてその手並みのあざやかさには頭《こうべ》を垂れるしかないし、その種の作法を私は渡辺さんの小説からごく自然に学んだ気がする。こうして一作読み返してみただけでも、自分が驚くほど渡辺さんの文章に強く影響を受けていることをあらためて痛感させられるのだ。

外科医として培われた観察眼も、ただ観察するだけでなく、そこに文学者としての真理の追究がしっかりと図られている。原理が知りたいというあくなき欲望がある。男女の性と愛、そしてこの二つを混ぜ合わせた性愛というものの本質をどうしても見極めたいという渡辺さんの青年時代からの執念が最後まで途切れることはない。

たとえば次のような何気ない一文に私は感じ入ってしまうのだ。


〈少し前までは、相手に思いきり冷たくしてやろうと心に決めていたのが、いまはそのかけらもない。どうしてこんなに自分が素直で優しくなれるのか、あまりのあっけない変節に迪子は自分であきれてしまう。迪子はこの変節の理由を男に抱かれたから、とは思いたくない。もう少しそれらしく、なにか精神的な理由が欲しいと思う。だが考えてみても、意地悪な心から、優しい心に変わった間には、愛撫を受けたこと以外、目星《めぼし》い変化はなにもない。もう少しなにかがほしい。

考えあぐねた末、迪子はふと、あの時血を見ていたからではないかと思った。

試験管に浮いた赤い血を見ているとき、阿久津が肩ごしに「今夜、逢おう」と囁《ささや》いた。素直にうなずいたのは、その血の赤さに誘われたような気もする。〉

こうした文章を幾重にも積み重ねながら渡辺さんの恋愛小説は練り上げられていく。それは、一歩一歩のあゆみを着実に確かめながら、じっくりと突き進んでいった壮大な実験でもあった。

作中のハイライトは主人公が不倫相手と彼の妻、妻の弟と共に琵琶湖大橋を見物に行く場面だ。その場面で渡辺さんはちゃんと不倫相手の娘の存在を記している。彼は妻と共に愛娘を一緒にドライブに連れてきているのだ。

ところがである。

物語が急速に深まり、迪子が重大な局面を迎え大きな決断へと誘われていく過程で、この娘の存在に渡辺さんは一切触れることをしないのである。そこに私は、渡辺さんという作家の恐ろしい覚悟を垣間見る。

その筆の選択こそが空想では決して踏み渡ることの不可能な、渡辺さん自身の体験に裏打ちされた真実の一線なのだと思う。

これは倫理的な是非をはるかに凌ぐ人間心理の暴露であるし、おそらくは永遠に分かり合うことのない男と女とのあいだに横たわる底深い淵を見透かすきびしい態度でもある。

本作のしめくくりを読者がいかに解釈するかはむろん自由だろうし、主人公の軽挙を断罪するのは簡単だ。しかし、人が生きていくということを真剣に突き詰めてみれば、誰にも彼女の行動をとがめることなどできはしないのである。

人の心は魔物である。すべての人間がその魔物を身の内に飼っている。だが、それを本物の魔と見るのか、それとも人間一人ひとりの生命力の化身ととらえるべきなのか。

渡辺さんの小説はいつもそこをついてくる。

要するに渡辺さんがそれぞれの作品のなかで一貫して求めているのは男と女、その両方の肉体と精神の解放なのだと私は思う。

きみは解放されているのか?

きみは自由なのか?

きみは自分の欲望を肯定できているか?

そして、きみは自分の人生をしっかりと生きているのか?

渡辺さんは常に私たちにそう問いかけているのである。

（『渡辺淳一　恋愛セレクション　4』集英社　より）

◉『野わけ』文学散歩――1

『野わけ』の連載がスタートした一九七二年頃から作者の京都通いが始まる。京都を舞台にした小説を書くためである。以後、京都は北海道、東京に続きフランチャイズとなる。『野わけ』はその第一作目、東山・南禅寺をはじめ嵯峨野など、阿久津と迪子の愛の軌跡をめぐってみた。

阿久津と迪子は南禅寺近くのホテルで秘かに二人だけの時間を過ごした

左京区の南禅寺は臨済宗南禅寺派の大本山。三門や境内にある水路閣が見所

「秋冷え」の章は、迪子が阿久津と見に行った嵐山のもみじ祭のシーンからはじまる

南禅寺から永観堂を経て、哲学の道から銀閣寺に至る小道は美しい散歩道

阿久津の妻の自殺、自身の妊娠。憔悴した迪子は嵯峨野を彷徨う

撮影／秋元孝夫

●『野わけ』文学散歩――2

「たくらみ」の章で、不倫相手、阿久津の義弟と見合いをすることになった迪子は、見合い相手の圭次、阿久津の妻と娘の五人で、琵琶湖へとドライブをすることに。迪子と阿久津の複雑な心境と、琵琶湖へと向かう景色の描写が印象的なシーンである。京都の街なかから北山杉の密生する山道を抜けて琵琶湖までのドライブを追体験してみたい。

銀杏の並木が美しい白川通を北へ向かう

車を走らせると寂光院への道標が見えてくる

街中を離れ、北山杉に囲まれた閑静な山道へ

絶え間なく車の流れる琵琶湖大橋。ここで迪子たちは記念写真を撮った

琵琶湖大橋のたもとのレストハウスから湖を眺めると風が心地よい

化粧

集英社

●解説――林　真理子

作家の多くは、谷崎潤一郎の『細雪《ささめゆき》』に憧れ、昭和版、あるいは平成版を書いてみたいと考える。

かくいう私も、何度かチャレンジをしたことがあった。これといったストーリィはなく、時の移ろいを美しい女性たちと風俗によって描きたいと考えたのだ。しかし結果は無惨なものであった。読者の評判もよくなかったし、誰ひとりその小説から『細雪』を連想してくれなかった。

今回この『化粧』を読み、まさしく『細雪』だと思った。それも成功した……。

『化粧』の書き出しも、『細雪』を思わせる花見から始まる。美しい姉妹が桜の山をそぞろ歩く。その光景にすれ違う人誰しもが振り返る。しかし違っているのは、姉妹は三人で、法事帰りの地味ななりをしているということだ。姉妹の長女は、六年前に自ら命を絶っているのである。

そしてこれまた『細雪』と違っているところは、谷崎版の長女がいささか影が薄いのに比べ、『化粧』では長女にあたる次女と三女が、等分に濃く書き分けられていることである。

自殺した長女と双子である次女の頼子《よりこ》は、銀座でクラブのママをしている。そして姉を死に追いやった男への復讐を密《ひそ》かに考えている。そして三女の里子《さとこ》は、姉に代わって祇園の料亭の女将《おかみ》をしている。そして末っ子の槇子《まきこ》は東京の女子大生だ。

この三人の女の美しさが、渡辺氏の手にかかると、それぞれの個性がうき出て、これこそまさしく『化粧』を読む醍醐味である。

たとえばクラブママをしている頼子は、

〈着物は肩と膝に縫いの小菊を散らした白の綸子《りんず》に西陣《にしじん》の綴帯《つづれおび》を締める。〉

きりりとしたオーナーママの姿が見えるようである。

対して京都に住み、料亭の女将である里子はもう少しはんなりとしている。

〈茄子紺《なすこん》の着物に白地に薄墨で紫陽花《あじさい》を描いた塩瀬《しおぜ》の帯を

締め、翡翠《ひすい》の簪《かんざし》をつけた。〉

大学生の槇子は、いつもは学生らしいラフな格好をしているが、いざとなると京娘らしい振袖を着る。

彼女はマリファナを吸ったり、恋人を取り替えたりとかなり奔放な生活をおくり、このあたりは『細雪』の四女妙子《たえこ》に近い。しかし『化粧』では妙子ほどの活躍はなく傍らにすわって、姉たちを観察する役割に終始しているようだ。

こうして京都と東京を舞台に、ゆっくりと時は流れていく。里子は養子の夫・菊雄が不満であるが、商売の面白さですべてをカバーしようとしている。京都の四季を背景に、里子は家業に励み、東京の頼子の方も、男性をうまくいないしながら、クラブを繁盛させていく。

このまま物語は進行していくに違いないと読者は思う。『化粧』のような小説を読むたのしみのひとつに、ゆったりとしたスピードに身をひたす、ということがある。緻密に書かれた描写を目で追いながら、自分自身のつくり上げた像を遊ぶのだ。

ところが途中から、作者は読者を裏切っていく。思いもかけぬ展開に「息もつかせぬ」ほどの興奮に陥り、ページをめくる手がどんどん早くなるのである。

頼子は、姉を自殺に追い込んだ男を破滅させていく。それも自分の肉体を使ってだ。

ここまでは想定内であったが、意外だったのは里子の行動である。たおやかに賢く生きていると思っていた彼女が、夫以外の男を好きになる。男にも妻子がいた。つまり彼女はダブル不倫ということになる。

人妻である彼女が、客である男に惹かれ、恋に身を焦がすようになるプロセスは実に甘美だ。女性の読者は里子と同化し、彼女と同じように心が昂《たか》まっていくのであるが、このあたりは渡辺氏の真骨頂であろう。

彼女のときめきを、作者は着物で表現していく。これは源氏の世界から続く日本の伝統である。洋服と違い、色彩を考え重ねて着ていくことで、着物は心を伝えるものとなるのだ。

若葉の季節のたそがれ時、里子は気になり始めた男の座敷に出ていく着物を選ぶ。それが最初に述た茄子紺の着物と紫陽花の塩瀬の帯である。

そして次は保津川《ほづかわ》下りだ。男の心をとらえるかどうかの勝負の時である。里子は念入りに衣裳を選ぶ。

〈薄茶色の結城《ゆうき》に紺の帯を締め、道明の帯締めをした〉

道明は上野池之端の有名な店であるが、この帯締めを男は贈ってくれたのである。緊張と会える喜びとが、里子をさらに美しくしている。その美しさは、毎日会っている仲居さえも「里子女将さん、今日はまたすごうおきれいどすなあ」とため息をつくほどだ。

　そして東京で初めて会う時は、白の夏大島に若草色の帯。次に京都で会う時は、淡い茶の芭蕉布《ばしょうふ》に茄子紺の帯を締める。この華麗な筆さばきは何と言っていいだろうか。女の着物と女の心を知り抜いている渡辺氏ならではのことだ。

　そして彼女は、好きな男とついに一線を越える。嵐山の渡月橋《とげつきょう》からしばらく上流にいった小さな宿で、夏の美味に充ちた昼食をとり、その後は舟遊びだ。二人で鵜飼《うか》いを見て、小さな花火をする。そしてお茶屋バーで飲んだ後、男の泊まる小さな旅館で二人は結ばれるのである。

　読者はまるで自分がこのような一日を過ごしたように酩《めい》酊《てい》するだろう。

　この小説は酩酊のまま続くだろうと思われるのであるが、驚くべきことが起こる。里子が妊娠してしまうのだ。夫の子どもではない、密かに会っていた男の子どもである。ここで冒頭のシーンが甦る。彼女の長姉は舞妓《まいこ》時代、好きでもない男に犯され妊娠してしまう。そのことを恥じて自ら命を絶ってしまうのである。

　古風過ぎるのではないかと思われるほどの長姉の人生だ。が、彼女の妹は違う。夫がいる身でありながら、他の男の子どもを産むという道を選ぶのだ。自分が生まれて初めて、心から愛した男の子どもである。どうして消したりすることが出来るだろうか。この里子の強さは、長姉とはまるで違っているものである。

　そして夢のように美しい小説に、激しい現実が侵入してくる。これを可能にしたのは、作者の力量と京都という街であろう。今でも花柳界の女性は、父親の名前を明かさない子どもを産むことがあると聞いた。京都のそうした世界の人たちは、一種のギルドのようなものを守り、他から来た者たちには絶対に余計なことは喋《しゃべ》らない。愛想はいいけれど、時々ひやっとする冷たさを感じる京都の花柳界を氏は深く愛した。一時期しばらく京都に通いつめていたほどだ。『化粧』の中に出てくる料亭は、ああ、あそこがモデルになっているな、あの女将はあの人であろうと思いあたることがある。

　非常に幸福なことに、私は渡辺氏としばしば京都をご一緒した。小説に出てくる嵐山吉兆の舟遊びを楽しんだこともあるし、舞妓さんや芸妓さんたちと遊んだこともある。そうかと思えば、氏がいきつけの小さなお茶屋バーに連れていってもらったこともある。

ママを紹介する時に、

「この人はね、祇園で生まれて舞妓、芸妓《げいこ》っていうコースをたどってきたエリートだ。昔でいえば一高、東大コースなんだよ」

と言われたことをよく憶えている。

おそらくあの美しいママも、正式な結婚をしていない母親から生まれてきたのだろう。そしてやがて父親の名を明かさない子どもを産むに違いない。八〇年代の京都は、そういう優美な理不尽さに溢れていたような気がする。インターネットで応募してくる今どきの舞妓ちゃんにはない、妖しい秘密がそこかしこにあった。

そして京都以上に、私が渡辺氏に連れていってもらったのは銀座である。一緒に店に向かうと、花売りのおばさんが近づいてくる。

「先生、今日はどちらにお出かけですか」

笑っていなしながら歩くと、出勤途中のホステスさんや黒服が、先生に挨拶をする。そんな渡辺氏にとって、銀座を描くのは自分の家の庭を説明するようなものであったろう。『化粧』には、ふだん私たちが知り得ない銀座のクラブの裏側が出てくる。こうした夜の街で、次女頼子もしたたかに生き抜いていくと思いきや、彼女にも意外なことが起こる。男を本気で愛し、結婚まで考えるのだ。このあたりが、彼女の育ちのよさを表している。やはり、複数の男を手玉に取ることが出来ないのだ。そして彼女にも訪れる別れと悲しみ。末っ子の槙子にはよい男性が現れ結婚が決まる(このあたりは『細雪』の三女雪子《ゆきこ》と一緒だ)。里子は夫と別れ、産んだ男の子はすくすくと育っている。祖母は溺愛していて、やがて男の子はゆっくりと母系家族の中に組み込まれていくはずだ。

最後の章、二年ぶりに三姉妹は花見をする。哲学の道をそぞろ歩くのだ。三人の傍らには男は一人もいない。姉二人それぞれは夫や愛人と離婚していたり、別れて暮らしている。新婚の末っ子は夫を置いてきている。そして結婚が早過ぎたのではないか、もっと男と恋愛すべきだったと心の中で思っているのである。

読者は知っている。この三人がやがて少しずつ姿を変え、別の小説のヒロインになっていくだろうことを。『化粧』という小説が、完成されているが、どこか初々しいのはそのためであろう。


(『渡辺淳一 恋愛セレクション 5』集英社 より)

ひとひらの雪

集英社

●解説――高樹のぶ子

渡辺淳一は最後まで女のことが解らなかった。いやそうではない。解らないふりを通した。解らなくてもいいではないか、男とは女が解らない生きものなのだと居直り、それをスタイルにして多くの読者を得た。その最初の記念碑が本作である。

どうだろう、そこまで言い切ってみると、渡辺淳一の凄《すご》さが見えてくるではないか。

私は渡辺文学の良き読者ではなかった。読むたびある種の反発を覚え、こんなふうに上品で教養があり、いったん快楽に目覚めれば身も世もないほどに性に溺れ、しかもいざとなれば潔く身を処す女たちが、果たしてこの世にいるだろうか、しかも性格は好ましくて思いやりがあるなんて、男性にとってそんなに都合の良い女がどこにいるのかしらと、読みつつ腹を立てたものだ。腹を立てながら、それでも読み進む自分にあきれた。はいはい、それでどうなるのよこの二人。ふてくされながら、それでも先を読みたくてページをめくった。

このさいだから、まずはしっかり悪口を言わせてもらおう。悪口を言い切らなくては、渡辺文学の全貌を俯瞰《ふかん》できないのである。

どの作品もそうだが、作者である渡辺淳一と、物語の男性主人公はもちろん同一ではない。職業や社会的な立ち位置は微妙に違う。しかしそれでも、渡辺文学の真髄である女性に対する男の認識はほぼ重なる、というより作者は男性主人公の心理を借りて、女性や人生への思いを吐露しているのだ。渡辺淳一は、自らの実感を離れて、女性を描くことはしなかった。描く意味を感じなかったのではないだろうか。

だから言い切ってしまえば、渡辺文学の男と女は、限られた特殊な関係性でしかない。渡辺淳一という、現代の光源氏と呼んでもいいモテ方をした男が、浮気性や好色性をあるときは強引に肯定し、またときに自虐的に哀れみながらも、男を喜ばすための所作と教養と性的なプレゼンスを本能的に持ち合わせた優れた女性たち――つまりイイ女――との関わりを存分に描いているのであって、決して卑しく下品な男や、自分が女であることを否定したり性を必要としない女たちの苛立ちや哀しみなどには、手を触れていないのである。

男女関係は、実は男や女の部分ではなく、人間性や社会性という、別の要素によって上手《うま》くいったり摩擦を起こしたり、悲劇を呼び寄せたりする。男女の問題に見えて、その背後にある動かしがたい幾つもの要素が、男女関係を操っているのだ。

しかしイイ女を手に入れるモテ男を描くとなると、背後の膨大な問題意識は必要なくなる。そもそもがイイ女なのだから、性的なプレゼンスも官能も、陰りや屈折がない。男を焦《じ》らすためのプロセスはあるけれど、それも健康的で、性的な情動に正直なだけだ。男もまた万事万端魅力的で、願望を真っ直ぐに訴えてくる。そこには卑しい性癖や屈折した心理、病的なわだかまりは存在せず、性愛を否定する人間もいない。恵まれた男女の関係が、心理のメカニズムに沿うかたちで物語化されていく。

世俗的な制約は確かにある――たとえば結婚生活のマンネリ化や欺瞞《ぎまん》など――そうした抵抗も惹かれ合う男女の性愛の力でほとんど無化されるか突破されるべき障壁でしかなくなり、実際小説の中では無化されるか突破されているので、これはもう勝利が約束されている特権階級の男女関係、と言えなくもない。男にとって多少の不都合があっても、愛と性愛は表裏一体となって快楽を極めるのだから、根底に流れるのは、性愛の肯定である。

私が読みながらぶつくさと文句を言いたくなるのはこの点だ。

世間の男女のカップルのほとんどは、もっと重い荷を背負い、胸にも腹にも子宮にも葛藤の熱を溜め込んで、それでも性愛にのめり込んでいるのではないか。性愛が人を支配するのではなく、性愛を逃げ場にしている男女もいるだろうし、自分の快楽を値踏みしながら溺れる場合だってあるだろう。

そしてこの性愛熱は、自らは意識していないまでも、身に染みついた社会的な背景や立場が生み出していることが多い。性愛が男女を盲目的に溺れさせるのではなく、実は盲目的になることで性愛の快楽を極限まで高める知恵を会得しているのであり、その学びができている女こそ「イイ女」なのである。高等動物である人類は、DNAの力でそれができるようになった。さらに現代女性は、意識的に演技者となることで大きな快楽を手繰《たぐ》り寄せる術《すべ》を持つに至った。

けれどここに描かれた女たちはどうだろう。さまざまな苦悩と戸惑いの表情を漂わせてはいるけれど、性愛の勝利劇を完成させる役者として存在し、その背景となる問題意識はあえて薄めて描かれている。どの女性も同じ性向を持っているように見えるのは、彼女たちが作者のイマジネーションにかなう性の持ち主だからだろう。

やれやれ、悪口もここまで書くと疲れる。切り口を変えて、もっと具体的に明らかにしてみようか。

本作において、伊織が愛する二人の女性、つまり建築家伊織の事務所のスタッフである笙子と人妻霞だが、年齢や性格は多少違っていても、男性にとっては見事な出来映えの女たちだし、伊織の妻もまた、端然と姿勢を正して座する女性として描かれている。

妻との愛はどうだったか詳しく触れられていないけれど、愛人二人に共通している性向は、まず伊織の欲望を拒み、彼の口説きに困惑し抵抗し、しかしその果てに伊織に屈して性関係を結んだのちは性愛にのめり込んでいく。のめり込めば、心がどんなに抵抗していようと身体が伊織を求め、二人は官能の渦に溺れるのである。

つまり二人とも、伊織に達成感と愉楽を与えるために存在しているような女たちであり、霞は人妻、笙子は仕事を持っている女性という違いはあっても、その点では共通しているのである。

この、抵抗→屈服→快楽、のパターンは伊織との接近プロセスだけでなく、情事の局面そのものにもあてはまる。ベッドに誘われた女たちはそのつど「だめです」と拒む。拒んだあと伊織の強引さに負けて燃える。

確かに性の快楽には凄まじいものがある。伊織が女たちの抵抗を前戯として味わいながら興奮するのと同じに、女たちも「だめです」の言葉を媚薬のように体内に波打たせて性交に進むのだ。つまりこの儀式は男と女の共犯で行われるということで、どこにも本当の対立はない。目指す目的は一つなのだから。

けれど問題は、性の快楽のそのあとだ。

男の伊織にとって(つまり作者にとって)女性と性交することはその女性を「手に入れた」「奪った」ことに等しい。けれどどんなに燃え上がっても、女性にとっては「手に入れられた」「奪われた」わけではない。男は自分の身体が与える快楽で、女を支配しているように「見える」し、女は快楽の記憶に縛られているように「見える」ので、「手に入れた」「奪った」と錯覚するのだろうが、女性たちは、どれほど快楽に溺れても、べつに自分が「奪われた」とは思わない。もちろん、「奪われた」と感じるのが好きな女性が、快楽を高めるために心理的に自分を操作する場合もあるだろうが、快楽から覚めれば奪われてなどいない自分が、しっかりいる。

ここで初めて客観的には「距離」が生まれる。男は奪った女に安心するが、女は奪ったと思う男を冷静に見て、それは違うと感じるはずだ。充分に快楽を得た上で、けれど「奪われてはいないし、どんなに快楽で乱れても、そしていま一度あの快楽をと欲しても、自分は誰にも譲り渡されていない」のが実感されるはず。ましてや「イイ女」は、快楽による女の自失状態を見た男が、自分を支配していると勘違いしていれば、かなり冷ややかに男を眺め直すだろう。

性の快楽は同時に燃え上がるが、火が消えたあとには、男と女の距離がくっきりと見えてくる。その距離はかなり大きくて本質的だ。男は心身共に満足し安らぐが、そしてその繰り返しにやがて飽きてくる。

女は快楽の満足のあと「手に入れられた女」を演じながらも、こんなことで満足する男の性を単純だと感じるだろう。その後の男の振る舞いによっては、女は男の「支配的単純さ」に失望して距離を置き始めるか、金銭や結婚という現実的な利得にすり替えていくだろう。もちろん「イイ女」は潔く別れるだろうが、男が想像するほどには未練はない。というのも充分に、いや毎回の燃え上がった性愛のあとで、失望を繰り返しているからだ。

なぜ渡辺淳一は、性の快楽を支配と所有の局地、愛の終点と見ていたのだろう。燃え上がり乱れる快楽の中に、なぜ男と女の距離を見いださなかったのだろう。

実は見いだしていた。しっかりと見ていた。けれど「解らないふり」をしていたのだと思う。

デートや不倫旅行にはお金がかかる。女は男の出費を男の愛情の大きさと同一に受け止め感謝していたかどうか。セックスの場面での避妊はどうなっていたのだろう。ベッドの中で見えてくる女の打算をどう無視して快楽に邁進したのか。

彼は見えていたものすべてを文学に持ち込まなかった。それが渡辺淳一の凄いところだ。欲しいもの、伝えたいもの以外を、文学から払いのけた。自分の文学を限定することで、書きたいものを純化し強化したのだ。そして「女は最後まで理解できない生きもの」とし、女に去られて呆然《ぼうぜん》とする男の姿を描いた。

女たちが去ったあとの伊織の述懐は暗示的だ。どの女も掌《てのひら》から「ひとひらの雪」のように消えてしまった。この美しいタイトルには、元々掌は何も摑んでいなかったという悔恨が込められている。それは渡辺淳一自身の悔恨でもあるのだろう。

（『渡辺淳一　恋愛セレクション　7』集英社　より）

茶花としても好まれる侘助の花は、霞そのもの。画は原萬千子

桜の樹の下で

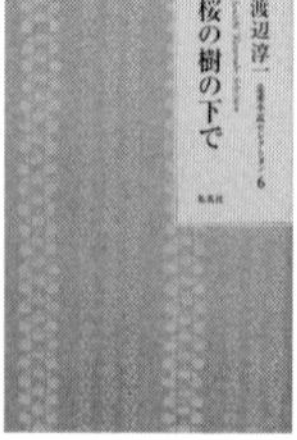

集英社

●解説――村松友視

京都の鴨川沿いにあるホテルを出て川岸に咲く桜をながめ、そのあと東山から平安神宮まで花を追って歩いた主人公の遊佐恭平《ゆさきょうへい》は、かるい疲れをおぼえ、「花疲れ」という言葉を思い出す。初めは花の美しさに息をのむが、見つづけているうちに、花が花にかさなるあでやかさが息苦しくなり、やがて全身に疲れが忍び込む花疲れ……きわめて暗示的な冒頭シーンである。

著者は、桜のけしきから反射的に思い浮かべる死への連想を、地の文で深く刻むのでなく、桜の季節の京都という舞台の上での、壮年の主人公である遊佐と娘ほど年齢のはなれた涼子との、かすかにスリルのただよう会話ですいと書き出している。作品のタイトルから読み手のなかに直《ちょく》にみちびき出されやすい、あまりに有名な文学作品の濃密すぎる匂いを、上手に遠ざける手さばきがそこからは見えてくる。

桜から死への連想の行く末は、その有名作品とは別の地平における小説的筋道で、これからゆっくり解き明かしてゆくつもりという、著者のやわらかいメッセージが、読み手の文学気分への性急な前のめりを、しなやかに躱《かわ》してみせているのである。

この作品は、一人の男と二人の女とも、二人の大人の男女と一人の若い女とも、母の愛人と娘ともいえる遊佐、菊乃、涼子を軸とする三角関係の構図による、危ない絵巻物のごとく語られてゆく。

遊佐は文芸企画や婦人向け企画などを幅広く手がける、東京のいわゆる大手出版社の三代目社長。十年前の父の急死によって社業を継ぎ、高度成長後における下降気味の景気や、若手の活字ばなれがすすむ時勢のなかで、四十九歳になった今はようやく自分の意志通りに経営できる立場をきずいたと自負しはじめている。仕事や個人的用件で足を向ける料亭、レストラン、待合せのためのバー、選びぬいた相手を招くための瀟洒《しょうしゃ》で個性的な料理屋、深夜まで営業する隠れ家的な酒処《さけどころ》……といった行動範囲や仕事上の人脈、出張先である京都での時のすごし方、あるいはその女性観などから、三代つづいた出版社の経営者らしい文化的雰囲気がうかがえる。

菊乃は、祖父がはじめた京都の小体《こてい》な料理屋「たつむら」を受け継いだ母の没後に、店を本格的料亭に仕立あげた美貌と活力をそなえる四十六歳の女将《おかみ》。夫とは別居中の身だが、なぜか戸籍はそのままにしてあり、手もとにおいて育てたひとり娘の涼子に、そろそろ若女将としての自覚をうながす頃合いだという思いをいだいている。

二十三歳の涼子は、母菊乃に似た美しい容姿をもち、「たつむら」の娘として不自由のない暮らしからくる育ちの良さとともに、少女の頃から艶《つや》のからむ料亭の香りにつつまれて成長したせいか、年齢のわりに大人びたものの思い方をも持ち合わせている。遊佐と母の大人としての男と女の仲も、すでに察しているようだが、そこがバネとなって年のはなれた遊佐への、女としての好奇心が芽生えはじめてもいる。

そして、遊佐の視点から禁断の色をおびて語り出されるものがたりは、次に菊乃の視点と思いに切りかわって遊佐にもどり、さらに涼子の視点と思いがそこにかさねられて、均衡を保っていたかのごとき三角関係の構図に、小さな亀裂が生じる。そしてその亀裂の妖しい広がりにさそわれるように、それぞれの色がからみ合い、もつれ合い、はじき合い、溶け合い、よじれ合ってゆく。

その真空状態の密室にみなぎる、危うく毀《こわ》れやすい遊戯をともなった亀裂の模様が、遊佐をさらなるのっぴきならぬ深みへとみちびき、同じ事柄への三者三様の眼差《まなざ》しの交錯が、場面ごとに読み手の予感を受け入れ、あるいは裏切りつつ作品にスリリングな手ざわりを与えてゆく。

そのなかで、男の性や女の業などについての著者の独特のこだわりが、遊佐の心を借りる形で随所にはさみ込まれる。だが、読み手が苦笑いをもってそこに反応していると、文学的で硬質なフレーズが、前後にそっと布石されているのに気づかされたりもするのだ。

視点の切りかわりによって、菊乃と涼子の内側の炎《ほむら》が次々と表情を変えてゆく。そのありさまを受けとめているうち、ふと私の頭によみがえったひとつの記憶があった。それは、何年か前に偶然に足を向けた、創作着物の展示会場での不思議な体験の記憶だった。

展示場に据《す》えられた数々の衣桁《いこう》には、それぞれの作者による創作着物作品が架けられていた。衣桁に架けられた着物を次々と見つづけるうち、着物への造詣はおろかささやかな知識すらもたない私は、どれを見ても同じに見える四角い衣から何も汲み取ることができぬまま、展示される作品に次々と虚ろな目を向けつづけていた。すると斜めうしろあたりにいた、老女らしいささやき声が耳にとどいてきた。

「左の肩を、ちょっと傾けてみたらおもしろいのに……」

連れに向けたと思われる老女のささやきは、そのように聞き取れた。

衣桁に架けられている着物は、四角い平面である無表情の衣にすぎない。だが、人に着られたとき、着物は千変万化の表情をあらわす魔力をもっている。着物は、そのような情火を内に秘めつつ、無表情の表面張力を保ち、誰かが自分に表情をつくってくれるのを、じっと待っている。そしてその無表情は、針の先がかすかに触れただけで、一気にくずれ溢《あふ》れ昂《たかぶ》り昇華するけはいにみちている。だから、左の肩をちょっと傾けただけでも、無表情だった着物に、不埒《ふらち》とも見える妖しげな様子が生まれるはず……老女のささやき声をそのように読み取って、目の前の着物の左肩を、幻の指で傾ける想像をこころみてみたが、そんなけしきを幻視する術《じゅつ》を手にすることなど、私にはとうてい無理なことだった。

どれほどの時がたったか、得体の知れぬ疲れをおぼえてふり返ってみたとき、斜めうしろにいたはずの老女の姿はすでになかった……その奇妙な記憶を道づれにして、私は『桜の樹の下で』に舞い戻っていった。

著者は仄暗《ほのぐら》い舞台の中央に二架の衣桁を据え、それぞれに菊乃と涼子という着物を架けて、その前に遊佐を立たせたのではなかったか。唐突によみがえった記憶から、私はそんな思いをさそい出された。そして、結末近くの重要な場面における、菊乃と涼子がまとう同じ桜の着物の対比について書かれているくだりが、著者によるその構想の象徴であり、収斂《しゅうれん》であるのではないか、と勝手に推測したのだった。

著者は、幻の指で涼子の袖のあたりに触れ、菊乃の肩口を傾け、涼子の裾をゆがめ、菊乃の腰のあたりに複雑な刺繡の帯をあしらい、涼子の襟をぬいてゆく……そのたびに遊佐は、両者から迸《ほとばし》り出る情の炎を浴び、期待と不安と恐怖の連鎖にたじろいでゆく。

幻の指に触れられるたび、二枚の着物はとまどい、歓喜、おののき、擬態、嫉妬、苛立ち、怒気、嗚咽《おえつ》、懊悩、後悔、反発、居直り、駆け引き、覚悟、諦念、狂おしさなどの貌《かお》を刻々とあらわしてゆく。そのはげしい情念の仮借ない奔流に呑み込まれ圧倒されつつも、さらにとめどない深追いにいざなわれ翻弄されてゆく遊佐の心もよう。

そして、女という性の蠢《うごめ》きが、表面張力の膜を突き破ってこぼれ出る予感のなかで、禁断のものがたりを紡ぎ出していた著者もまた、自らがしつらえて衣桁に架けたはずの着物の奥からあふれ出る魔力、そしてまたその奥に透けて見える女の本格性、正当性、永劫性にたじろぎはじめる……着物を失った衣桁と、剝れ落ちんとする着物をかろうじてこらえるがごとき衣桁が、自分の前からしずかに遠ざかってゆくのを、無力感とともに呆然と見おくる遊佐のうしろ姿には、そんな余韻がただよっているようだった。

作品の随所に著者の男、女、死などへの怨念が織り込まれていたのは、天外天《てんがいてん》ともいうべき特権的なその視座までもがゆさぶられるありさまをも表現するための、著者の仕掛けであったにちがいない。そして、女の業に翻弄される男の性という命題が、のちの作品のなかで巨大化し肥大化してゆく予兆が、そこから炙り出されてくるように思えた。

ただ、そのようなダイナミックな鳴動をともないながらも、作品全体に水彩画のような静逸《せいいつ》がただよっているのもたしかなのだ。それは、菊乃と涼子が話す京言葉の香りによるものでもあろうが、作中にいっさい携帯電話の場面が登場しないこととも かかわってくるのだろう。

『桜の樹の下で』は、一九八七年五月から一九八八年四月まで『週刊朝日』に連載小説として書かれた作品だ。ある時期から日本人、いや世界中の人々の行動のスタイルを激変させ、今も時代を席捲している〝ケイタイ文化〟の出現以前にあった、水彩画的けしきをベースに描かれた世界であるとも言えるのではなかろうか。著者の作風の変遷のなかで、膨張の限界でその水彩画らしいけしきがぎりぎりのテイストを保っている、そんな微妙な季節の作品と言えるようにも感じられたものだった。

なぜか籍がそのままになっている菊乃の夫の、遊佐の対岸に生きる男像が、作品の主調とはまた別の、滋味をふくんだ音色を加えるとともに、小説としての結構をしずかに支える役として配置されているあたりからも、その感触が伝わってくるのである。

いずれにしても、桜の季節から桜の季節までの一年のあいだにくりひろげられる一気呵成とも匍匐《ほふく》前進とも、遠心力とも求心力ともくくりきれぬ、幾通りもの読み方をもたらすこの作品は、言葉と文章とものがたりの織り合わせで、その奥にあるテーマを掘り起こしてゆく小説という領域ならではの大人びた味わいにみちている。

そして、性を介して繋《つな》がる男と女という摩訶不思議なきものが織り成す、清濁、善悪、賢愚を呑み込んだ彩《いろど》りの芯にある、生と死という一貫した命題へと、眼差しを注ぎつづけた小説家渡辺淳一の、厖大にして巨大な世界の貴重な一断面とも言えるであろうこの作品の肌ざわりは、私にとってきわめて贅沢な体感というものであった。

（『渡辺淳一 恋愛セレクション 6』集英社 より）

週刊朝日

新連載小説1

桜の樹の下で

渡辺淳一

絵 小松久子

『週刊朝日』連載第１回誌面。1987年5月8日号。
「平安神宮」の枝垂れ桜の挿絵は小松久子

うたかた

集英社

●解説——村山由佳

二〇一四年五月の連休もいよいよ終わろうとする日の、気持ちよく晴れた午後だった。

地元・軽井沢在住の作家仲間や先輩方と、我が家で花見を兼ねた〈持ち寄りご飯の会〉を開き、美味しいお酒とお喋りに興じた後、さあそろそろお開きに……となった時だ。

携帯電話が鳴った。某テレビ局ディレクターからの連絡で、もたらされたのは渡辺淳一氏の訃報だった。実際に亡くなったのは四月三十日で、お弔いはすでにご家族だけで済まされたという。

あまりにも急な報《しら》せに、全身の血が冷えて足もとに落ちた気がした。電話を切った私がそのことを告げると、皆、息を呑み、言葉を失った。ずいぶん長い沈黙のあと、誰からともなく、残っていた酒をグラスに注ぎ、「献杯」と言い合って飲み干した。

信州の遅い春、庭の桜がわずかな風にもはらはらと花びらを散らす。大人たちがなぜ深刻な顔をしているかなど、何もわからずに見上げていた友人の幼い息子がふり返り、「さくらがないているね」と言った。

作家・渡辺淳一を、恋愛小説の書き手であると思い込んでいる読者は、たぶん、多い。実際、視点を男性に切り替えて書かれた最初の作品『ひとひらの雪』は「ひとひら族」という流行語を生み出したし、社会現象にまでなった『失楽園』や『愛の流刑地』といった作品は、渡辺作品のひとつの頂点と呼ばれて然《しか》るべきだろう。

けれど作品群を大きく見渡せば、そこには医療小説もあれば歴史小説も評伝もあることに改めて驚かされる。この多彩さ、多才さはどういうことなのだろう。

「小説を書きたい、と大きな影響を与えられたのが、僕が大学の医学部に入って一年生の時だね。解剖書を読んで、圧倒的な刺激を受けた。文学書の比ではないほどの衝撃でね。変な話だとは思うけど、僕は医学部に入って初めて『本格的に小説を書こう』って思ったんで」(『オール讀物』二〇一

四年四月号より）

ここでは、氏が内科医でも精神科医でもなく外科医への道を進んでいたことに注目すべきだろう。解剖学上、人体の組織はすべて明確に解明されている。それなのに、いざ個々に動き出すとそれぞれが皆違う。その「人間」の『非論理性』に衝撃的に惹きつけられ、人間とはいったい何なのかを根本から考えさせられたことによって、渡辺氏は小説の世界へと導かれたのだ。

「医学部へ行かなかったらここまで小説に執着しなかったかも」と、自ら語っていることからもわかるように、これから取り組むのがどんな種類の小説であれ、書き手である氏を駆り立てていたのは結局のところ、「人間」という「一番『非論理』な存在」そのものへの飽くなき好奇心だった。

そう考えると、渡辺氏が恋愛小説（氏言うところの「男女小説」）にずっとこだわり続けた意味も見えてくる。非論理性にあふれた人間の営みの中でも、およそ恋愛ほど非論理的な行為はないからだ。

前出の『失楽園』や『愛の流刑地』において主人公たちが選び取る行動もまた、論理ではとうてい説明できない。前者は幸福の頂点でともに死ぬことを選び、後者は性愛の頂点で「殺して」と叫ぶ女性の首を絞めて死なせる。

非論理の極致である恋愛という魔物に取り憑かれ、生と性の悦びを突き詰めれば突き詰めるほど、人は社会性を失い、どこまでも墜ちてゆき、やがては戻る道を断たれてしまう。

渡辺文学を貫く通奏低音ともいうべきその実感を、『失楽園』よりも『愛の流刑地』よりも先に、初めてあらわにしてみせたのがつまり本作『うたかた』であったと言えよう。

『うたかた』を新聞に連載していた頃、渡辺淳一氏は五十代半ば。主人公の作家・安芸隆之《あきたかゆき》の年齢とほぼ重なる。

安芸は、着物デザイナーである三十代の人妻・浅見抄子《あさみしょうこ》と出会い、互いに家庭を持つ身でありながら恋に落ちる。春まだ浅い伊豆の宿から始まり、桜一色の吉野と京都、夏めく石狩平野、と幾度も逢瀬を重ねるうち、当初は想像もしていなかった恋愛と性愛の深みにはまりこみ、もはや元には戻れなくなってゆく。

「とうとう、ここまできてしまいましたか」物語の終わり近く、抄子は言う。「でも、こうするよりないでしょう」

二人はその直前、北海道・当別の別荘において、すでに二人だけの秘儀を行っている。互いの覚悟を確かめ合うと同時に、ともすれば揺らいでしまいかねない自らの退路を断つための、密やかにしてあまりにも官能的な行為だ。そして安芸はといえば、「雪面を射抜く最後の残照を見ながら、人の生はすべて、うたかたのごとく淡く儚いから、いまこのいっときに燃えているのだと、自分にいいきかす」。いそう、あくまで「自分にいいきかす」のである。心から信じきっているわけではない。

渡辺氏がくり返し描いてきた、虚無や無常と隣り合わせの感覚――〈この世はすべてうたかたの夢〉といったこの感覚は、もしかすると十代で最初の恋人を喪《うしな》った実体験（『阿寒に果つ』に描かれた加清《かせ》純子との関係）に根ざしたものではなかろうかと推察するのだが、はたしてどうだろうか。

驚くべきは、新聞連載に一年を費やし、単行本では上下巻として発表されたこの長い物語の中に、いわゆるドラマティックな出来事がほとんど起こらないことだ。どちらかの連れ合いに不倫がばれて修羅場を迎えるでもなければ、突然誰かが死ぬわけでもない。それどころか、登場人物といったらほとんど主人公二人きり。その二人が、静かに寄り添い、季節を追いかけるように旅をし、訪れる先々で心と軀《からだ》を重ね合うという、言ってみればただそれだけの物語である。それなのに一気に読ませるのは、人間心理の奥の奥まで過剰なほど執拗に分け入り、けれどその過剰さが飽和に達してしまうぎりぎり手前で鮮やかに引き返してみせる、作者の手腕によるものとしか言いようがない。

「小説には、実体験よりも実感が必要だ」と渡辺氏は事あるごとに述べている。実際、男と女の小説は、自らの体験に裏打ちされた実感なしには絶対に書けないジャンルである。

初めこそ男の側が女の逡巡を押し切る形で始まった恋愛が、深まるうちに変容し、やがて女の側が男の弱気を引きずるようになってゆく――そのあたりの描写は、まさに渡辺氏の真骨頂だ。おぼこだった女を自分が育てて開花させたはずが、いつしかその女に追い抜かれ、ともすれば置いてゆかれる主人公の悲哀と滑稽さ。男性である書き手自ら、男の沽券《こけん》などという虚飾をかなぐり捨て、あくまでも〈男の目に映る女〉を描写することに徹する。そうして、どこまでいっても男でしかあり得ない自らを冷徹に見つめて描ききることで、氏は、重苦しい物語の中にも一種の軽みをもたらすことに成功している。

〈サディスティックなまでの探究心〉と、〈マゾヒスティックなまでの描写欲〉。言い換えればそれは、〈外科医の眼〉と〈文学者の眼〉とも言えるかもしれない。

その二つを両輪として数多《あまた》の作品を生み出し続けたのが、渡辺淳一という唯一無二の作家であったのだ。

『うたかた』の解説を……と依頼されてしばらくたった今年の初夏。ひょんないきさつからお招きを頂いて、氏と交流の深かった編集者たちとともに、北海道は当別町にある別荘を訪れる機会があった。

どうしても翌日までに仕上げなくてはならない原稿を抱えていた私は、

「よかったらどうぞ、お父さんの書斎を使って」

というお嬢さんの勧めにありがたく甘えることにして、皆が氏の思い出を懐かしく語り合う宴の席をしぶしぶ抜け出し、二階へ上がった。

作中の描写そのままに、階段を上がると三つのドアが並んでいて、奥が寝室、真ん中は小さな客間、いちばん手前の部屋が渡辺氏の書斎だった。窓側の壁に作り付けの机には、ファックス付きの電話や置き時計、名入りの原稿用紙や、三菱ユニの2Bの鉛筆などがそのままに遺されていた。

あの夜ほど、仕事に集中した経験は後にも先にもない。日中あちこち動いて疲れきっていたにもかかわらず、一瞬たりとも眠くならなかった。

窓の外が白み、やがて迎えた夜明け。

「深い靄から霧へ、そしていまは薄い水蒸気の層へ、まわりの大気が変るにつれて、樹々の緑や家々が鮮明になってくる」

作中にそうある通りに、眼下の丘陵がだんだんと明るさを増し、遠く札幌の街まで見渡せるようになってゆくのを、小鳥のさえずりに耳を傾けながら眺めた。この同じ光景を、安芸と抄子の二人も、そしておそらくはこの書斎を使っていた作家と誰かも、寄り添うように並んで眺めたのだろうと思ったら、あまりに感慨深くて胸が詰まった。

「ちゃんと恋愛しているかね」

と、お目にかかるたび渡辺氏はおっしゃった。

「恋をね、しなきゃ駄目なんだよ作家はねえ。日頃から心を燃やす薪をくべていないと、書くものから艶がなくなってどんどん枯れていっちゃうからねえ。家庭の幸福を顧みて、連れ合いや子どもには読ませられないなんて理由で筆を鈍らせるくらいなら、やめちまえばいい。作家なんてものはそもそも、存在自体が反社会的なんだ。どんなにインモラルだってかまわない、人間の本質を描く限りにおいては何を書いたっていいんだよ」

飄々とした柔らかな口調でそんな無頼なことをおっしゃっていた氏が、最期は、ご家族に見守られて眠るように穏やかに逝かれたという。

これは勝手な想像だけれど、きっと、ご自身がもてあますほどの愛にあふれていたひとだったのではないかと思う。だから、あれだけの艶聞を振りまき、あれほどの生と性を生きてなお、周囲からも、ご家族からも、愛され続けたに違いない、と。

文壇の大御所だからといって怖《お》じけずに、もっとお話ししておくべきだった、などと後悔しても遅い。今となっては氏の遺した作品たちから、その生きざまの残り香を嗅ぐ以外にない。

そう考えると、こんなにも沢山の作品を、氏が生涯にわたって旺盛に生み出し続けてくれたということそのものが、読者にとって最高の幸福であると思えてくるのだ。

（『渡辺淳一　恋愛セレクション　8』集英社　より）

終章「冬館(ふゆやかた)」の舞台となった、札幌郊外当別町のスウェーデンヒルズ。雪に囲まれた別荘の前を歩く。(1998年頃)
写真／秋元孝夫

失楽園

集英社

◉解説——桐野夏生

『失楽園』は、一九九五年から九六年まで、日本経済新聞に掲載された連載小説である。お堅いイメージの日本経済新聞の、しかも朝刊に、不倫の男女の大胆な性愛シーンを書いた小説が載っているというので、連載中から大変な話題を集めたという。ちなみに、単行本の売り上げは、上下合わせて三百万部を突破するミリオンセラーである。

度肝を抜かれるのは、物語の冒頭が、男女の性交シーンから始まることである。いきなり、女主人公・凜子《りんこ》の「怖いわ……」という台詞が、ぽんと出てくる。

凜子はエクスタシーに至る寸前に、その言葉を洩らすのである。凜子には、未だ経験したことのない世界が口を開けており、自分たちがその陥穽《かんせい》に落ちかけていることがわかっているから怖《おそ》ろしいのだ。まさしく、この台詞が『失楽園』のテーマとなっている。

従って、二人がどこで知り合って、どのようにして付き合うようになったかは、たいした問題ではない。性交シーンの合間に、フラッシュバックで語られるだけだ。

凡百《ぼんぴゃく》の作家なら、二人のロマンスの成り立ちから結ばれるまでを、延々と描くであろう。だが、渡辺淳一は、そんな手間など面倒臭いとばかりに省く。彼は、性愛そのものを描きたいのだ。大胆で、勇気ある作家である。

渡辺淳一が、『失楽園』を書いたのは、六十一〜六十二歳。五十五歳になる主人公・久木祥一郎《くきしょういちろう》の心情も、彼より十七歳も若い松原凜子の戦《おのの》きも、手に取るようにわかっての執筆だったに違いない。『失楽園』には、とにもかくにも、男女の性愛の涯《は》てまでを書き抜こう、という作家の強い意志が窺える。

「性愛」とは、「性」でもなく、「愛」でもない。が、そのどちらかが欠けても成立し得ない。そして、そのどちらかに依るものでもない。愛があって、性がある。そして、性があるからこそ、愛が深まる。愛し合う男女にしか得ることのできない境地だ。

実は、その境地を得るまでに至らない人は、存外多い。

経験の浅い若い読者には、『失楽園』の二人は笑止だろう。不倫を厭《いと》う読者には、二人がこの上もなく不道徳に思えるに違いない。また、境地を得ないままに死んでゆく人は、性愛そのものが理解できず、二人が忌まわしく思えるかもしれない。そう、凛子の母親のように。

主人公たちは、これらの無理解と闘うドン・キホーテでもある。

だが、誹謗中傷や無理解、そのすべてを逆手に取って、渡辺淳一は、手を変え品を変え、場所を変え季節を変え、これでもか、これでもか、と二人の性愛を描いてゆく。ちなみに、作品に表れる性交の回数を数えた人のデータがある。何と渡辺淳一は、連載一年二ヵ月で二十六回もの性交シーンを書いているのだ。

主人公たちの息は合い、その快楽は喩えようもなく大きくなってゆく。こうなると、二人はただ抱き合うためにだけ生きている、と言っても過言ではなくなる。

快楽は天国に誘うものでありながらも、愛を確かめ合う方策がそれしかないのだとしたら、永遠に貪り続けなければならない地獄にも成り得る。だから、最後は二人きりで破滅するしかない。渡辺淳一は、その天国と地獄の両方を描き、二人の死まで見届けた。冒頭の凛子の台詞通り、怖ろしい小説である。

あらすじを紹介しよう。主人公の久木祥一郎は、大手出版社に勤める編集者だ。ある日、出版部長の身から、調査室に異動するよう命じられる。そこは、これまで慣れ親しんだ現場ではない。自由と言えば自由だが、締切のない閑職部門でもある。

久木は、まだ五十三歳。定年までの日々をこの調査室で過ごすのか、と忸怩《じくじ》たる思いがある。人生でし残したことが、まだあるような気がしてならないのだ。

そんな時、講演を頼まれたカルチャーセンターで、運命の人・松原凛子に出会うのである。松原凛子は、三十七歳の人妻。夫は大学病院に勤めている。「まさしく楷書《かいしょ》のような折目の正しさと、気品を備えて」いる凛子に、久木は夢中になり、とうとう関係を持つに至る。

一方、密かに夫に不満を抱いていた凛子は、久木と出会って、ある崩壊を予感するのだった。その崩壊とは、彼女自身の生きてきた人生、いや、これからも続くはずの人生を否定することでもあった。凛子は、久木との関係を重ねるうちに、どんどん変化する自分が怖くなる。

二人の逢瀬、いや外泊は続く。久木の妻にも、凛子の夫にも不倫は知れることになってゆく。そんなある日、凜子の気持ちを変えるターニングポイントがあった。凜子の父親が亡くなった夜、久木に強引に誘われるのである。喪服のまま抱かれる凜子は、気持ちの上で一線を越える。とうとう、自分に訪れる変化を怖れなくなったのだ。

　やがて、久木の会社に、凜子の夫かららしい怪文書が届き、妻にも離婚を迫られる。久木は、社会的にも家庭的にも、窮地に立たされることになる。系列会社への出向を命じられた久木は、会社を辞めることを決断する。

　自ら滅びの予感に身を苛まれている凜子は、久木に二人で死のうと誘う。最初は怖気《おじけ》付いている久木も、次第にその提言を受け入れてゆく。とうとう二人は、有島武郎《ありしまたけお》と同じく、軽井沢の別荘での心中を決意するのだった。

「性愛」を真っ向から描こうとする作家は、そう多くはない。恋愛小説と銘打たれるものは、「恋愛」と呼ばれる近代的ロマンスを、二人が結ばれるまでの心理や駆け引きを描いて終わり、というストーリーが多い。しかしながら、男女は結ばれてから、また違う地平に向かうことがある。その契機が「性愛」なのである。

「性愛」は、最も難しいテーマである。愛し合う男女の「性愛」には、どこまでいっても涯てを感じることができない、底なし沼という罠がある。

　とりわけ、二人の関係が不倫である場合は、社会から孤立し、家族からは憎まれ、二人きりの世界をより濃密に構築せざるを得なくなる。その時、「性愛」が、二人を殻に閉じ込める。その殻の中で二人は睦み合うしかなくなり、いつしか、外に出て行くことすらも叶わなくなる。

　小説中に、阿部定《さだ》の事件と、有島武郎と女性編集者・波《は》多野秋子《たのあきこ》の心中事件が何度か出てくる。凜子が、このふたつの事件に激しく反応するのは、阿部定も有島武郎の事件も、不倫だったからである。阿部定の場合は相手の石田に妻がいて、有島武郎は前妻に死なれて独身だったが、波多野秋子は有夫だった。

『私はあの人が好きで堪《たま》らず、自分で独占したいと思い詰めた末、あの人は私と夫婦でないから、あの人が生きていれば外の女に触れることになるでしょう。殺して了《しま》えば、外の女が指一本触れなくなりますから、殺してしまったのです』

　阿部定の調書を久木に読み上げてもらった凜子は興奮して、「一人だけ残るから、いけないのよ」と叫ぶ。二人で死んでしまえば幸せなのに、と。

どんなに愛し合っていても、死ねば二人は離ればなれになる。それなら、一緒に死んで、死後も繋がっていたい、という気持ちが湧いてくる。

凜子は、阿部定のように片方が残るのではなく、有島武郎のように腐乱死体で見付かるのでもなく、二人一緒で美しく死にたいと願うようになる。なぜならば、今この時が最高に美しいのだから、と思うのだ。

性愛を極めれば、いつかくる滅びを覚悟しなければならない。だったら、どこかで終わりの線を引かなければ、滅びは喩えようもなく醜くなってしまう、と。

久木は、凜子の気持ちを汲んで、二人が繋がったままの状態で、死後硬直の時に発見されるように計画する。医者である渡辺淳一でなければ、考え付かない強烈な結末である。

人に何と言われようと、二人が納得するのなら、それでいいとする最期。「性愛」とは、二人きりで作り上げる強固な世界なのだ。

ミルトンの『失楽園』は、楽園に住んでいたアダムとイブが、蛇に姿を変えた悪魔の唆しによって、リンゴを食べることから始まる。先にリンゴを食べたのはイブである。イブは、アダムにリンゴを勧め、二人は楽園を追われるようになる。

凜子の歓びは、久木を凌駕するほど深い。「女の軀《からだ》はひ弱だが、その性は多彩で逞《たくま》しい。かわりに男の軀は頑健だが、その性は直線的で脆弱《ぜいじゃく》である」と、渡辺淳一は書く。

だから、凜子は「全身が性の火だるまとなって、快楽の蜜を求めて一直線に突きすすむ」のである。ゆえに、その滅びへの恐怖と、その裏腹の死への願望も激しく、リンゴを食べたイブのごとく、久木を死へとリードするのである。

かように、『失楽園』とは、これ以上のものは考えられないほど、絶妙なタイトルだった。怖ろしくも妖しく、烈《はげ》しい物語である。

(『渡辺淳一　恋愛セレクション 9』集英社 より)

『失楽園』の取材メモと挟んであった原稿用紙のメモ。いつも取材を大切にしていた

◉『失楽園』文学散歩

作家、渡辺淳一は物語の舞台設定、季節、料理などを詳細に取材し、読者をまるでその場にいるかのような臨場感に浸らせる名手だった。『失楽園』にもその取材力が生かされている。冒頭のシーンは鎌倉に実在するホテルが舞台だ。ほかに日光、修善寺が登場する。

鎌倉

『失楽園』は、七里ヶ浜沿いの鎌倉プリンスホテルのシーンから始まる。東京から1時間ほどで都会の喧騒を離れて、小旅行をした気分になれる

ホテルの部屋から二人は黄金色に輝く海と沈んでいく夕陽を眺めた。しだいに江の島の輪郭が海ぎわの明かりとともに浮き出てくる

初秋、二人は、鎌倉へ薪能を観に行く。駅に着くとタクシーで大塔宮に向かう。演目は、狂言の「清水」である

修善寺の宿・あさばは、広いロビーの向こうにテラスがあり池が見える。奥に建つ、入母屋造の能舞台が幽玄な姿を水面に映していた

［修善寺］

撮影 / 安井敏雄

日光に着くと、いろは坂を上って中禅寺湖へ向かう。久木は、雪の山肌の中で静まり返っていた蒼い湖が忘れがたかった

［日光］

エレベーターで100mほど下り、隧道を抜けると高さ約97mの華厳滝が現れた
撮影 / 秋元孝夫(鎌倉・日光)

シャトウ ルージュ

文春文庫

●解説――藤田宜永

或る方の葬儀の会場で、渡辺淳一さんとお会いした。葬儀終了後、渋谷まで一緒に帰ろうと誘われた。彼は車で来ていた。秘書の方が運転するのかと思いきや、ハンドルを握ったのは、何と御大自身だった。僕は後部座席に座り、日本を代表する先輩作家を運転手にして渋谷を目指すことになった。当然、こちらは恐縮したが、渡辺さんはそういうことを気にする人ではない。

車がスタート。びっくりした。運転は実にキビキビしていて、まるで三十代の男がハンドルを握っているみたいだった。作家、渡辺淳一は老いを知らない人だと改めて敬服した。

渡辺さんは果敢な人である。好奇心が旺盛で、常に未踏の地に平気で足を踏み入れてゆく。

「文藝春秋」誌に連載されていた時から話題だった『シャトウ ルージュ』は、そんな渡辺さんでしか書けない作品である。

舞台はフランス。〝中世そのままの陰鬱《いんうつ》さと静謐《せいひつ》さを備えている〟シャトウでは、淫らな〝儀式〟が行われている。女性が幽閉され、調教が行われているのだ。

日本で医者として働いている三十三歳の主人公は、セックス行為を嫌っている美しい妻、月子を、調教を主宰している〝悪党〟に誘拐させる。

有名なフランスの小説『O嬢の物語』にも相通じるところがあるが、渡辺さんの筆にかかると、現代社会が抱えている、性に対する罪の意識や、ありきたりの道徳観念が、石造りの堅牢なシャトウの中で、こっぱ微塵に砕かれてしまう。

〝女の両手首は天井から下がっている鎖につながれ、両肢は床に打ち込まれている鉄環で留められている〟といった具合に、幽閉された女は、拘束された状態で調教されている。

いわゆるSM的遊戯の中で、妻が〝狂おしいほど性に執着する淫らな女に改造〟されることを夫である医師は望んでいるのである。

女を裸で拘束する。それは女の持っている人間性を剝奪してしまうことに通じる。こういうことを言うと、眉を顰《ひそ》める方も出てくるかもしれないが、性行為には非人間的な一面があるということから目を逸らせてはならない。良俗の仮面を被って日常を生きている人間の〝本性〟を解き放つことによって、より人間的、やや難しい言葉を使えば、人間の存在論的な面に触れることができるのである。

また男の性の有り様は、美しいものの仮面を剝ぎ、陵辱したいという欲望と深く繫がっている。

アダルトビデオやポルノ小説の多くが、女教師や社長秘書といった社会的地位のある女性が犯されるという設定になっているのは、地位を剝ぎ取るという〝物語〟が男の性的欲望を刺激するからである。この〝物語〟を下品の一言で片づけてしまうのは早計である。常に人間は、このような物語を生きることで存在している。特に実体のない、〝貧しい〟性しか有していない男は、好みの物語を媒介にしてしか、興奮を高めることのできない〝弱者〟なのである。

女の方は、子供を産もうが産むまいが、子供を宿すというＤＮＡを持った強い存在。そして、やや乱暴な言い方をすれば、誰とでも性行為ができる生き物である。女の人が「あの男とはできない」というのは、あの男としたくない、という意味で、現実にできるかできないか、ということとは無関係なのだ。

一方、男の方はデリケートである。本書の主人公も、或る女性と関係を持とうとした時、その女性の過去の男の方が自分よりセックスが上手だったのでは、と疑っただけで萎えてしまった経験がある。好きすぎる女と事に及ぼうとして不能に陥ったという男の話は珍しくない。その逆、愛している男とできない女は存在するだろうか。

先ほども触れたが、舞台は中世風の城。そして、美貌の妻は、クリスチャンではないがミッションスクールに通っていた女である。つまり、修道女を彷彿とさせる女なのだ。その女が、堅く冷たい扉の向こうで、生身の女に調教されていくのである。

渡辺さんは中世カトリックの教義、偽善的な禁欲主義に批判の矢を投じている。しかし、そのような哲学的な面が、本書のテーマではない。

実は『シャトウ ルージュ』は愛の物語なのである。

夫である主人公は、肉欲を過度に嫌がる妻と、何としてでも〝合一〟したいのだ。そのためには、どうしても妻の観念を解体し、まさに心身ともに〝裸〟にしなければならなかったのである。

妻を愛しているのならば、たとえセックスレスでもいいのでは、という意見もあるだろう。長年夫婦をやっていれば、セックスを超えた繋がりが生まれることは確かだが、三十三歳の夫と二十七歳の妻の間では、それはあまりにも不自然である。戸籍上、このふたりが夫婦だとしても、まだ恋人の段階、少なくとも、夫にとって、月子という女は〝恋人以上、妻未満〟の存在ではなかろうか。

だから夫は煩悶する。調教される妻を見て、単に性的に興奮している変態ではまったくないのだ。

性愛という言葉を、冷静に考えてみるとよく分からなくなる。そこで辞書を引いてみた。〝男女間の本能的な愛欲〟（広辞苑）〝〔男女間の〕性的な愛情〟（新明解国語辞典）……。いずれも間違っているわけではないが、性愛という言葉の持つ、深さに触れているとは思えない。

フランス語の〝本性〟という言葉はＮＡＴＵＲＥ（ナチュール）である。ナチュールには自然という意味もある。これは何の根拠もない僕の意見だが、性愛とは、本性と自然と愛が一緒になった男女の繋がりだと思うのだ。ひらったく言えば、相手に対する慈しみと淫らさ、スケベ心と尊重、といった一見矛盾しているように思えるふたつの心理状態が、分かちがたく結びついているものではなかろうか。

渡辺さんの作品は、矛盾しているかのように思えるふたつの心理状態が、矛盾なく一致している、まさに最良の性愛小説。本書も、当然そのような一作である。

そんな作品を次々と発表している渡辺さんは、以下のような不満を持っている。

〝現代の日本社会は、ワイドショーを始めとして、不倫とか離婚とか嫉妬とか、男女のことにすぐ大騒ぎして、最後はありきたりの道徳論をふりかざして、批判するだけでしょう。まずそういうものに反逆したかった、とともに、もっと自然な性を評価してあげたかった〟（「本の話」平成十三年十一月号）

僕も、良質な性愛を軽んじる風潮が大嫌いである。渡辺さんほどアナーキーにはなれないけれど、小さな秘事に目くじらを立てる人間に〝それが、どうした〟と言ってやりたくなる時がある。

世界に目を向ければ、悲惨な戦争や目を覆いたくなる事件が頻発している。犠牲者のことを考えれば言葉を失う。しかし、そういう情報に触れ、あの爆弾がどんな種類のもので、あの武器がどれぐらい殺傷能力があるか、などと解説したり、そういうことに精通しているかのような顔をして、いかにも〝男らしい〟と勘違いしている人間よりも、今現在、目の前にいる生身の女を相手する男の方が、いかに大変で、リアルな〝戦場〟に立ち向かっていることになるか。そのことを日本の作家で一番知っているのは渡辺さんだろう。それは、精神医療の世界を舞台にした最新刊『幻覚』にも十二分に表れている。

若輩者の僕がそんなことを訴えても、笑い飛ばされるかもしれないが、現代日本に生きていれば、地雷を踏む怖さもなければ、爆弾に怯《おび》えることもない。〝生身の女〟と付き合う方が、よほど危険なことは自明の理である。

さて、また本書に戻ろう。この小説は先ほど言った通り、SM風の舞台を使いながらも、実は、夫が妻を愛そうとする物語なのである。若き医師と美貌の妻、月子がどんな結末を迎えたのか。それはここでは語れない。読んでいただくほかかない。

（『渡辺淳一の世界Ⅱ』集英社より）

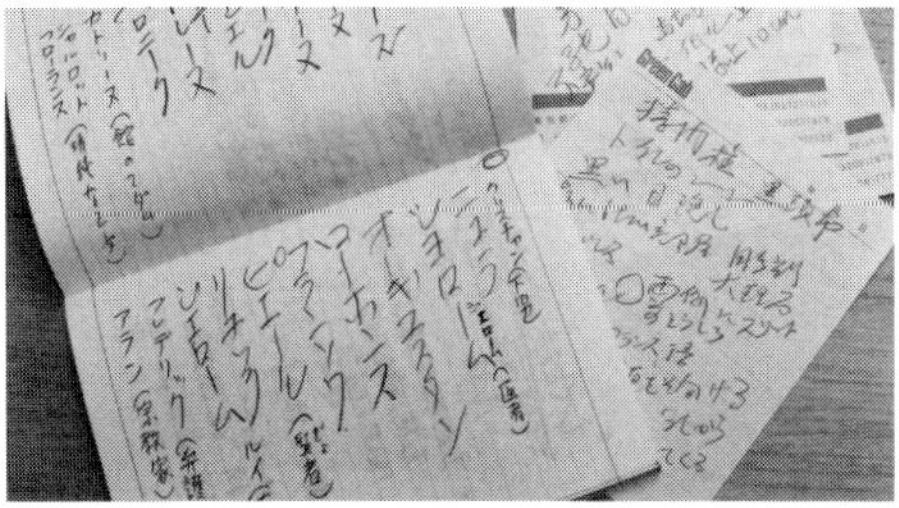

『シャトウ ルージュ』の主人公の名前の候補を記した取材メモ

化身

集英社文庫

気鋭の文芸評論家・秋葉大三郎は、妻子と別れ、フリーの記者である史子という女性とつき合っていた。ある日、銀座のクラブで働く、自分よりはるかに若い霧子と運命の出逢いをする。鯖の味噌煮が好きだという初心《うぶ》な霧子に秘められた女としての蕾《つぼみ》に惹かれた秋葉は、和食や和の文化などを教え、霧子を理想の女性に育てようとひたすら愛を注ぐ。

ふたりは国内だけではなく、スペイン、フランスなどさまざまな地をともに旅をし、愛を育んでいく。しかし秋葉の導きで女性として徐々に成熟していくにつれ、次第に何かがすれ違い始める。秋葉にアンティークの店を出してもらった霧子は、愛という移ろいやすいものより、自立した女のあり方を求めるようになっていたのだ。永遠に続くと思われたふたりの愛はどうなるのか。渡辺文学の真骨頂とも言われる作品。

『愛のごとく』

妻と愛人の間で揺れる男の愛と性を描く

妻と二人の子どものいる主人公には、5年越しの愛人がいる。愛人の存在に気づいた妻の、妻に嫉妬する愛人の、そして男の、別れられない関係を描く。（新潮文庫）

『夜の出帆』

夜の海を漂う小舟のような生き方に新しい出帆のときが……

29歳の聖子は、19歳年上の作家と同棲をしているが、勤め先の出版社社長とも付き合い始める。二人の男の間で漂う聖子に新しい旅立ちが訪れようとしている。（文春文庫）

『パリ行最終便』

別れた恋人への想いを突然の手紙が呼びさます

妻のある恋人と別れ、ひとりアムステルダムで暮らす靖子の元に、パリで会いたいという手紙が届く。揺れうごく女心を、異国の街を背景に巧みに描いた作品。（新潮文庫）

『泪壺』

遺灰で作った磁器の壺は、まるで泪を流しているようだった

癌に冒された妻は、壺に宿っていつまでも夫の側にいたいと願い、夫は最愛の妻の最期の願いを叶えるが……。〝ボーンチャイナ〞という言葉に発想を得た作品。（講談社文庫）

『何処へ』

作家を目指す医師と女たちの心の機微を描く自伝的小説

作家を目指し、妻子を残して上京した医師、相木悠介。愛人との同棲生活、将来への不安、他の女性との恋愛……。男と女の複雑な恋愛関係を描いた長編小説。（講談社文庫）

『メトレス 愛人』

経済的にも精神的にも自立した女性の恋愛観とは

外資系の会社で有能な秘書として働く主人公は33歳。17歳年上の会社社長と不倫関係にあるが、妻子を捨てた男が結婚を決意すると自由に生きていく道を選ぶ。（文春文庫）

●高齢化社会の問題を先取りした異色の恋愛小説

エ・アロール
それがどうしたの

角川文庫

東京のまさに中心地である銀座に位置する、瀟洒《しょうしゃ》な高齢者施設「ヴィラ・エ・アロール」。経営者の来栖《くるす》貴文は、「仕事や世間から解放された人々に、楽しく気ままに暮らしてもらおう」という方針でこの施設を経営していた。そのため施設には自由な雰囲気が溢れ、三角関係などの恋愛問題が絶えず起き、ときに騒動へと発展する。なかには出張へルス嬢を呼び寄せる入居者までいた。

　高齢者の「年甲斐のない」恋愛模様をえもいわれぬユーモアのある筆致で描いた本作品が発表されたのは、渡辺淳一が七十歳のとき。人は老いても欲望を持つし、性愛や恋愛を求め、豊かな感情を持って生きている。自身も老いを自覚する年齢を迎えた渡辺淳一が描いたこの作品は、「老い」の既成概念を打ち壊し、急速に進みつつある高齢化社会における新たな生き方を示唆する作品として、世に大きな衝撃を与えた。

　ちなみに「エ・アロール」とは、フランス語で「それがどうした」の意味。フランスのミッテラン大統領に隠し子がいることが明るみに出たとき、記者団に対して言った言葉として衆目を集めた。

孤舟

集英社文庫

大手広告代理店の上席常務執行役員まで務めた大谷威一郎は、関連会社の社長ポストを蹴って定年退職した。

　バラ色の第二の人生を思い描いていたが、待ち受けていたのは夫婦関係と親子関係の危機。そして大きな孤独だった。犬のコタロウが側にいるだけのさみしい日々が続く。人生最大の転機を迎え、威一郎の孤軍奮闘が始まる。定年退職後、いかに生きるかという一大社会問題に肉薄した異色の傑作長編。

（集英社文庫より）

医学小説

札幌医科大学の整形外科医の経験が医学小説の礎である。死から生を見つめ、初期は医学ものの作品が多い。和田教授の心臓移植は渡辺淳一が医者を辞めて作家一本になるきっかけにもなった。『光と影』で直木賞を受賞。

医学と小説——渡辺淳一特別インタビュー

死とは「無」である

いわゆる初期の作品は医学ものが圧倒的に多い。僕の強いところは医学を学んできたことなので、それをたくさん感じてもらおうと意気込んでいた。

まず大学で医学を学んで大きな衝撃を受けた。

それは当たりまえのことかもしれないが、人間は死ぬと「無」になり、それまでの思いや夢、憧れもすべて消えていくだけだと知った。そして人間は脳動脈から脳静脈のある場所はみな同じなのに、頭のいい人間から悪い人間までいる。人によって働き具合が天と地ほど違う。解剖学的には誰でも同じだが、心表に現れる思いや情感は、こんなにも違うのかと驚き、感動した。そしてそれが一層人間への憧れを強めさせてくれて、一人ひとりの生の証に惹きつけられ、ぜひ人間というものを書いて、解剖学的な差ではない、機能的な差を小説に残したいという執着というか魅力を覚えた。医学を学んだおかげで、改めて人間というものを見つめ、人が好きになった。哲学を学びたかったので、大学で学部を決める時に憂鬱で仕方なかったが、ここで新しい医学の魅力を発見することができた。

医者をやらなかったら、作家にならなかったし、なれなかったと思っている。

医者を経験したおかげで今日まで書いてこられた。僕の小説は恋愛ものの比重はそのときどきで変わったが、医学ものは現在までの作家活動の中で、脈々と続けてきた基本路線と言ってもいいだろう。

（『恐怖はゆるやかに——渡辺淳一メディカル・セレクションⅢ』中公文庫より抜粋／聞き手・小西恵美子）

光と影

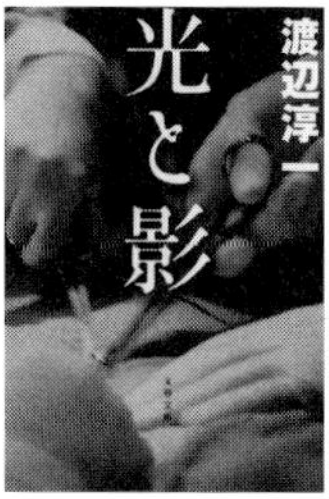

文春文庫

直木賞受賞作、『光と影』の陸軍大尉・小武敬介と同期の寺内寿三郎の運命の分かれ目は、陸軍病院にいるときのカルテの並びの違いだけからだった。西南戦争で右腕に重傷を負った二人だが、外科医が迷い、治療方法が異なった。当時の医学水準では、切断が生き延びる唯一の方法だと考えられていたので、小武は切断手術をし、回復も早く、完治した。しかし、手がなくなったため身体障害者とみなされ、成績優秀だったが、軍に戻れず現役から退くことになった。

一方、寺内にはドイツの医学書に出ている切断しない治療法を、医師がふとやってみる気になって腕を残した。治療期間は長くつらいものだったし、手の可動域が狭く、障害は残ったが、不自由な腕を戦争の勲章と讃えられ、現役を離れず大将にまで昇った。

医者の気持ちのふとしたブレが、二人の生涯を大きく変えた。

当時の医者は身体の機能がなくなると、手術でバッサリ切るとか論理優先になるケースが多かったが、人間には気持ちや感情の温かさという人間特有のものがある。だからこそ、わずかなブレが生じたり、迷ったりする。それが生きているということであり、その点にも惹きつけられて書く意欲をかきたてられた。

こうして、直木賞を受賞した直後の、作家として一番大事な時期に、医学ものを中心に書いてこられたのは大きな資産になった。

（『恐怖はゆるやかに——渡辺淳一メディカル・セレクションⅢ』中公文庫より抜粋／聞き手・小西恵美子）

無影燈

集英社

個人経営のオリエンタル病院で一勤務医として働く直江康介。優秀な外科医でありながら、大学でのエリートの道をあっさり捨てて振り返らぬ、どこか影のある男だった。

看護婦の倫子《のりこ》は、そんな直江に惹かれ、やがて深く愛するようになる。

酒に溺れ、何人もの女性と関係を持ち続ける彼には、人には言えない秘密があった。

どこか孤高の影を引きずり、ニヒルで不可解な存在。彼と深い関係になった今も、志村倫子にとって、直江は捉えきれない男だった。

相変わらず酒と女に沈溺し、秘かに麻薬を打っている気配もある。彼の秘密に気づき始めた倫子は、正月休みに旅に誘われ、二人で雪景色の北海道へと発つ。楽しい旅になるはずが……。運命に翻弄されつつも生きる男と女。本小説は『白い影』というタイトルで何度かテレビドラマ化され話題をよんだ。

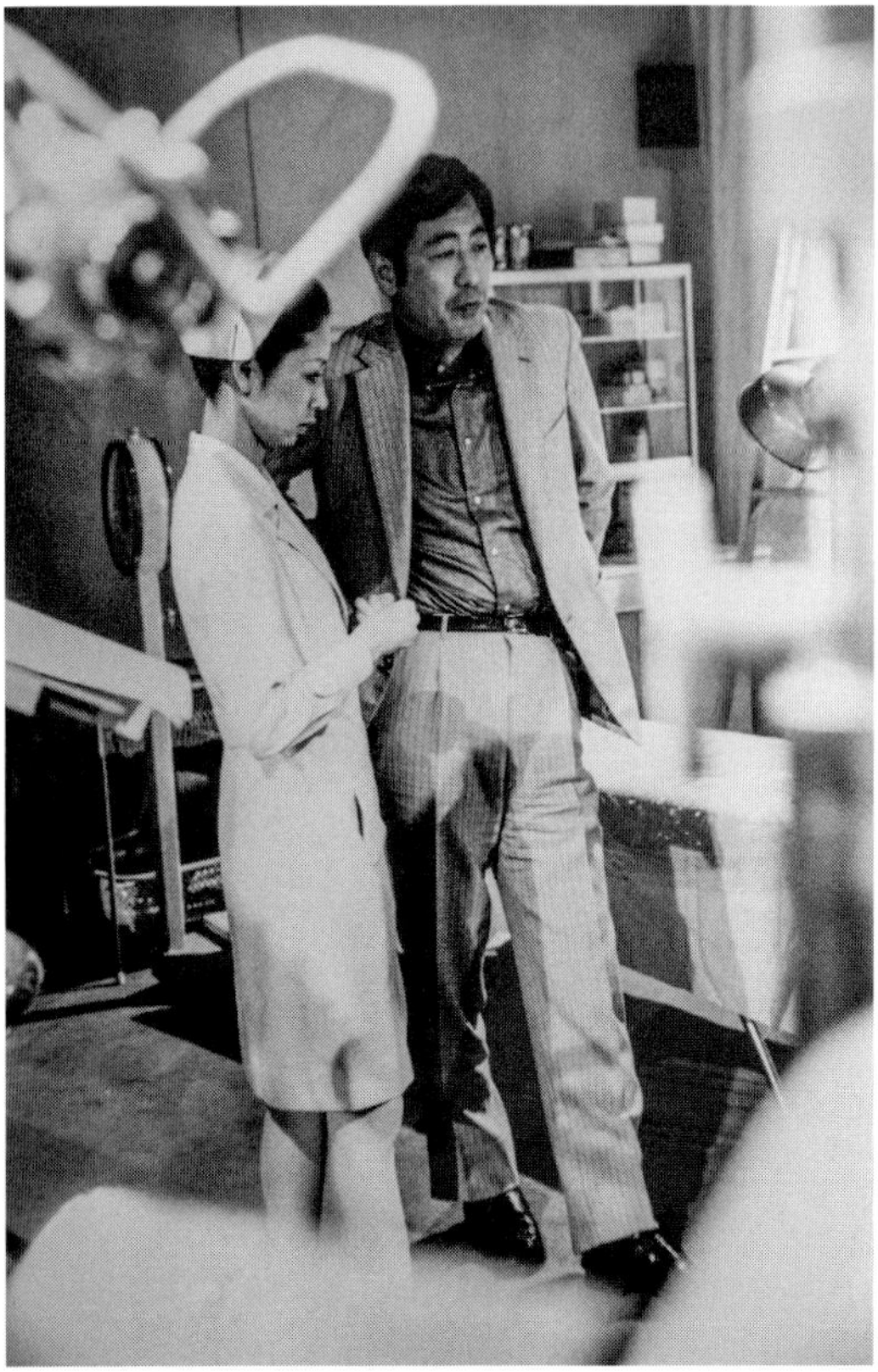

↑『無影燈』が出版され、撮影のため札幌医科大学を訪れた

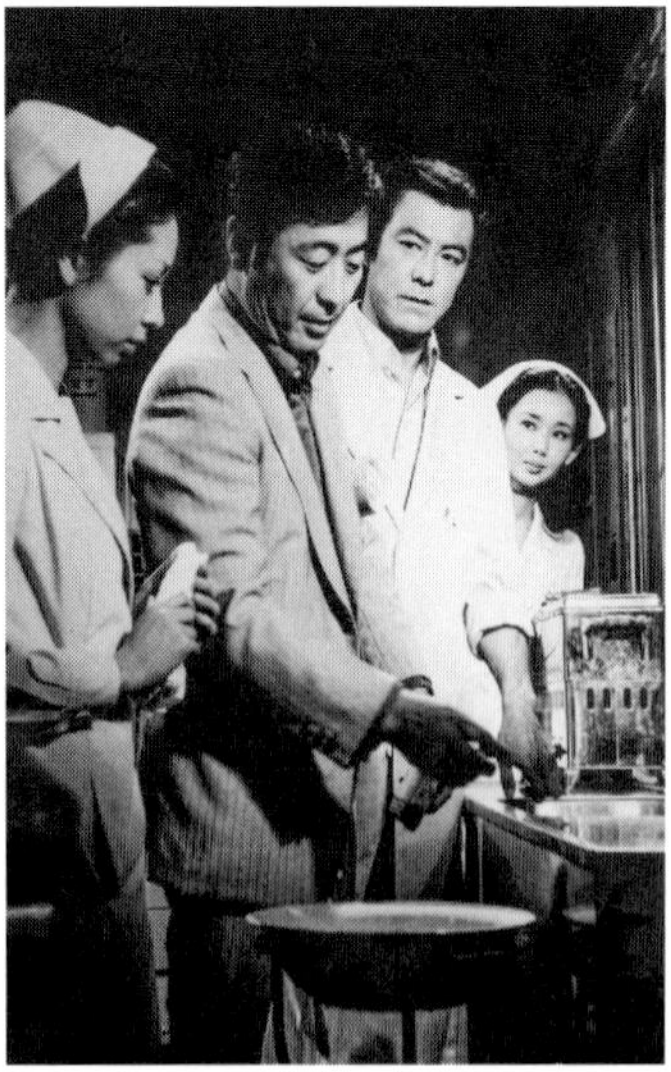

『無影燈』が原作のＴＢＳ系テレビドラマ『白い影』(1973年)の収録現場で。左から山本陽子、渡辺淳一、田宮二郎、中野良子

『麗しき白骨』
医学界の暗部を抉る
衝撃の問題作
骨移植に取り組む大学病院に渦巻く権威とモラルのあり方を描き出した作品。
（集英社文庫）

『空白の実験室』
医療現場での不審な死をめぐるミステリー
ある医局での教授と助教授の不審死をめぐって、ミステリータッチで描かれる医療小説。　（中公文庫）

『死化粧』
医者の視点から母の
死を見つめた衝撃作
母の死を看取る青年医師の葛藤を描いた記念すべき文壇デビュー作品。芥川賞候補となった。　（角川文庫）

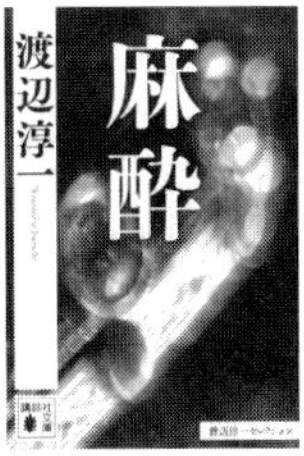

『麻酔』
医療ミスと家族の絆を
描く感動の長篇
麻酔のミスで意識不明となってしまった妻。夫や子どもたちとの絆を描く。
（講談社文庫）

『風の岬』
小さな町立病院に赴任した
新米医師の青春物語
伊豆の鄙びた漁村にある町立病院の医長を突然命じられた新米医師、野々宮の波乱の物語。　（角川文庫）

『雲の階段』
図らずも偽医者となって
しまった男の運命は？
離島の診療所に勤める三郎は、医師資格がないのに、女子大生を救うために手術を行う……。（講談社文庫）

『医師たちの独白』
『四月の風見鶏』改題。
未発表原稿『祭りの日』収録
ある医師が、小説家として世に出るまでの不安に揺れ動く日々を描く。
（集英社文庫）

『仁術先生』
人情味あふれる下町の
医者の活躍を描く異色作
東京下町の個人病院。酒好きの医師の、診療と活躍を描いたメディカルユーモア小説。　（集英社文庫）

『幻覚』
精神医療とキャリア女性の
闇に迫る意欲作
36歳の美貌の精神科医と、その女医に憧れる年下の看護師。精神医療を絡めたロマンス。　（中公文庫）

伝記小説

ゆかりの地の風やにおいを感じなければリアリティは出ない、と熱心に国内外に取材に出向き、メモをとった。定説に惑わされず、新しい視点で、主人公の人生から、現代の人々にも当てはまる問題に切り込んだ。

花埋み

集英社文庫

女には学問はいらないという風潮が色濃く残っていた明治初期に、医学の道を志した女性がいた。近代日本で初めて資格を持った女性医師となった荻野吟子である。

吟子は利根川畔の名主の娘に生まれ、十六歳で近隣の豪農に嫁いだ。しかし夫から膿淋をうつされ、離婚。入院中、異性の医師に下半身をさらすことへの羞恥と屈辱感から、女性の医師の必要性を痛感した。

まずは漢方医の元で学び、東京女子師範学校に進学。師範学校を卒業すると、自分と同じような境遇の女性を救うべく女医になりたいと、確固たる意志を持つようになる。

しかし当時、女性が医術開業試験を受ける門は固く閉ざされていた。

前例がないなか、吟子は根強い偏見や障害を粘り強く一つひとつ突破し、明治十八年、ついに試験に合格。

医師の資格を取得したとき、すでに三十四歳になっていた。

間もなく東京の湯島に医院を開業し、女医としての道を進み始める。ところが、まさに血のにじむような思いで手に入れた開業医としての生活は、十三歳年下の牧師・志方《しかた》之善《ゆきよし》との出会いにより思わぬ方向へと進んでいく。

キリスト教の理想郷を作ろうと北海道へとわたった志方と結婚した吟子は、医院を閉め、開拓地での生活を選択。しかし苦難の末、夫は北海道で亡くなってしまう。吟子は再び東京へと戻るが、決して幸福とはいえない生活が待っていた――。

自らの志と愛の狭間で翻弄され、数奇な運命を歩んだ荻野吟子の愛と苦悩の生涯を、自身も医師であった著者が情熱と共感をもって描いた、伝記小説の代表作。

冬の花火

集英社文庫

主人公の中城ふみ子は、昭和二十九年、戦後の歌壇に彗星のように登場した天才歌人。かつて著者が勤めていた札幌医科大学病院に入院中、「短歌研究」第一回五十首詠募集の特選となり、颯爽《さっそう》と中央歌壇に現れた。しかしその時点で、ふみ子は乳がんで両方の乳房を切除し、死の床にあった。

歌集『乳房喪失』で、ふみ子は、

救いなき裸木と雪のここにして乳房喪失のわが声とほる

と詠んだ。『乳房喪失』は大きな反響を呼び、中城ふみ子は昭和短歌史にその名を刻むことになる。

夫との破局、乳がんを発症——乳房を失ったふみ子は、死の恐怖と闘いながら、いや、死が目の前に迫っているからこそ、恋に溺れ、性の深みに堕ちていく。彼女にとっては性こそが、〝生きている〟という実感を抱ける最後のよすがだったのだろう。そしてその苦しみや悲しみ、陶酔を三十一文字にこめ、濃密な歌へと昇華させていった。

冬の皺よせゐる海よ今少し生きて己れの無残を見むか

なんと激しく、絶望的で、妖しい光芒を放つ歌だろうか。いまや中城ふみ子を知っている人は、決して多くはないだろう。しかしこの作品のなかで、彼女は今も生き続けている。美貌と才能に恵まれ、短くも激しい生命を燃やして三十一歳で夭折した中城ふみ子。その愛と性の遍歴を表したこの作品は、一種の「鎮魂の書」とも言えそうだ。

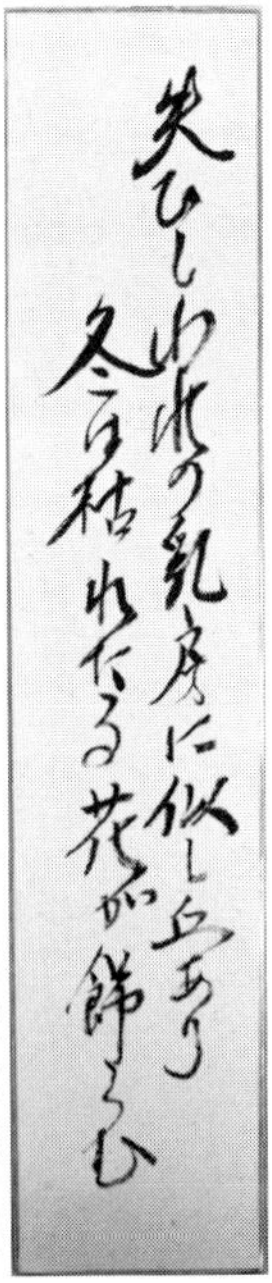
歌人、中城ふみ子の歌を記した渡辺淳一直筆の短冊

遠き落日

講談社文庫

一九一九年、メキシコの街メリダで野口英世の黄熱病に関する講演を聞いた人物がいる。ドクター・オトリイオ・ヴィラヌエヴァである。この人物に会いに行くことから、作者の野口英世をめぐる旅が始まった。

野口英世の生家は祖父母の代からの貧農だった。一家の生計は母親の血のにじむような働きに支えられていた。母親は自分の不注意から障害をもたせてしまったため、野口英世を溺愛する。

経済的に恵まれない人間が細菌学の勉強をつづけるためには、強引ともいえる処世術と、何を言われても気にしない図太い神経を必要とした。野口英世はそうした強烈なエゴイズムの持主でもあった。

研究面でも野口英世のやり方は唯我独尊的だったが、着々と成果はあがって、栄光の階段を昇っていく。世界では認められても、日本で認められないことが不満だった野口英世は、黄熱病の研究に没頭する。エクアドルに渡り、わずか三ヶ月で病原菌を発見。しかしこの発表も強い不信の目で見られてしまう。

そこで五十二歳の野口英世は、自説を証明するため、みずから開発したワクチンを注射してアフリカへ乗りこみ、その病気研究中に没した。その後の研究で、黄熱病の病原体は菌ではなく、光学顕微鏡などでは見ることができないウイルスであることがわかった。

その死をもって黄熱病の存在を証明しようとした野口英世の生涯は、先駆者の悲劇といえよう。作者はその赤裸々な人間像を刻むことで、野口英世神話に挑戦し、虚飾を剝いだ、人間、野口英世の姿を現代に蘇らせた。

野口英世が研究員として勤務していたペンシルベニア大学を訪ねて

女優

集英社文庫

日本の女優第一号になった松井須磨子と、日本の近代演劇の先覚者島村抱月の愛と死を描いた伝記小説。

松井須磨子は舞台『復活』で、島村抱月・相馬《そうま》御風《ぎょふう》作詞、中山晋平作曲の「かちゅうしゃ／可愛や／別れのつらさ」（「カチューシャの唄」）を歌って一世を風靡した。その須磨子と抱月のコンビで日本の近代演劇は夜明けをむかえるのである。

一九〇九年五月、長野県松代出身の小林正子は、坪内逍遥が設立した演劇研究所の研究生になり、島村抱月に出会った。後の松井須磨子である。彼女は夫とも別れて女優修業にはげんだ。磨かれぬ原石だった正子は、磨かれて須磨子に変身する。二年後には『人形の家』の主役ノラに抜擢され一躍スターになった。やがて妻子ある抱月と激しい恋に落ち、スキャンダルとなる。しかし抱月も須磨子も世間の非難に屈しなかった。抱月は「あなたはかわいい人、うれしい人、恋しい人、そして悪人、ぼくをこんなにまよわせて」と恋文を書く。『復活』は日本中を席巻し、いまや須磨子は大スターになった。しかし一九一八年、大流行したスペイン風邪にかかった抱月は十一月五日に急逝してしまう。

その二ケ月後の一九一九年一月五日、須磨子は後追い自殺をする。

抱月は演劇という世界劇場を舞台に、須磨子という女優を自在に舞い踊らせてみたかった。そのためには妻子も捨てたし、不倫の批判にも耐えた。

須磨子は化身することで自分の美と才能を発見し、抱月のあとを追って自殺することで、その美と才能を永遠に封印した。他人を犠牲にしても、自分の欲望をつらぬく、鈍重なしたたかさを備えた抱月・須磨子の姿がこの華麗な愛のドラマを可能にした。

静寂《しじま》の声

文春文庫

軍神と烈婦と称《たた》えられた乃木希典《まれすけ》と静子夫妻の生涯を描いた作品。

西南戦争で軍旗を失った希典は面目をなくした。乱行が目立つようにもなった。そこで旧薩摩出身の女性と結婚する。それが湯地お七。希典の一言で、鎮、さらに静子と改められた。

結婚当初から二人はうまくいかなかった。希典はわが家にはわが家のしきたりがあるから、気にくわなければいつでも帰れ、と最初に言っていた。

希典は外見を気にするナルシストであった。また優柔不断なところがあった。静子はそんな夫の性格を把握して、うまく接した。

その成果があり、静子は姑とも良好な関係を築き、乃木家で自分の位置を確立していった。

希典は順調に出世していく。日露戦争での二〇三高地の戦いでは多くの日本兵が死んだ。

二人の子供も戦死した。その後、日本軍はロシア軍を撃破。水師営で希典とステッセルの歴史的会見が行われ、希典は軍神とあがめられるようになる。その過程を静子は冷静に見てきた。

希典は、乃木家断絶の境にあって、明治天皇の御大葬の当日、静子夫人と殉死した。

自刃するつもりはなかった静子をいかに説得したのか。どのような最期だったかに迫る作品。

君も雛罌粟《コクリコ》 われも雛罌粟《コクリコ》

文春文庫

与謝野鉄幹と晶子の生涯を追究した伝記小説。

大阪堺市の老舗和菓子屋の娘である晶子は、短歌の師として尊敬する鉄幹に恋をし、鉄幹には家庭があったにもかかわらず東京に押しかける。

晶子には山川登美子という恋のライバルがおり、物語の前半は愛の葛藤を中心に展開する。のちに晶子は鉄幹と結婚し、子供を出産。日露戦争に従軍している弟への思いを込めた「君死にたまふこと勿《なか》れ」を書くまでが上巻。

下巻では、夫婦となったふたりの関係の変化が描かれる。鉄幹は複数の女性歌人と交際。おまけに家計は火の車。晶子は嫉妬と仕事と家事と育児と金策で、髪をふり乱して日々奮闘する。

やがて晶子は歌人としての名声を確立し、鉄幹との力関係が徐々に逆転する。

男としての野望とエゴイズムを結集させた『明星』が廃刊を余儀なくされ、傷心の日々を送る鉄幹。晶子は夫の心を癒そうと、ヨーロッパに外遊させる。しかし一人になり、夫の存在の大きさに改めて気づいた晶子は、パリまで鉄幹を追いかける。

本作品では、晶子、鉄幹、鉄幹の愛人であった女流歌人の短歌を引用しながら、相聞歌の検討や現地取材による新解釈によって、鉄幹と晶子の愛の心理が克明に描かれる。また鉄幹が歌においても人生においても晶子に敗れたことを悟る過程が、細やかな筆致で叙述される。

葛藤の末に行きついた〝婦唱夫随〟の愛の形。夫の死後、さらに夫を恋しく思う晩年の晶子が見事に描かれている。

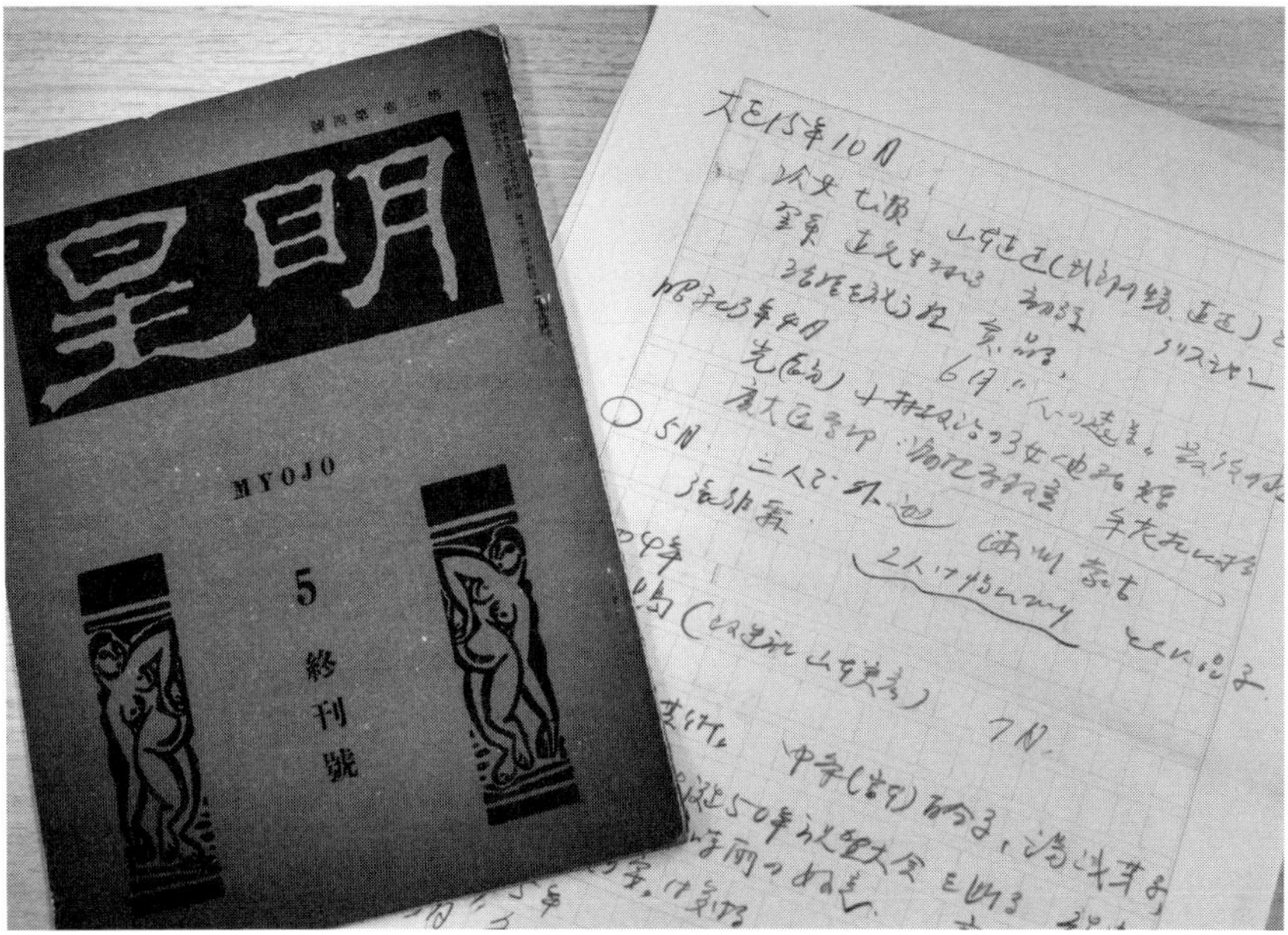

与謝野鉄幹が発行していた『明星』の最終号と、当時の取材メモ

天上紅蓮

文春文庫

［著者インタビュー］
思いっきり人を愛そう

本書は、年齢などに関係なく思いっきり人を愛する一途さを、平安朝を舞台にして書いたものです。

これまで平安時代の小説はいくつかあったけど、史料中心でありすぎて、人物がビビッドに動いてない気がして、いつか平安朝の小説を書こうと考えていました。そんなとき、たまたま角田文衞《つのだぶんえい》さんの書かれた『待賢門院璋子の生涯　椒庭秘抄《しょうていひしょう》』に出合って意欲が湧きました。もちろん史料を調べるのは大変でしたが、その大変な過程が面白く、読めば読むほど素敵でね。平安王朝は実におおらかで、男と女が対等なんですよ。

白河法皇が六十二歳、璋子が十四歳のときに二人の恋が始まります。当時璋子は、法皇が寵愛《ちょうあい》していた祇園の女御《にょうご》の養女でしたから、幼いころから可愛がって添い寝などもしていた。その子が十四歳のときに男女の仲になって以来、一筋に璋子を愛し、純愛を貫いた。その愛に璋子も純粋無《む》垢《く》に応える。まさしく愛に年の差なんて問題にならない。

六十二歳から身も心も一途に一人の女を愛し続けた法皇の生きざまは感動的で、自分が結婚できないから、璋子を孫である鳥羽天皇の后《きさき》として入内《じゅだい》させる。そのうえ、最初に自分の子を産ませてその子を天皇にし、彼女を国母にまでするのです。法皇が璋子の生理の周期まで調べた記録も残っています。

平安王朝の、法皇と璋子の恋は華麗なうえに隠微で、美しい大人のエロスとして描きました。一方、后として璋子は天皇とも関係しますが、このあたりも伸び伸びとして自由で。法皇はどこまでも自分たちの愛が本物であれば、それでよし、としてこだわらない。後年、法皇は不能になるけれど、セックスをより深い愛の表現として愉しむ大きさを持っているから、璋子をしっかり抱きとめ、惹きつけておけた。これだけ進歩的な男はそうそういないでしょう。

法皇と璋子の豊かな愛は、現代の高齢化社会の男女にも素敵なサゼスチョンになると思います。そういう意味でも広く理解して読んでもらえたらうれしいです。

平安朝の最も素晴らしいところは男女のおおらかさで、現代人も、遠き先祖の自由な愛の形を見習って、思いっきり人を愛してほしいね。年齢で人を愛することを躊躇《ちゅうちょ》するなんて、もったいないこと。私がこの本を書けたのは年を重ねたからで、白河法皇の思いを、実感をもって思いっきり描写できたと思います。この先小説を書く上で、年をとるのも悪くないなと思っていますよ。

（『サンデー毎日』二〇一一年九月一一日号より抜粋／構成・六笠由香子）

冒頭は雅な「曲水の宴」のシーン。城南宮にて
写真 / 小田 東

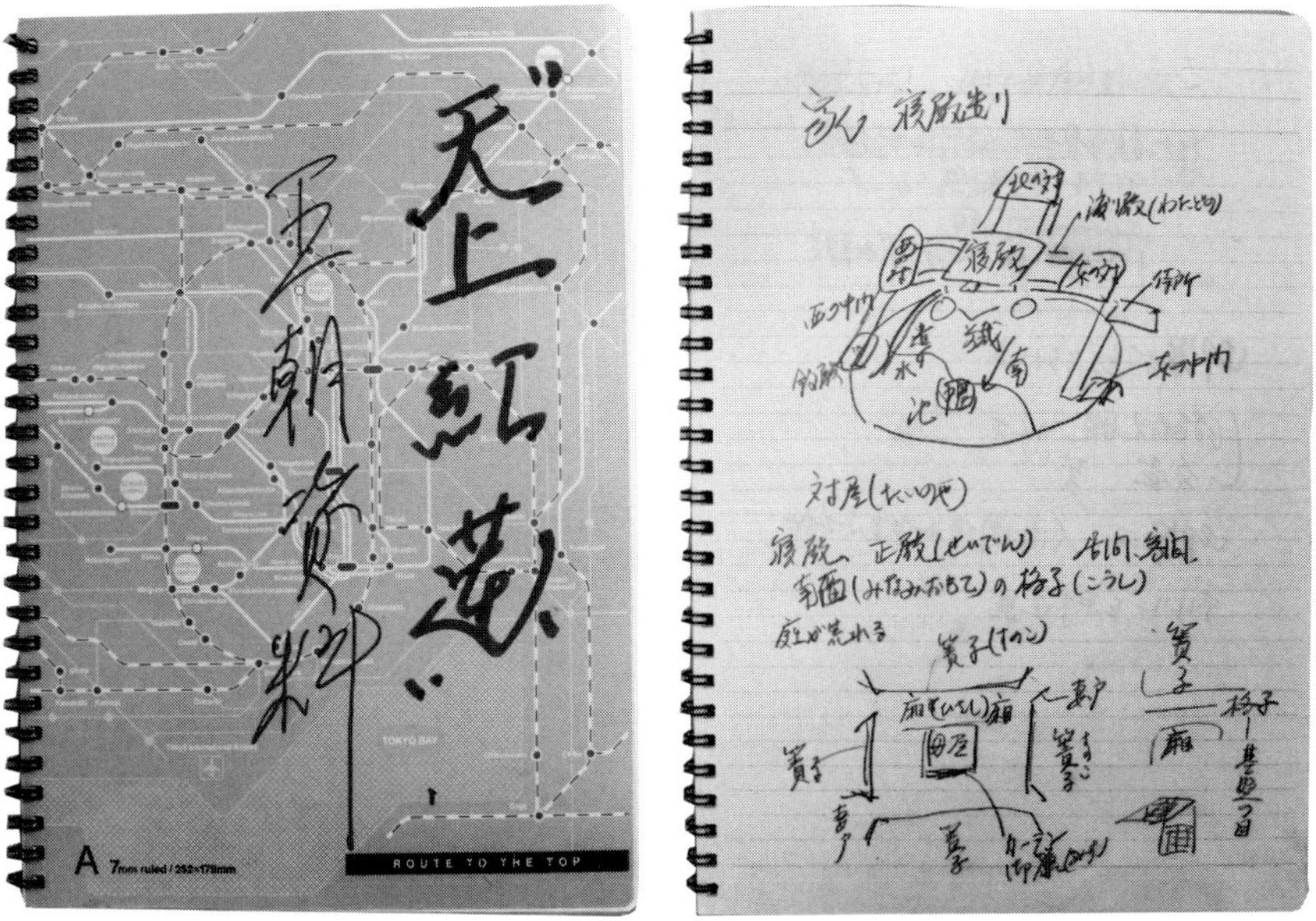

『天上紅蓮』執筆時の取材メモには、主人公たちの住まいの様子が細かく記されている

エッセイ

男と女に関するエッセイは小説を深く読むための助けになる。どれだけ違うかを医学的見地からもひもとく。『鈍感力』のように人生で役に立つもの、社会問題を扱ったものなど幅広い。エッセイの名手と言われるゆえんである。

鈍感力

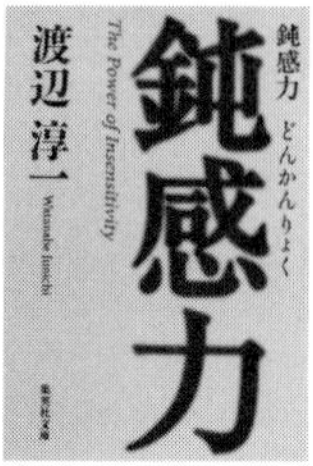

集英社文庫

●特別インタビュー

「鈍感力」が人生を前向きにする

——ご著書の『鈍感力』が話題になっています。「鈍感」というとまわりとの関係をシャットアウトするという意味で、むしろ「悪い」ものであったと思うのですが。

渡辺　単なる「鈍い」というのと、「鈍感力」とは違います。あくまで人生を前向きにするための力として「鈍感力」があるのであって、周囲の状況に無頓着な、自己中心的な身勝手さは、単なる鈍感にすぎません。これまで、鈍感というとすべてマイナスイメージで、駄目なものと決めつけてきました。そうした単純な考え方を改め、そのなかにはプラスになるものもある、しかもそれは生きていくうえで、とくに対人関係において欠かせないものだ、ということを言いたかったのです。

子どもを閉じ込めてはいけない

——今の若者には、対人でのコミュニケーションが苦手で、自分の趣味にオタク的に没頭してしまう人も多いのですが、彼らは「鈍感力」が足りない、ということなのでしょうか。

渡辺　家に引きこもっている若者は、「人対人」の関係を持つことに不安や恐怖を感じていて、家の外に出ていけないケースが多い。人と触れ合うのが苦手というのは、人間関係に慣れていなくて、必要以上に緊張し、過敏になりすぎているからです。

しかし人間として生きていく以上、どこへ行っても人がいて社会があり、「人対人」の関係から逃れることはできません。ニートのように両親がかくまってくれている間は、人との接触を持たなくても生きていけるかもしれない。しかし両親が亡くなれば、おのずと外へ出なくてはならなくなります。

実のところ、家に籠っている間は、「鈍感」であろうと、「敏感」であろうと、どうだっていい(笑)。家族という枠が守ってくれるのですから。しかし現実に外へ出て、人と触れ合うようになったとき、どのように関係をつくっていくか。友達とどうして友情や信頼関係を築いていくか。会社の中で上司や仲間とどう接し、どう生き残っていくか。ここでこそ「鈍感力」が必要になるのです。

人間社会は常に「人対人」でできています。今の日本はそういう関係をないがしろにしているというか、できるだけ目を向けないようにしている傾向がある。それは自動販売機一つ見てもわかるとおり、人と人が触れ合わないほうが楽で面倒がない、という考えが当然のように受け入れられている。

実際、今の親は、子どもに勉強ばかりさせ、「ヘンな子とは付き合うんじゃない」と言って自分の目の届く範囲にとり込んでしまう。これでは本当の意味で、人との付き合い方がわからず、人間関係を築くことができなくなってしまう。ばい菌や雑菌と触れ合わない純粋培養では、ひ弱になるのは当たり前です。

僕が子どもの頃は、まだ戦後間もない混乱期で、それだけに子ども社会の中にもいろんなタイプの子どもがいた。「体力のあるボスや悪ガキには頭を下げなきゃいけない」とか、「こっちのグループに入ったほうが、いじめられないんじゃないか」と考えることで、「人対人」の関係をつくる力を鍛えられてきました。これがのちに社会へ出て、会社に勤めても、したたかに生きていく原動力になったのです。

本来、そういう意味では、学校がそうした知恵を得る良い訓練の場所だったのですが、今のように学問中心の純粋培養教育の場になっていては、「鈍感力」は養われません。そして大学を出る二十二、三歳になって突然、さまざまなタイプの人間がいる社会に押し出されて、戸惑い怯え、出社拒否などの拒絶反応が強くなるのです。

男女関係はアナログである

——それはきっと男女関係でも同じことですよね。

渡辺　そうですね。男女関係とは、まさに「人対人」の関

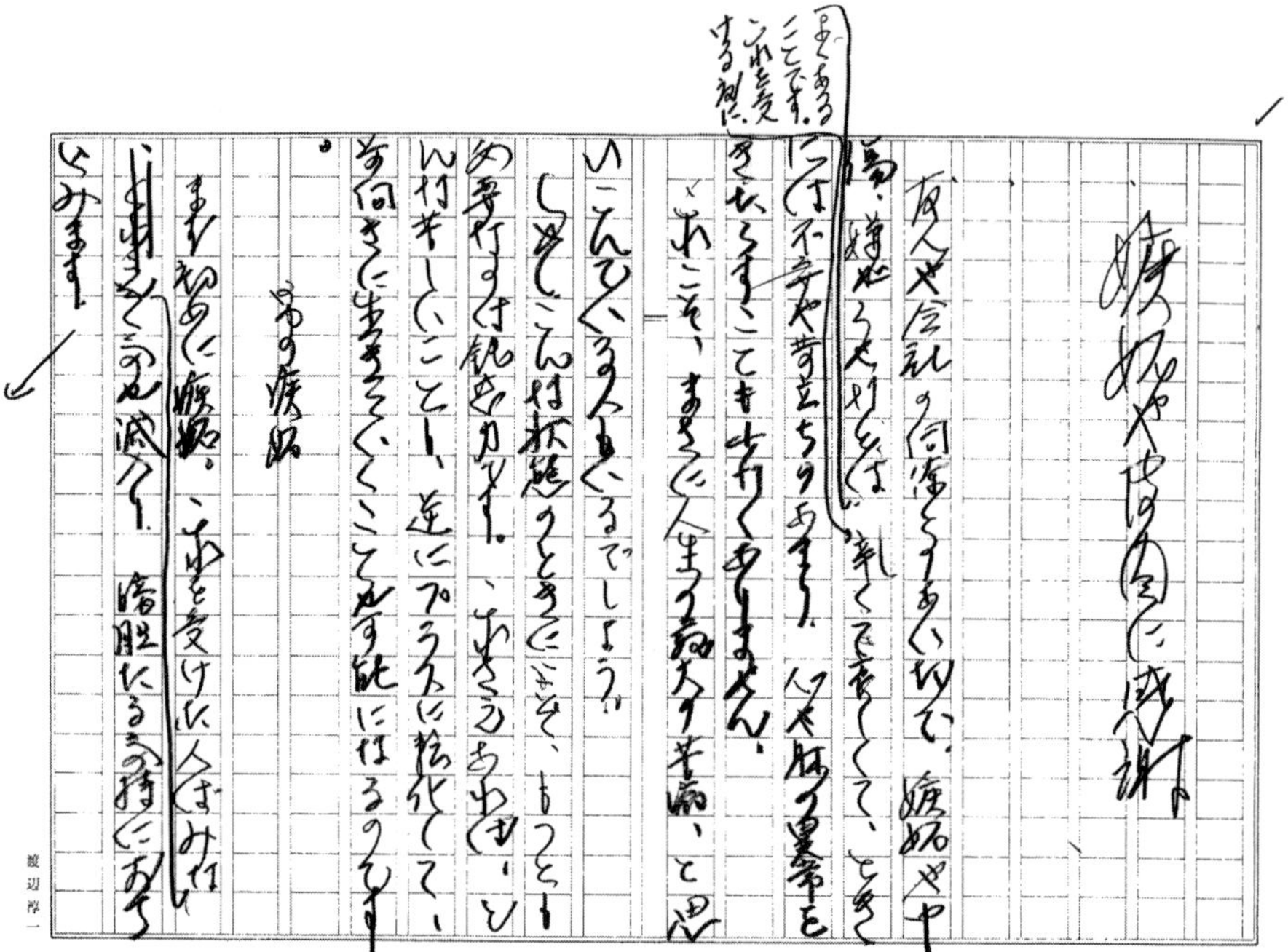

『鈍感力』直筆原稿。「嫉妬や皮肉に感謝」の回の原稿。推敲は念入りで、原稿用紙の枠外にはみ出すことも

係で、学問ではない。（中略）

　男女関係をうまく保つには、体験するしかありません。まず男の子なら女の子を口説いてみて、「これはなかなか大変だ」とわかり、女性と関係してみて「こんなに素晴らしい」とか、「これではうまくいかないんだ」ということを知っていく。これらは体験と感性で考え、理解していくもので、ノートなどに記して覚えていく学問とは違う。

　最近DV（ドメスティック・バイオレンス）が増えているようですが、暴力をふるうのは意外に高学歴の男性が多いと聞きます。女性との体験が少なく、プライドだけ高いので、女性に口喧嘩で負けそうになると、かっとして、すぐ手が出てしまうらしい。

　とにかく男女関係を理解するためには体験と感性が欠かせません。今は何でも頭や学問で処理できると思われていますが、学問などで処理できるのは、ほんの一部です。現代人とくに男性は何でもデジタルで考えますが、人間関係はアナログなのです。相手の人に対して、「このへんで失礼したほうがいいんじゃないか」とか、「もうこの話には飽きているようだから、そろそろ別の話題に変えよう」といったことがわかるためには、まず感性を磨かないといけません。

僕は若いときに、学会開催後の接待をよく仕切らされました。「どの料亭に何人の教授を接待して、席順はこうして、芸者の配置はこうで」という準備をし、宴会が始まってからも、つまらなそうにしている教授がいると、芸者さんに「あの教授の横についてくれ」と指示するわけです。帰る時間の少し前にはハイヤーを呼んで待機させておく。二次会にクラブに行くとなると、事前にしかるべき店に電話をして、何人分かの席をとっておかなければならない。

(中略)

こうした手配には、理屈っぽいマニュアルなんてあまり意味がない。それより、人と人との関係がわからなければ、なにもできないということです。

ガンコとは

――今はほとんど絶滅しかけていますが、ガンコ親父というのは、「鈍感力」を持った人なのでしょうか。

渡辺　いや、違います。ガンコというのは体力がないということです。歳をとると体力が弱ります。体力が弱ると忍耐力が衰えて我慢ができなくなる。いわゆる、きれてしまう。日本では、「ガンコ」「硬骨」「サムライみたいな」という言葉は褒め言葉として使われていますが、あんなものはろくなものではありません(笑)。その裏をしっかり見たら、はた迷惑なだけで。

実際、侍には「忠」という精神が一番で、他の発想は二の次ですから、柔軟性も何もあったものではありません。侍と結婚した女性はさぞかし大変だったと思います。赤穂浪士のように「主君のために」と言って、四十七人もの徒党を組んで大騒ぎをしたうえに、切腹になってしまっては、本人は武士の大義、なんて言って気取っていればいいかもしれないが、まわりの家族は大迷惑だったと思います。とにかく非情な制度で。

実際、だから武士制度は崩壊したのです。それをいまさら「サムライ精神がいい」などと言っているのは、武士道の裏の非人間性を知らない人で、思慮が足りないと思いますね。

繰り返しますが、体力がなくなるとガンコで融通がきかなくなる。どちらかというと、女性のほうが年齢のわりに柔軟なのは、忍耐力があるからです。耐えて我慢していられる。この我慢していられる力が、すなわち「鈍感力」でもあるのです。実際、だからこそ妊娠・出産・育児といった、忍耐を要するものは女性にお願いしているのです。これを男性が受け持ったら、人類はとうに死滅していたでしょう。
——団塊の世代が会社を引退した後に、みんなガンコ親父化する、というのは避けたい事態ですね。ところで彼らは会社社会から地域社会に入っていくことができるのでしょうか。

渡辺　それは大きな問題です。団塊世代の男性たちは、会社で上下関係だけは鍛えてきたかもしれませんが、横の関係はほとんどつくることができなかった。この横の関係を広げるためには、まず趣味を持つことです。囲碁や将棋、カメラ、ゴルフ、釣り、庭いじりなど、なんでもいい。こういう趣味を通じて横の関係を少しずつ広げていくことが大切です。

その点、女性は簡単に横に繋がることができますね。「このクリームを顔につけるとお肌がキレイになる」と言っただけで、お金持ちの夫人から普通のおばさままで、全員そのクリームを買いにお店に走って、いろいろ体験談を語り合える(笑)。あのホテルの昼食バイキングが安くておいしいと言ったら、みなですぐそこへ行く。それで繋がることができるんですね。

——熟年離婚も話題になっていますが。

渡辺　もともと男と女は躰も感性もまったく違う生きもので、「合う」ものではありません。ただし愛があるあいだは「鈍感力」があるから何でも許せます。でも愛のボルテージが下がっていくと許容度が下がって、些細なことで腹が立つ(笑)。だから愛があるときは一緒にいてもいいけど、なくなったのなら離れていたほうが無難です。一緒にいるのがおかしい(笑)。

一夫一婦で一軒家に住むのは、愛があるとき、あるいは二人で子どもを育てる、という目的があるときには意味があります。でも、それ以外のときはあまり必然性がない。まあ惰性のようなもので、それでいいという人はそれでいいし、不満な人はまた新しい相手を求めて恋愛してもいいでしょう。人それぞれで、生き方を一つのパターンに決めすぎるのは問題です。（『中央公論』二〇〇七年六月号より抜粋）

『鈍感力』100万部突破記念特製本。赤の革張りで金文字

源氏に愛された女たち

集英社文庫

『源氏物語』は中学か高校のいずれかで、みな一応は教わるが、多くは冒頭の「桐壺」の巻か、「雨夜の品定め」など、ごく一部を、それも古文の勉強として教わるために、知識は断片的で、全体のイメージはよくわからないというのが実情のようである。

　このエッセイでは、そうした『源氏物語』への印象を払拭し、これ一冊読むことにより、物語の全体的な流れをつかむとともに、登場するさまざまな女性像とその生き方をわかりやすく書くようにつとめてみた。

　いうまでもなく、この作品は約千年前に紫式部が当時の宮中で噂されていたゴシップをもとに書いたもので、主人公の源氏は藤原道長がモデルともいわれている。

　このように現実にあったことを背景にしているだけに、きわめてリアリティがあり、さまざまな愛のありかたも、それなりに説得力をもっている。

　いうまでもなく、平安貴族たちは働く必要はなく、それだけに自由な時間をもち、自然に親しむとともに、いわゆる恋愛至上主義の世界にいたから、愛に対する発言や行動も、いまよりはるかに素直で正直であった。当然のことながら、源氏をはじめ、ここに登場する女性たちの愛の思いや生き方も、それだけ個性的で、それは現代に生きるわれわれにも参考になり、教えられることが多い。

　主人公の光源氏については、女を追いかけ廻す好色な男、というイメージを抱いている人が多いようだが、よく読むと天与の資質にくわえて、繊細で優しく、礼儀正しい人であったことがわかる。

　しかし千年経ったいま、われわれが読んでも少しも古びた感じがしないのは、男女の愛は永遠のテーマであり、かつ自然科学のように進歩しない一代かぎりの知恵であるからでもある。千年前もいまも、貴族も庶民も、同じように愛し、喜び、悲しみ、妬み、争っていた。

　そういう時空をこえた人間的なところが、いまも『源氏物語』が読み継がれ、語られる理由で、その理解のひとつの助けになれば幸いである。そうした人間讃歌の本として読んでいただければ、これに過ぎる幸せはない。

（『源氏に愛された女たち』集英社　あとがきより抜粋）

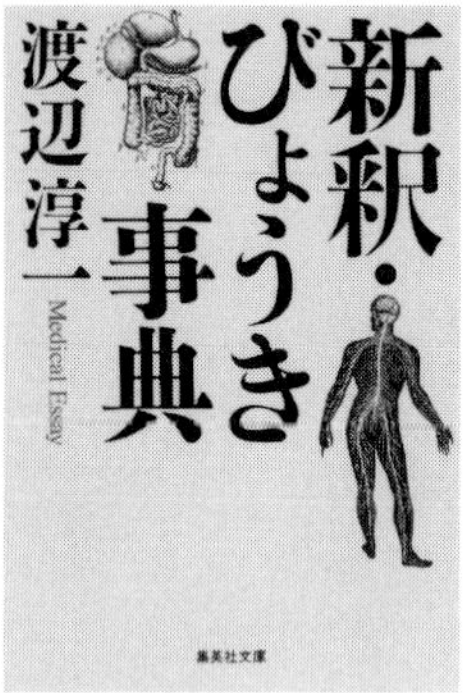

『新釈・びょうき事典』

病気とその周辺について
病める現代人に贈る

風邪や頭痛、肩凝りから糖尿病に成人病まで、病気の原因や予防法などを、やさしくユーモラスに説くメディカルエッセイ。（集英社文庫）

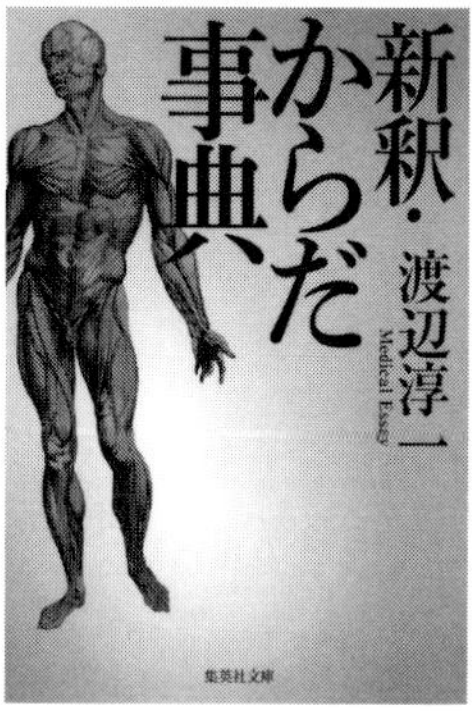

『新釈・からだ事典』

人体の神秘を解き明かす
メディカルエッセイ

男女のからだのメカニズムの違い、成人病の症状と予防など、かつて医者であった著者が、ユーモアと皮肉を交えて語るエッセイ。（集英社文庫）

『ふたりの余白』

男と女の心の襞を
抉る好エッセイ

ある女性の死や若者たちの恋愛から、男女の間に横たわる永遠の溝や愛の不可思議を、作家の冷徹な眼差しを通して語る。（集英社文庫）

『夫というもの』

男と女、夫と妻の
新しい形を模索する

結婚したとたんに、家庭の中で、外で迷走する夫たち。夫の本音と生態を明かし、よりよい夫婦の関係、新しい男女形を探る。（集英社文庫）

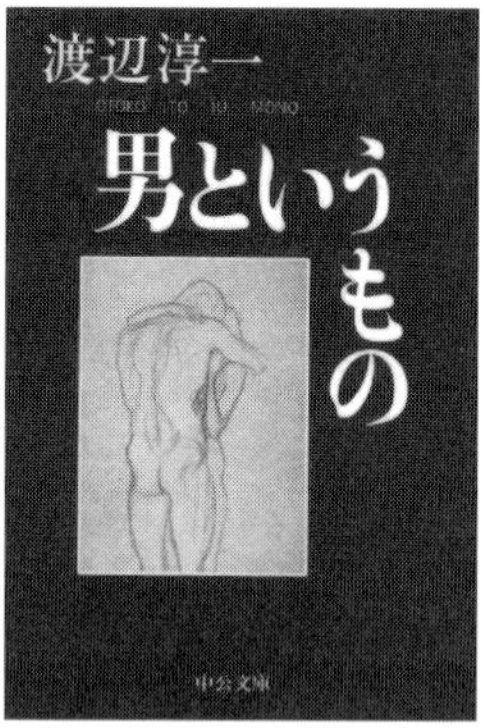

『男というもの』

誰も言わなかった
男の本音

男の心と体の実態について、少年期、青年期から壮年期まで、知人や自らの体験を踏えて、肉体の内側まで徹底的に綴る。（中公文庫）

『これを食べなきゃ』
わたしの食物史

日本各地で出合った美味

亡き母のイクラ漬け、美女のごとく品の良い松葉ガニ、少年時代を思い出すトウキビ。美食家として知られる作家の食エッセイ。（集英社文庫）

1987年、『これを食べなきゃ わたしの食物史』特別編で、北京、広州、上海を取材。万里の長城を歩く
写真／若田部美行

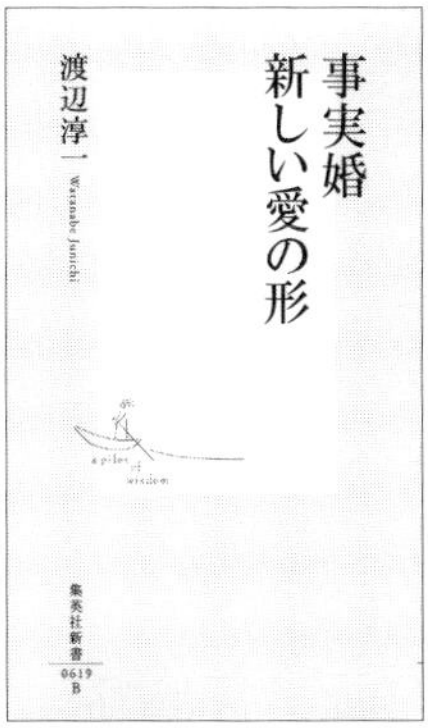

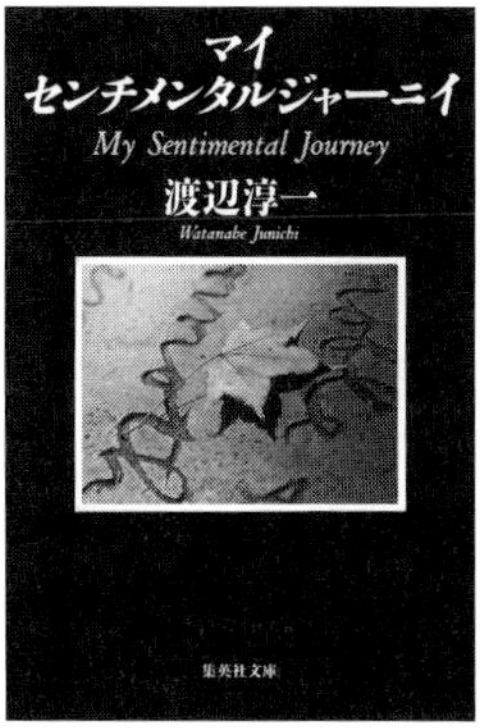

『男と女、なぜ別れるのか』
別れないために
愛し合う極意
男と女の根本的な違いを知ると、いい関係を持続する方法が見えてくる。互いを認め合って愛し合い、ともに生きるには？　（集英社文庫）

『事実婚　新しい愛の形』
現代日本の愛と
幸せを問い直す
日本の非婚化、少子化傾向が止まらない現代。愛の作家、渡辺淳一が停滞する社会に、新しい幸せの形として事実婚を提案する。　（集英社新書）

『マイ センチメンタルジャーニイ』
青春の軌跡を辿る
告白的エッセイ集
雪の阿寒、春遅い札幌、上京先の下町、京都・祇園……。青春の郷愁と後悔。思い悩み、恋し、迷ってきた軌跡を作家自らが告白。　（集英社文庫）

発掘！未発表原稿
冬来る日

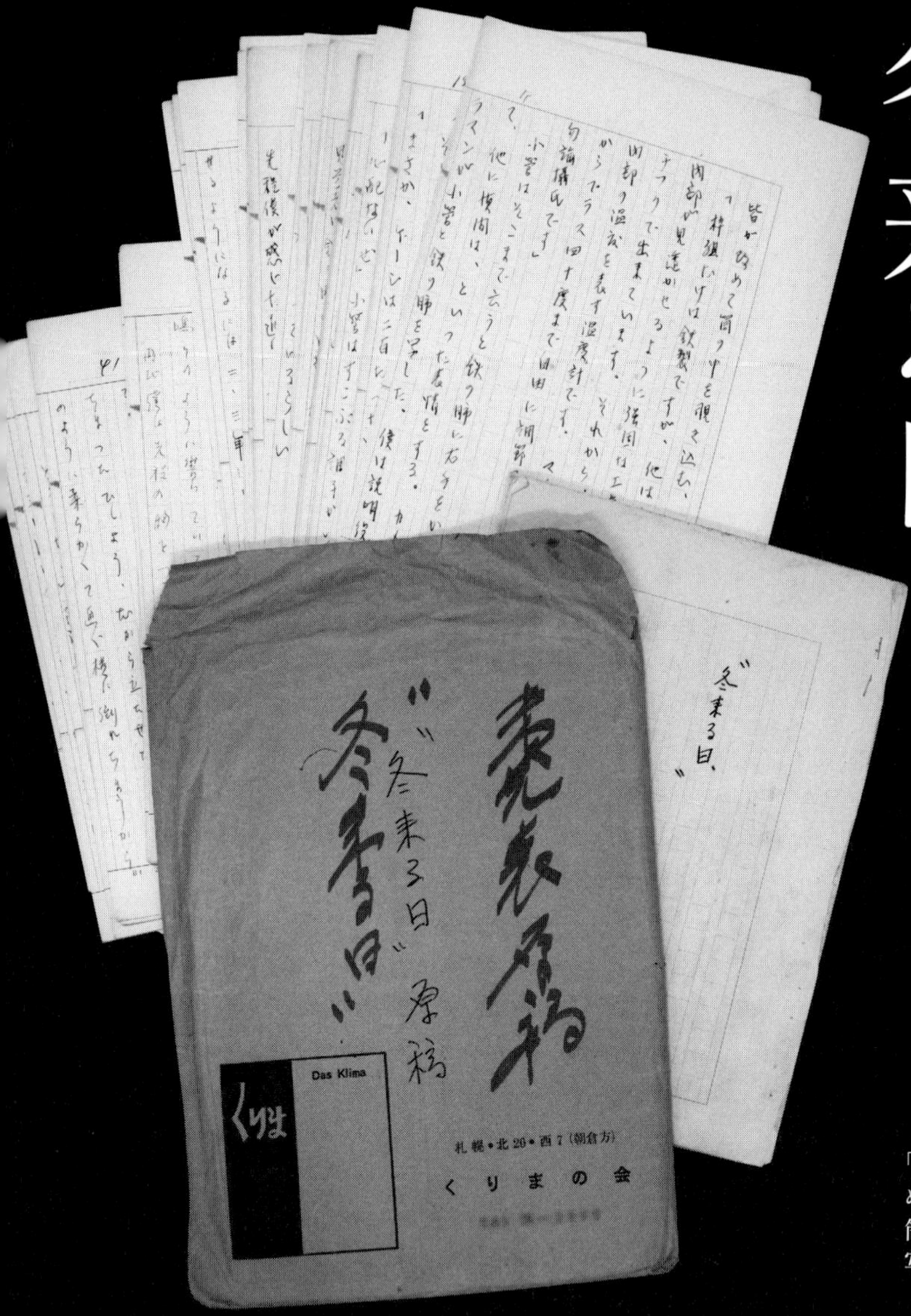

「冬来る日」が収められていた封筒と直筆原稿
写真／秋元孝夫

本作はデビュー以前に執筆され、未発表のまま著者本人によって大切に保管されていた原稿です。原稿用紙に手書きされたものが、今回、遺品の中から見つかりました。当時著者が所属していた同人誌の封筒に収められ、その表にはタイトルとともに未発表原稿、と本人によって書かれていました。このたび『渡辺淳一のすべて』を刊行するにあたり、本作を掲載することにしたのは、渡辺文学の変遷をたどる上で資料的な価値がある、と考えたためです。

〈渡辺淳一　恋愛小説セレクション編集室〉

冬来る日

渡辺淳一

一

日曜日だというのに僕と一年先輩の小管は朝八時に会社の前で落合った。彼は昨夜持ち帰った鍵をポケットから取り出すと、車庫の扉を開いて小型トラックを引き出した。

「ロープは二巻きもあればいいだろう」

八時半には僕たちの車は新雪で覆われた札幌の街を抜けて野原を縦断する国道を突っ走っていた。ヒーターの温りがようやく車の中に満ちてきた。

「遅れちゃ大変だと思って昨夜はおちおち眠れなかった」

日曜日の朝なぞ昼前に起きたことのない小管にとっては、大変な気の入れ様であった。

「これで子供が助かったら俺たちは表彰ものだぜ」

小管のいい方は必ずしもオーバーとも思えなかった。

僕たちが勤めている東海医療器械店に、市内のS総合病院から電話がかかってきたのは昨日の午後四時過ぎであった。

電話というのは、その朝方札幌から三十キロ離れた長沼町で小児麻痺が発生した事についてであった。

得体の知れない呼吸困難から初めは急性肺炎かと思われたらしい。しかしあまりに様子がおかしいので、保健所や大学病院へ連絡し、専門の医師が急行して診た結果、小児麻痺で、しかも最も重篤な呼吸筋麻痺のタイプだという事が解ったのだという。ところがこの診断が確定した時は既に午後三時を過ぎていたらしい。医師は苛立たしげに、

「そんなわけで大至急、君の店から『鉄の肺』を取り寄せて欲しいんだ」

「前の二台は東京へ戻したんでしたね」

四年前に夕張地区で小児麻痺の爆発的な集団発生があって、やはり鉄の肺を使ったことがあった。

「君、あれはヤンキーの病院から借りたやつだ、もうとっくに返してしまった」

「今日は土曜日ですからねえ」

「そんなのは理由にならんぞ、人の命がかかっているんだからね、何とか間に合せてくれよ」

「出来るだけやってみます」

「そんなんじゃ困るんだよ、絶対でなければ」

「わかりました、明日の午前中までに本店から取り寄せます」

「頼むぜ、蘇生器《レサシテイター》では一日保たせるのが精一杯だから」

「任せて下さい」

考えてみると僕たちは大変な約束をしてしまったのだ。生憎《あいにく》と支店長は東京へ出張だし、営業課長は地方に出ていて不在だった。他に古い者といえば小管と僕になる。明日の朝までに、どうやってあんな図体の大きい重たいものを取り寄せるのか、いくら商売とはいえ容易な仕事ではなかった。然《しか》し鉄の肺をアメリカの会社と技術提携して作っているのは僕らの会社しかなかった。こんな時に役に立たないのでは会社の看板が泣く。

一人の子供の命が、僕たちの双肩にかかっている。そんなことを思うと僕たちはおのずから張り切らざるを得ない。

早速、小管は会社との打合せに当り、僕は航空会社と輸送方法について交渉することになった。本社の営業係だけでは埒《らち》があかず、社長まで呼出して、ともかく明日の羽田発の一便で空輸をする手筈《てはず》まで整えて、一息ついたのは午後十時過ぎであった。

「これでよし」

と思うと僕たちはさすがにほっとして、急に疲れを覚えた。鉄の肺騒動のお陰で、一週間ぶりのデートも、靴を買う予定も全部お流れになってしまった。しかし一人の子供を助けるために精一杯やったという気持が、それとは別に、僕たちに充分の満足感をもたらした。

千歳飛行場に着いたのは九時十分であった。日曜の朝で車の少ない故もあって僕たちの車は平均七十キロでとばしてきたことになる。

トラックから飛び降りると僕たちは真直ぐ空港ロビーに入った。東京行きの一便が発ったあとらしくロビーは閑散としている。飛行機が着く九時三十分にはまだ二十分あった。

「腹が減ったぜ」

僕たちは飯も食べずに下宿をとび出してきたのだ。

「今日は会社のつけでいいんだろう」

ガラス張りの食堂からは飛行場がすっかり見渡せる。昨夜から降り始めた新雪が十センチ程積って空港は白一色に覆われていた。格納庫の前に引き出されているボーイング機の翼にも一様に雪が積り、そのひとつひとつが、小刻みに朝日に輝いている。

「寒くって寝床から出る時は大変な決心だったよ」

「子供の一命がかかっているんだからな」

小管はトーストをぱくつきながらいう。

「そりゃわかっているさ」

僕も負けてはいられない。

拡声器がなった。

「N航空、千歳着九時三十分、五十九便の到着は約十分遅れて、九時四十分の予定でございます。お迎えの方はもう少々お待ち下さい」

「何をしているんだ」

僕たちは気が気でない。小管は例の貧乏ゆすりをしながら煙草ばかりふかしている。僕が朝刊をほとんど読み終った時、また拡声器がなった。

「東海医療器械店の方、いらっしゃいましたら至急N航空受付までおいで下さい」

僕たちは思わず顔を見合せた。

N航空の受付へ行くと、両脇から二人の白バイ警官が近付いた。

「東海医療の方ですね」

僕は吃驚《びっくり》して息を呑んだ。

「自分らはこういうものですが」

警官が名刺を出した。間違いなく交通巡査だった。

「実はS病院からの要請で、鉄の肺を緊急輸送することになりました。病院まで我々が護衛します」

「護衛というのは」

小管がかしこまって質《たず》ねた。

「制限以上の速度を出してもいいのです。八十キロ前後まで結構です」

小管の表情に思わず笑いがこみ上げた。

「よろしくお願いします」

今迄見るだけで身が縮みあがった白バイが、今日はスピード違反を見守ってくれるというのだ。

「いかすぜ」

僕たちは興奮し躍り上って喜んだ。

「羽田発、N航空五十九便、只今、到着致しました」

僕たちははじかれたようにゲートに向った。銀色の旅客機が二番滑走路からターミナルへ向けて左旋廻してくるのが見える。

エプロンの右手に旅客機が止るのを待って僕たちは駆け出した。

乗客が降りきってから、五人の空港作業員が乗り込んだ。

簡単に壊れるものではなかったが、無事である事を僕たちは祈った。五分後に銀色の巨体から吐き出されるように木枠に嵌《は》め込まれた鉄の肺が現われた。僕たちは思わず目を見張った。四脚の上に直径七十センチ、長さ二メートルの円筒状の胴体がどっしりとすえられているのが木枠の間からみえる。これこそ僕たちの会社が作り上げた自慢の最新鋭の器械である。

鉄の肺がゆっくり階段を下ってくる。僕はこの真新しい優秀な器械が瀕死の子供を呑み込んで始動する瞬間を思った。この中に入れられた瞬間から、子供は呼吸を始め、赤味を増し、眼を開くに違いない。自分で呼吸する事さえ出来ない子まで生き返らせてしまう魔術師のような力をこの器械は持っている。僕たちはトロイの木馬を見上げるような畏敬の念を持って鉄の肺を見視《みつ》めた。どっしりと小型トラックの荷台にとりつけられた鉄の肺は悠々と辺りを睥睨《へいげい》しているように思った。今までカタログでしか知らなかった鉄の肺に僕はそっと触れてみた。

「成程ね、あの筒の中に子供を入れるんだろう」

作業員たちの感心の声が僕の耳に快く聞えてきた。

我らの木馬は白バイを先導に新雪の空港を陽を一杯に浴びてスタートした。鉄の肺さまのお通りだった。けたたましいサイレンをかきならす白バイの後を、僕たちの小型トラックは八十キロのスピードで国道を突っ走った。行き交う人々は物珍しげに振り返る。彼らには白バイの後から、小型トラックが猛スピードで従いていくのが解せないらしい。ましてこの古びたトラックの上に鉄の肺が載っていて、それがどんなに急を要する重要なものか知る筈もなかった。

「これはね、呼吸をする力もない子供の命を助ける事のできる偉大な器械なのさ」

僕は見上げる人々に大声で叫んでやりたかった。

「こんないい気分はないぜ」

そういいながらも小管は顔面を紅潮させ、真剣な表情でハンドルを握っている。それを見ると僕も思わず助手席で堅い表情を作って前方を見すえるのだった。

二

病院へ着いたのは十時三十分であった。普通なら一時間十分はかかるところを僕たちは四十分で突っ走ってきたことになる。

病院にはどこから聞きつけたのか三人の新聞記者が待っていた。医師や事務員総出で鉄の肺は車から降されると、木枠を外され、その全貌が現われた。

「まず手術場に入れて下さい」

　僕たちはここであらかじめ説明書と合せながら鉄の肺を検分しなければならない。

　医師と看護婦、警察、そして新聞記者を交えて十二、三人が鉄の肺をとり囲んだ。円い胴っ腹が力強げに僕たちに面している。正面から見ても横から見ても鉄の肺はいかにも頼もしげに見えた。

　小管がカタログを片手に説明を始めた。僕は鉄の肺のカタログだけは昨夜一生懸命見て勉強したのだが、実際に始動するのを見るのは今日が初めてであった。小管は四年前の、大流行の時、アメリカの鉄の肺を見た経験があった。一年入社が遅れたばかりに僕は当時の事は少しも知らない。この一年の差が決定的だったように僕には思えた。

「この鉄の肺は私たちの会社がアメリカのメディカルマシンインダストリィと技術提携して作った最新のLⅡ型、鉄の肺であります。使用規格は原則として十五歳以下ですが、大人でも使えないわけではありません」

　新聞記者がしきりにメモを取っている。

「始動スイッチはこの中央部の青ボタンです。これを押すと鉄の肺の胸に当るところから下っているこのアコーディオン型のバッグが伸縮します。それによって円筒内の気圧が陰圧と陽圧に交互に変り、その度に中に入っている人は胸郭運動を強いられ呼吸をさせられることになります」

「圧力は適当に変更出来るんでしょう」

　平川医師が質ねた。

「ここに圧力計《プレッシャーゲージ》があります、水銀柱で零から八百ミリまでの範囲ですが、その目盛の下に体重相応の指示計もついています。こちらをみれば子供の大きさや、筋力の恢復程度に応じて適宜変えていけるわけです。この赤くなっている部分は最強のところで、十歳以下の子供ですと肋骨が折れる危険性もありますが、横隔膜神経までの完全麻痺に使われます。この圧と体重を合せたダブルゲージが我が社で最近開発した特徴のひとつです」

　皆が感心したように頷いた。

「こちらの計器《ゲージ》がバッグの一分間当りの伸縮数、すなわち呼吸数を表わします。普通は一分間十八ですから十八のところに先を合せます。呼吸困難の程度に応じて十五から二十五まで移動できます」

「開き窓は胸と脚の部分と二ケ所なの」

　婦長が質ねた。

「胸部、腰、脚と三ケ所になっています。看護婦さんたちはここから鉄の肺の中へ手を入れて患児の寝間着を替えたり、排泄物をとったり、体の位置を変えたり、日常必要な事はほとんど出来るようになっています。この下の面は特別のレザーで、その上にスポンジマットが敷かれています。何年も入っている子にとってはこの中はベッドであり、棲家みたいなものですから」

皆が改めて筒の中を覗き込む。

「枠組だけは鉄製ですが、他は出来るだけ内部が見透かせるように強固な工業用プラスチックで出来ています。それから、こちらが内部の温度を表わす温度計です。マイナス五度からプラス四十度まで自由に調節できます。もちろん摂氏です」

小管はそこまでいうと鉄の肺に右手をかけて、他に質問は、といった表情をする。カメラマンが小管と鉄の肺を写した。僕は説明役の小管が羨ましく思った。

「それじゃ、ちょっと動かしてみます」

僕は手術場の壁の差し込みを探すと鉄の肺のコードを接いだ。

低く唸るようなモーターの音とともにバッグが生き物のように伸び縮みを始めた。

クックー、クックー。

プラスチックに囲まれたコンパートメントの中は陰圧と陽圧を繰り返しているのだが、外から見たところでは少しも変りはなかった。バッグだけが上下へ規則正しく伸縮を繰り返す。何年間でも、子供が一人で呼吸が出来るようになるまで、このアコーディオンは唱い続けるに違いない。

「今で何気圧ぐらい」

「ちょうど二百ミリです」

「早速入れて大丈夫なんだろうな」

平川医師が質ねた。

「そりゃもう」

小管は自信を持って答える。

「まさか、ゲージは二百だったけど、中は零だった、なんてことはないだろうな」

平川医師が冗談めかしていう。

「そんなことは絶対ありません、そうなったら大変なことになっちまう」

小管の視線がその時、ふと僕に向けられた。

「そうだ、ちょっと武ちゃんさ、入ってみてくれないか、実験に使って悪いけど」

皆が一斉に僕を見た。突然のことで僕は答える余裕もなかった。

「悪いけどさ」

「ちょっと見せて貰いたいな」

平川医師までそんなことをいい出す。

「冗談じゃないぜ、僕は自分で呼吸が出来るんだ」

「そりゃ知ってるよ、なにもしなくていいんだからさ、呼吸はこの器械がやってくれるんだから、楽なもんだよ」

看護婦たちがくすくす笑っている。

「じゃこっちからね」

小管は早くも入り口の頭側の蓋を開いて僕を入れる構えだ。

僕はすっかり狼狽した。周りを見廻しても、お客さんと見学者ばかりで、セールスといえば彼と僕しかいない。彼は僕の一年先輩で、おまけに説明役をやっている。どうにも分が悪いのだ。

「武ちゃんなら充分入れるし」

そんな小管のいい方が小柄な僕には一層頭に来てしまう。皆は興味津々といった表情で僕が鉄の肺に入るのを期待している。

僕はもう逃れられないと思った。どうにでもなれ。そう思って鉄の肺を見直すと、これはまた、何とも無気味な怪物であった。つい先程までは威風堂々とハイウェイを闊歩していた文明の器械が、今は僕を呑み込む巨鯨のような無気味さをもって向ってくる。後ずさりする僕に構わず、小管は素早く横にあった手術用のステップを僕の足元におく。僕は不安と恥ずかしさで顔を強張らせながら、小管と鉄の肺を交互に睨みつける。

小管はすこぶる調子がいい。

「心配ないぜ」

「畜生」

腹を決めると僕は戦闘機の操縦席に乗り込むように股を拡げて足先から円筒の中に入り込んだ。冷たく柔らかいスポンジマットの感触が足に伝わった。両足を揃えると体を次第に奥へずらしていった。肩口まで入って首枠が固定されると、筒の先の円い枕台に僕の頭が支えられる。仰向けになったまま僕の首から下はすっぽりと鉄の肺の中に入り込んでしまったのだ。もうじたばたしてもどうにもならない。これでは特攻隊の魚雷の中に体ごと閉じ込められたようなものだった。

入ってから改めて気付いたのだが、筒の周りはプラスチックなので僕の体の細かな動きまでが周りの人々にすべて見透かされている。おまけに仰向けのまま頭が固定されているので、情けない表情も隠すわけにはいかない。僕は全く恨めしげに小管を見返した。

「ちょっとだからね、じゃスイッチを入れるよ」

「少し、待ってくれ」

こうなったら僕は哀願せざるを得ない。

「どうしたの」

「ちょっと、気持を落ちつけるんだ」

「心配ないからさ、安田だって入った事があるんだから」

会計にいるあの無口な男が入った事があったのか、僕は瞬間、安田の無愛想な表情をちらと思い出した。

「いいかい」

いいわけはないが、僕はともかく目を閉じた。閉じたってどうなるわけでもないが、男はいざという時は腹に力を入れて、僕はそんなことを思いながら大きく息を吸った。

「いいね」

皆は鉄の肺より僕の表情を見守っている。

「勝手にしやがれ」

全く大変なものを僕の会社は作り出したものだ。僕はすっかり不貞《ふて》くされてしまった。

その時、モーターが唸り出し、突然上体が突き上げられるような衝撃を受けた。「うっ」と思わず体を反り返らせた瞬間、今度は体のすべての力が抜け、底へ吸い込まれるような無力感に襲われた。

「うっ」

「えっ」

僕は交互に短い叫び声を上げながら、わずかに動く顔を左右に振り廻す。十秒おき位に胸を突き上げ、突き下げる不快な衝撃が襲ってくる。衝撃といっても痛みがないのがまた、どうにも奇妙でやりきれない。

「おいおい、武ちゃん、呼吸をしようとしちゃ駄目だよ、自分から呼吸をしようとするから変なんだよ、抵抗しちゃ駄目だって」

「そんなわけにいくものか」

僕は目まで真赤にして言葉にならない言葉で訴える。

「あなた任せで気楽にするんだよ、全部鉄の肺がやってくれるんだから」

「何をいってやがる。僕は自分で呼吸が出来るんだ」

そういってやろうと思いながら、バッグが伸縮する度に「あっ」「うっ」という溜息しか僕の口からは出て来ない。

クックー、クックー。

バッグの伸縮する悪魔のような囁《ささや》きが僕の腹の下から洩れて来る。

「この場合は自分で呼吸をしようとするからうまくないけ

ど、呼吸麻痺の子供はもっとスムーズにいきます。普通の人でも一旦リズムに合っちまえば簡単なんです」

小管が説明している。

「馬鹿野郎」

そういおうとした瞬間、妙なことに僕の呼吸は急に落ちついた。ちょっと吸おうと思うだけで息は充分吸い込まれる。吐こうと思うだけで直ぐ吐き出される。呼吸が鉄の肺のリズムに合いだしたのだ。どんなものぐさな奴だってこの中に入っていれば呼吸だけはさせられる。呼吸は楽だが落ちつかない、こんな調子に誤魔化されないぞ、と僕は思った。

「相当の力でしょう、元気な彼が抵抗してもどうにもならない位ですから」

見学者は鉄の肺の内部と僕の表情を交互に見守る。

「おい、止めてくれ」

小管は苦笑しながらスイッチを切った。僕はほっとして早々に抜け出そうとした。

「停電になったらどうするんですか」

新聞記者が質ねた。

「あ、その時は自家発電装置がありますから、これを入れて、それから前と同じにこの主スイッチを入れます。ここね、この装置が我が社で考案した新しい装置です」

「あっ」

横になりかけていた僕は、またごろりと仰向けにされてしまった。自家発電で鉄の肺が再び動き出したのだ。

「うっ」

「えっ」

鉄の肺に手玉にとられながら、僕の呼吸は再び狂ってしまう。

「こういうわけです」

小管の声でスイッチが止った。

「ここからは便器も入ります」

「おい早く開けろよ」

たまりかねて僕は怒鳴るようにいった。見学者が苦笑している。

「ご苦労さん」

真赤な仁王様のような顔をして、僕は鉄の肺からのこのこ這い出した。全身が汗っぽく、背筋に蟻が這い廻るような不快な感じがあった。息を吸ってみた。中途でつっかかるような感じがある。厭《いや》な感じを払いのけるように僕は頸《くび》から背をタオルで拭いた。

「鉄の肺の感想はどうだい」

平川医師が笑いながら聞いた。

「化物《ばけもの》ですよ」

僕は吐き出すように一言だけそう答えた。

三

鉄の肺はコードを外され、子供の待っている病室へ移されることになった。病室は第二病棟の一番奥の部屋であった。

平川医師の後から、僕と小管は鉄の肺を押しながら廊下を進んだ。事務員や新聞記者も後からぞろぞろ従いてきた。

「明日の新聞に出るぞ、武ちゃんも写されたろう」

僕は返事をしない。新聞に出たとしても鉄の肺に入っているところしか写されていない。鉄の肺の金具の輝きが、今の僕には却って馴染み難いものに思われた。朝方、空港で初めて見た時の感動や期待は消え去って、何となく油断のならない器械だという気持しか僕には残っていない。

病室は一人部屋であったが、鉄の肺を入れるとそれだけでほとんど一杯になった。

患児の両親は僕らが運び込んだ鉄の肺をまじまじと見視めてから、おそるおそる手を触れてみた。彼らは輝く鉄の肺を見ただけで、既にその威力を信じきっている風だった。

小管は素早くタップを片手に、部屋の差し込みを探すと鉄の肺に接いだ。

患児は三歳だと聞いていたが、ベッドに寝ているところを見ると手足も細く、ずっと小さく見えた。肋骨が一本、一本、あらわに浮いてみえた。蘇生器のマスクが顔に十字バンドで固定されて、顔中マスクといった様子だった。

「じゃ鉄の肺に移しましょう」

平川医師の声で人々はベッドから遠ざかった。

「ちょっとスイッチを入れてみます」

小管が鉄の肺のスイッチを入れてみる。モーターの音とともにバッグが唸り出す。

「小さいから、圧はずっと低くていいよ」

「八十位にします」

小管が答えた。

スポンジマットの上に毛布が折り畳まれ、その上にタオルが敷かれた。移す手順が決められた。平川医師が酸素マスクを外すと同時に素早く看護婦が横抱きに抱え込むようにして鉄の肺へ移し変える。

子供は直ちに足先から鉄の肺に入れられた。顔を残して肩口の蓋が閉じられた。泣いているのだが、口を引きつらすだけで泣き声はほとんど聞きとれない。既に唇が青くなっている。

「入れて下さい」

平川医師の命令で小管がスイッチを入れた。

クックー、クックー。

モーターの音とともにバッグが始動した。

「わああ……」という泣き声が突然起きるとそれを待っていたように唇は赤味を増し、顔面がさっと桜色になった。バッグが伸縮する度に肋骨が上下に動き、呼吸運動をしているのが手にとるように解った。前とはうって変った力強い泣き声が続いた。

「康弘ちゃん、やっちゃん」

母親が鉄の肺の横に縋《すが》りついて顔だけ出ている子供の涙を拭いてやる。

「もう大丈夫よ、もう助かったのよ、やっちゃん、怖くないのよ、この器械が助けてくれたのよ、楽になったでしょう」

母親は幾度も鉄の肺から出ている子供の頭を撫でてやる。子供は怯《おび》えた眼差しで辺りを見廻すと、また思い出したように泣き出した。

「もう大丈夫よ、怖くないのよ」

子供はその言葉で安心したのか、やがて静かに目を閉じた。昨日から一昼夜に近い蘇生器の連続で疲れきっているらしい。

「本当に有難うございました」

父親と母親が改めて僕たちに頭を下げた。

大人しくなった子供の表情は意外に整って美しかった。そういえばこの子の両親も美男美女である。こんな美しい人たちの子供が小児麻痺にかかるとは皮肉なものだと、僕は改めて子供を見直した。

小児麻痺はウィルス性の感染症だから風邪のように流行するのだと聞いた。夏に多いとも聞いたのだが、今のように冬の初めに一人だけぽつっと発生する事があるものだろうかと僕は少しばかり不思議に思った。

「小児麻痺のウィルスにはほとんどの子供が罹《かか》るのだが、子供の抵抗力に応じて発病するのとしないのとがある。ぽつんと単独で発生するのは、こうした抵抗力の弱い子だけに起るもので、季節にも関係なく、一旦発病すると割合重症なのが多い」

と平川医師が教えてくれた。

先程僕が感じた通り、この子はいかにも小さく抵抗力がなさそうだった。男とは思えない程の顔立ちであった。

「温度は何度ぐらいにします」

小管が聞いた。

「肌着しか着せないのだから、二十七、八度がいいな」

平川医師が答えた。

クックー、クックー。

子供は無心に眠っている。バッグは規則正しい開閉を繰り返している。もう子供がどうであろうと、バッグの動く限りこの子は生き続ける。

「もうこうなったら絶対生かしてみせます」

平川医師が力強くいった。

「先生、ここへ立って子供を見守って下さい」

記者が平川医師にポーズの注文をした。

「どうもね、これは僕一人の働きじゃない」

そういうと彼は僕たちを見て、

「おい君たちも入れよ、君たちが素早く鉄の肺を運んできてくれたんだから助かったんだよ」

といった。

「どうぞ入って下さい」

とカメラマンが僕たちを誘う。

「入ろう」

小管がいった。

「お前行けよ」


僕の呼吸はまだ本調子でないようなのだ。

クックー、クックーというバッグの音をきいただけで僕の背中には、先程、鉄の肺に入って受けた、奇妙な衝撃が甦ってくるのだった。僕の背中は今でもバッグに合せて上下にうねり出しそうな不安があった。

「早く、じゃ君だけでもいい」

平川医師が苛立っていった。

「先生こちら向きになって、二人で子供の顔を覗き込んで、ほっとした様子で、ちょっと笑って下さい、はい」

子供は真直ぐ上を向いたまま、すやすやと眠っている。その上から覗き込んだ二つの顔が奇妙な作り笑いをした。

閃光がひらめいた。

「もう一枚頼みます」

「はい」

フラッシュと同時に子供が怯えたように眉根を寄せた。

「どうも、どうも」

「先生、良かったわよ」

と看護婦がいった。皆がどっと笑った。

僕たちが帰り支度を始めると、父親が慌てて引き止めた。

「待って下さい。今お昼御飯を頼みましたから、丼物ですけど食べていって下さい」

時計を見ると十二時を少し過ぎている。

「先生も看護婦さんも、もう注文したんですから」

「いやいや、そんな気を使わんで下さい」

平川医師と婦長が同じ様な事をいった。

「日曜だというのに一日中お騒がせして、もうあきらめていたのを助けていただいて本当に有難うございました」

母親は深々と頭を下げる。

「医者なら当り前のことですよ」

「康弘は本当に皆様のお陰でこんな最高の治療をうけられて運がよかったんですよ」

母親がいった。

「とにかく頼んでしまったんですから。じゃ皆さんの分は詰所の方に廻しますから、食べて下さい、本当にどうも有難うございました」

父親が改めて礼をいった。

ぞろぞろと病室を出る人について僕たちも廊下へ出た。

「ああ器械屋さんのはここに持ってきますから病室で食べていって下さい」

そうまでいわれると無下に帰るのも悪い気がした。仕方なく僕たちは手持無沙汰のまま病室の入り口で佇《たたず》んでいた。

「先生、先生、もうちょっと」


先に帰りかけた記者がまた戻って平川医師をつかまえた。

「あの子はもう大丈夫なんですね」

「もう大丈夫です」

「鉄の肺に入っている期間はあとどれ位ですか」

「かなり重症だからね、鉄の肺を完全に離せるようになるには二、三年はかかるかも知れないな」

「そんなにですか」

記者は思わず筆を止めて聞き返した。

「何年だって、あの子が一人で呼吸できるようになるまでやりますよ」

そういうと平川医師は愉快そうに笑った。

「三十五年でしたか、集団発生しましたけど、あの時、鉄の肺に入れられた子はどうしました」

「ここにまだ一人いますよ、あの子もなかなかの重症で、あれから三年程入っていました」

「それで今は」

「一年前に外しましたよ」

「そうですか、いや有難うございました。お忙しいところどうも」

新聞記者は礼をすると足早に去っていった。

「記者ってのは呑み込みばかり早くってね、正しい記事を書いてくれればいいけど」

平川医師は脇にいた僕たちにいいかける。

「然し本当に早かったよね、よくやってくれたよ」

「さすがに昨夜は心配でおちおち眠れませんでした」

小管は今朝、車の中でもそういっていた。自分もあの時はそうだったと僕は思った。

「君の説明はなかなか良かったぞ、新聞記者も感心して聞いていた」

「こんな最新の器械を僕が説明するのはおこがましいんです」

小管は少しばかり謙遜してみせる。

「そんなこともないさ、セールスマンはあれ位器械に自信がなけりゃいかんよ、それから支払いだけど」

「ええ、一応納品書だけ持ってきましたから先生のサインを」

「小児麻痺財団の方からも金が出るんでね、あとでちょっと、僕んとこに寄って」

「わかりました」

平川医師が去って廊下には僕たち二人だけが残されてしまった。

僕たちは急に煙草を吸いたくなった。

「人を一人救うってのは全く大変な事だな」

そういうと彼は僕の煙草を一本黙って抜き取った。

「しかしさ、器械屋だってこんな時は本当に仕事をしたという気になるな」

僕は煙草を吸い込んで呼吸の調子を確かめる。小管は心地良さそうに口をつぼめて煙を吐いている。

「おい出前が来たよ」

「待っていてっていったんだから、俺たちがここにいる事は知ってんだろう」

出前持が二人病室へ入っていった。

僕たちは、黙って立っているのも可笑《おか》しいので、ぶらぶらと廊下の窓から外を見やった。いつの間にか雪が降り始めていた。尖った雪が斜に窓を横切っていく。朝方の眩しい程の陽は姿を消し、暗い雪の午後になっていた。

「昨日スノータイヤを履いていてよかったよ」

と小管がいった。

「あら、器械屋さん中へ入って、どうぞ、食べて下さい」

明るい母親の声がきこえた。

「おい行こう、折角だからさ」

僕たちは肩を並べて再び病室へ入っていく。

「ああ、どうぞ、どうぞ」

すすめられた椅子に僕たちはきちんと坐って丼をうけとる。僕は丼の上の小皿に載っているお新香をみて、もう何日もお新香を食べていないような気がした。

僕たちは黙々と食べ始めた。

「やっちゃん、食べないかしらね」

「起きてからでいいさ、そうやっておけ」

クックー、クックー。

バッグの音が雪に閉じ込められた病室に底鳴りのように響いている。

再び僕は先程の胸を突き上げられた感触を背筋に感じた。誰の力ともいえない、不思議な力が僕の胸に当てられている。

「食わないのか」

僕が箸を止めたのに気付いて小管が小声で聞いた。

「いや」

僕は思い出したように箸を取り直す。

子供にしては高すぎる鼻がつんと天井に向けられている。バッグが伸びて息を吸いこむ度に小鼻がふくらむ、この神経質そうな子供は、何年もこのままの姿勢で飯を食べ続けるのだろうか、僕はぼんやりと整った横顔を眺めていた。

「器械屋さん、故障なんて起きないでしょうね」

「奥さん、絶対大丈夫ですよ、鉄の肺ですから」

「何といってもこの子の命の綱ですからね」

「何年使ったって平気ですよ、アメリカのを更に改良したんですから」

「頼みますよ」

「鉄の肺ですからね、鉄の肺ってのは鉄のように強く壊れないという意味ですよ」

小管はお新香を食いながら断言する。

「本当にこれは壊れそうもないな」

と僕は思った。

「家はね、この子の上は女の子一人でしょう、たった一人の男の子だから、どうしても助けたいのよ」

母親はもう助かると知っているのになお不安気に質ねる。

「鉄の肺に入ったんだから絶対助かりますよ」

「そうだよ」

僕がいうと小管が直ぐいった。

小管は食べ終ったが僕はまだ半分しか食べていない。

「遠慮しなくてもいいさ」

と小管が小声でいったが僕は黙って箸を置いた。喉にスムーズに通っていかないのだ。

「それじゃ」

僕たちは立ち上ると二人一緒に頭を下げた。

「ご馳走様でした」

「本当にご苦労様、どこか器械が変になったら直ぐお電話しますから来て下さいね、お願いしますよ」

「いつでも連絡して下さい、直ぐ来ます」

僕たちは病室を出た。

「もっとも直ぐ行かなければ死んじまうからね」

「大変なアフターサービスだぞ」

「平川先生のとこに寄ってくるから、先に車に乗っててくれよ」

そういうと小管は鍵を僕に渡した。

右手にトイレがあった。

小便を終えると僕は両手を脇腹に当て、深呼吸をしてみた。充分息を吸い込んだつもりなのだが、まだ足りないような気がする。気がすむまで吸い込めないような不安が残る。何だか呼吸のテンポがひどく狂ったような気がする。呼吸のことなど以前は考えてみた事もなかったのに、一度気になり出すとますます気になってくる。とんとんと背中を叩いてみるがさっぱり変りはない。脇腹に両手を当てて持上げるようにしてみるがどうも動きが悪くなったような気がする。鉄の肺にちょっと入れられただけでこうなのだから三年も入っていたらどんなになるのか。そう思った時、ふと先程の平川医師の言葉を思い出した。

向うから来た看護婦に僕は思いきって声をかけた。

「あの、東海医療器械のものなんですけど、鉄の肺に三年入って助かった子供にちょっと逢いたいのですけど」

看護婦は僕の顔を知っているらしかった。

「そこ曲って角から二番目の部屋よ」

「入っていいんですか」

「構わないでしょう、今、付添婦さんがいるかもしれませんよ」

僕はおそるおそる病室のドアをノックした。

「どうぞ」

年配の女の声が聞えた。

「どなた?」

「医療器械の者なんですけど、鉄の肺に入っていた人の……」

「ああ、あれもう戻しましたよ」

付添婦は出口に背を向けたままベッドのシーツを払い畳んでいる。ベッドには子供はいない。

「いやちょっと、どうしてるかと思って、見舞いに」

「あ、そう、どうぞ」

僕は雪で薄暗くなった部屋を見廻した。ベッドの枕側の壁には人形と女の子の絵が二枚張られている。然し患者はどこにいるのか。

「どうしたの」

付添婦が僕を振り返って、

「そこよ」

と顎で右手の窓際を指した。

僕は一歩近づいて、思わず身を引いた。窓際には五十センチ位の幅の木枠が立っていた。木枠の底は丁の字型に平板で床の上に据えられている。二メートルもある木枠の半ばから左右に各々四本の皮のバンドが出ている。よくみると木枠の両端からは、ところどころ赤と青の衣服がのぞいているのだった。

「今ね、ちょうど立ち上ったものだから、この際と思ってね、布団からシーツまで替えてるんですよ、一週間に一回だからね、それも三十分位しか立っていられないのだから、急がないとね」

木枠に背をもたせて皮バンドでそれに張りつけられた恰好で少女は立っているのだった。おそるおそる僕は近づいた。頭から足先まで全身を甲冑《かっちゅう》で堅めたようにきっちりとコルセットを巻きつけた上に、頸、胸、腹、膝と四ケ所を皮バンドで木枠に繋ぎ合わせているのだった。木枠が倒れたら、少女も一緒に一本の木のように倒れてしまう。体全体、ようやくコルセットと皮紐の助けをかりて辛うじて立った位置を保っているのだった。

「いつから立ってんですか」

「つい一ケ月前にね、この枠を作ってもらったんですよ、鉄の肺は一年位前に外したんですけどね、頸から腰まで全部筋肉がやられちゃったでしょう、だから立たせたらスキのように柔らかくて直ぐ横に倒れちゃうからね」

「もう何年も寝たっきりでしょう、体の跡が布団についちゃってね、寝てたとこだけ綿がつぶれてぺしゃんこになっちゃうから、どうしても湿っぽくなるしね、もう打直ししなきゃだめかな」

そういいながら彼女は少女の体にそって鋳型のように凹んだ布団皮をつまみ上げては綿を移動させようとする。

少女は頭から足先まで木枠に一直線に張りつけられたまま、眼の高さの一点を見視めている。

「いくつになりましたか」

「陽子ちゃん、いくつだっけ七つだよね、三つの時なったんだから四年目だからね」

少女は僕に見向きもしない。頸が固定されていて自由に動かせないのだ。頭から足まで木枠に沿ってきちんと一直線に合されている。その脚に視線をやった時僕は思わず声を出すところだった。脚の形は両方とも前面が突き出て後ろ側は全く平ったく、見事な三角形になっている。何年間も寝てばかりいたので、膝の裏側の面は布団に当って丸みを失って平たい面になってしまったに違いなかった。

「陽子ちゃん目まいしない」

付添婦はそういっては彼女の右手を見やる。木枠につかまった右手の人差指が動いた。

「じゃもうちょっと、そうやってなさい」

付添婦はそういってから、

「立つと顎を固定するからね、物をいいにくいでしょう、人差指を動かした時は『何ともない』という意味に決めてるのよ、小指は困って用事がある時って風にね」

「苦しくなったら直ぐいうんだよ」

少女は頷くように目を瞬いた。

付添婦は新しいシーツに敷き替え、その上に寝間着を置いた。

「大丈夫ですか」

「まあ二十分位はね、今迄いつも横になっていろいろなものをみていたでしょう。どういうもんかね、体もそれに慣れちゃうのか、立つと血の廻りでも全然変になっちゃうのかね、初めは目まいがして吐気をもよおして大変だったのよ、今は週に一回ね、二十分だけどね」

少女は瞬きもせず窓を見視めていた。眼の前には雪の降り続ける白い野原の状景しかない。眼の高さで扇形に開いた視野に入る景色だけが少女の世界であった。窓に吹きかかる雪を飽きもせず見続けている。そんな景色が面白いのか、然し面白いも面白くないも、少女には初めからこの景色しか見るものはないわけだった。

クックー、クックー。

僕の頭に、鉄の肺の音が甦った。

胸を圧しつけられるような息苦しさを覚える。息を吸い込むが充分に吸い込めないような不安が残る。

その時少女の小指の爪が木枠の縁を引っ掻いた。

「どうしたの」

付添婦が素早く少女に問いかける。

「苦しいの」

「おしっこ」

少女が頷いた。

「今、外してあげるから」

付添婦が答えた。

「お大事に、僕帰ります」

「帰りますか」

木枠に張りつけられた少女の後姿が今度ははっきりと窓際に見えた。白い雪の窓だけが少女と向い合っている。

駆けるように病院の玄関へ行くと小管が足踏みしながら待っていた。

「どこへ行ってたんだ」

僕は黙って車のキイを彼に渡した。

エンジンが始動し、ワイパーが廻り出した。フロントガラスに積った雪は雪崩のように崩れて左右へ分かれる。

「ヒーターが温まるまで大分かかるぞ」

僕は息を吸い込み、自分の胸の動くのを確かめる。

「本当に鉄の肺が間に合って良かった、本当に良かったよ」

小管は前を見視めたまま繰り返す。車は直ぐ賑やかな道路へ出た。信号が赤になった。僕たちはたちまち車に囲まれてしまう。

「明日の新聞はどういう見出しになるだろう」

小管がいった。

「愛のリレー。鉄の肺、少年の命を救う。こんなのはどうかな」

クックー、クックー。

バッグの音が僕の呼吸の音のように思われる。喉も胸もみんな詰ったような不安がある。

「康弘ちゃん、鉄の肺に救われる。名前を出すのも流行るからね」

僕の頭の中で鉄の肺は次第に底知れない無気味なものに変っていく。

信号が赤から青に変った。車が一斉に動き出した。雪は払っても払っても、フロントガラスに降りかかってくる。

ワイパーの動く範囲だけが扇形に視野が開ける。

僕はふと雪の窓を眺めていた少女の目を思い出した。あの子が見視めていた広さもこれと同じ位かもしれない。

「でもさ、俺たちの力で一人の命を救ったんだからな、こんないい気持はないな」

小管はそういうとアクセルをふかした。

その日から僕たちの町は根雪になった。


——了——

作家の追悼文

日本を代表する七人の作家による追悼文特集。渡辺淳一氏の人柄と文学界における功績がよくわかる。

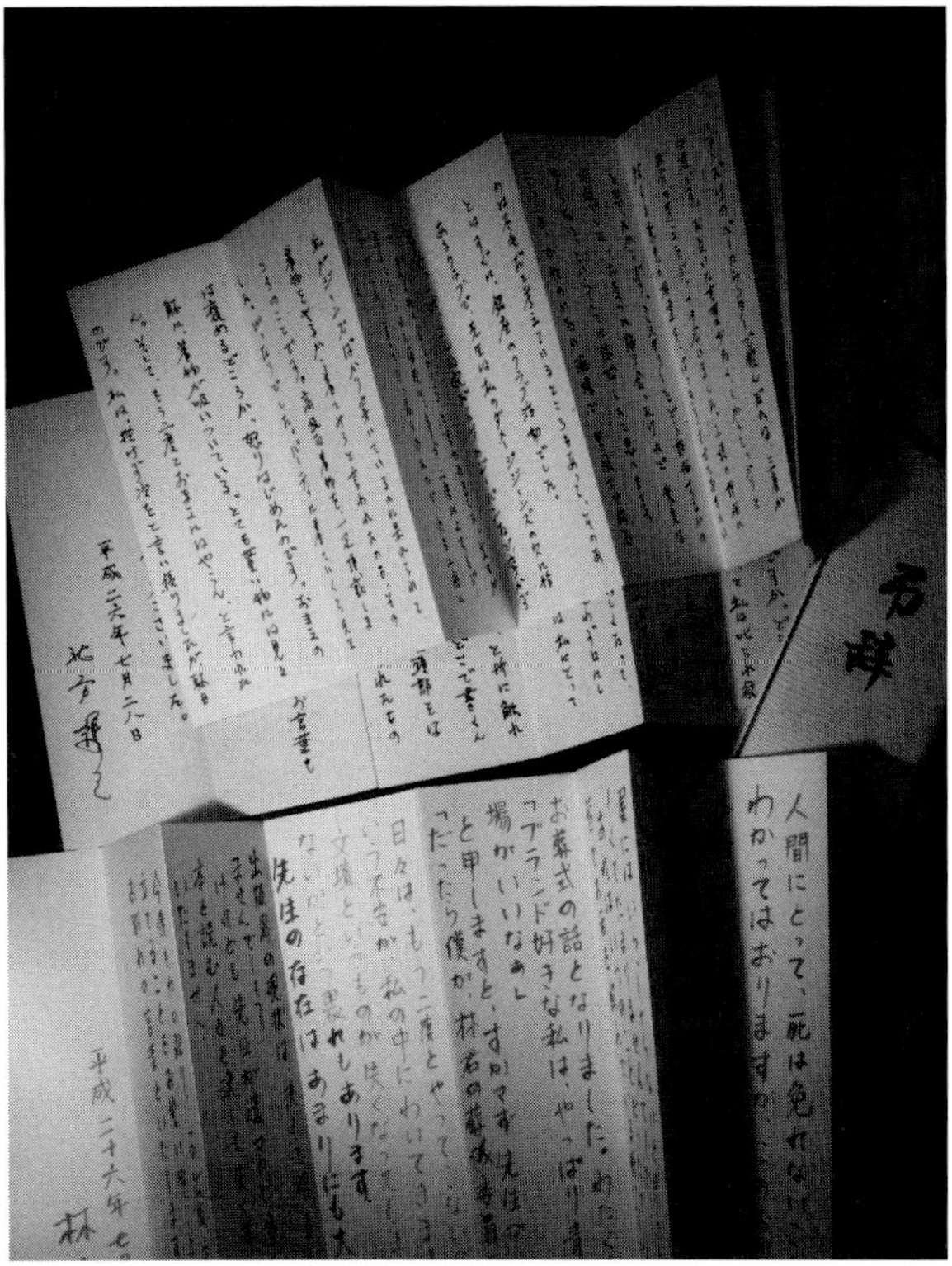

2014年7月「お別れの会」弔辞。北方謙三、林真理子氏筆
写真 ／ 秋元孝夫

五木寛之
阿刀田 高
髙樹のぶ子
北方謙三
小池真理子
林 真理子
朝井リョウ

最後の流行作家

五木寛之

渡辺淳一さんは、がっしりした体格をしていた。いつか和服で直木賞の選考会にやってきたとき、なにげなく袖からのぞいている彼の手首を見て、びっくりしたことを思いだす。私の手首の倍くらいの太さだったのだ。

興にのってくると、そのたくましい手で、ドン、と卓を叩く。

渡辺さんは話が熱をおびてくると、自分で自分の言葉にうなずきながら、力いっぱい目の前のテーブルを叩くのだ。私は渡辺さんがそれをやりそうになると、いそいで卓上の茶碗を押さえたものだった。

一見、豪快な渡辺さんだが、じつは気の弱い繊細なところがあった。お互いにマスコミのお座敷を、年増芸者のように張りあっていた頃は、多少の見栄や突っぱりもあったが、この五、六年はそれも消えて、なんとなくそれが淋しくも感じられていたのである。

去年の夏ごろだったか、

「五木さん、一度ぐらいゆっくり酒でものものうよ」

と、誘われたとき、そのしみじみした口調が気になって、つい憎まれ口を叩いたことがあった。

「だめだよ、そんなこと言っちゃ。ふるさとへ廻る六部《ろくぶ》は

——とかいうじゃないか」

六部というのは、いわゆる遍歴僧のことである。そのとき、あ、仏さんのような顔になったな、と感じたのだった。

渡辺淳一さんとは、ほそく、ほそく、そして長いつきあいだった。お互い三十代前半の先が見えない時代に出会った。ほとんど相前後して彼が『新潮』の同人雑誌賞、私が『小説現代』の新人賞を受けている。

やがてお互いに忙しくなり、顔を合わせるのは出版社や新聞社主催のゴルフの会と、文学賞の選考の席ばかりになってしまった。

それでも、直木賞、吉川英治文学賞、小説すばる新人賞など、候補作品をめぐって激論をたたかわせる機会は少なかった。

直木賞の選考会では、渡辺さんと私はいつも隣りあった

席に坐る。たぶん三十年ちかく毎年二回ずつそうしてきたのではあるまいか。

記録に残る発言を終えたあと、渡辺さんがこちらの上衣の袖を引っぱって小声でいう。

「冗談じゃないよ。こんなもの文学といえるかい」

直木賞選考会控え室にて、五木寛之氏と歓談　　写真／文藝春秋

作家は初期の作品に向かって回帰すると誰かが言ったそうだが、渡辺さんはいつも文学にこだわっていた。彼が二十代のころ同人誌に発表していた小説や、『新潮』の同人雑誌賞を受けた作品を読むと、その原点回帰の心情がよくわかる。

私の右隣りに坐るのが井上ひさしさんだったから、

「また淳ちゃんが文句いってるよ」

と耳打ちすると、井上さんは面白そうに、

「まあ、渡辺さんの気持ちもわかりますけどね」

と、眼鏡を手でおさえて笑うのだった。

流行歌手とか、流行作家とかいう言葉には、なんとなく蔑視の語感もあるが、そうたやすくお職を張れるものではない。沢山、仕事をしているだけで流行作家とはいえないのだ。その身辺に華があり、話題があり、名前にも艶がなくては流行作家はつとまらないのである。

そんな意味で、渡辺淳一さんは、最後の流行作家だったと思う。その後を埋める人は、もう出ないのではあるまいか。

渡辺さんの初期の作品群には、「死」が色濃く翳《かげ》をおとしている。原点回帰の夢は、それなりにはたしたと思うのだ。

（『オール讀物』二〇一四年六月号）

渡辺さんとの真面目な話

阿刀田 高

渡辺淳一さんとは十九年間にわたって直木賞の選考をともにした。同世代の委員として、つねに率直であり、真摯であったと思う。その他の機会に顔を合わせても、例えば講演会の控え室であったり銀座のクラブであったり、と、そう繁くはなかったが、

「この前の受賞作だけど……」

「気に入らなかったんでしょ」

「弱いんだよな。頭でだけ書いてて」

文学観をチラリと交わすことがないでもなかった。あとはジョーク混りの、たわいのない話ばかり……。渡辺さんは邪気のない、正直な人柄である。はっきりとご自身の考えを述べるタイプである。合理的で、明るい性向も含めて私は好きだった。

新聞社の文化部の記者から、

「小説の考え方には差があったんじゃないですか」

と問われることがあった。

渡辺さんは〝小説とは真剣に生きている人間を描くこと、頭で創ったような作品は駄目〟という考えだった。私はと言えば〝もちろん人間を描くことは大切だけど、ストーリーを創ることも小説の命綱〟と考えるほうである。見ようによっては、まっこうから対立しかねない。このあたりについて私は一度、直接、渡辺さんに尋ねてみたことがあった。

「私の小説、頭で創っているのが多いけど、どう？」

「うーん。あんたくらい技があれば、べつだな。外国の小説にもあるし」

多少のリップ・サービスも含まれていただろうけれど、渡辺さんはこの手のことについて本意を避ける人ではなかった。〝人間を書け。頭で創るな〟という渡辺さんの主張は、私の見たところ、晩年の直木賞選考会などで特に顕著になったものであり、おそらくこれは若いときから一貫して心中にあったものだろうけれど、それだけで凝り固まっていたわけではなく、当然のことながら小説全体についても広い見識を持ち、けっして頑なではなかった。

十数年前から渡辺さんの小説は中国で盛んに翻訳出版を

され、たいへんな成功を収めていたのだが、ある日、私に電話が入り、わざわざ会って、
「いっしょにやってくれないかな」
同じエージェントを紹介され、結局、私もこの試みの驥《き》尾《び》に付すこととなった。これは日本のエンターテインメントを中国に広めたい、という主旨であり、渡辺さんはあえて私を選んだのである。私としては、それなりの対応はしたけれど……とりあえず私の作品集五冊を翻訳出版し、プロモーションのため私は上海、北京に入り、莫言《ばくげん》さんと公開対談などもおこなったけれど、日中関係の悪化もあり、また私自身の力不足もあって、目下は成功未満のまま、ペンディングの状態。今となっては心残りが大きい。

直木賞贈賞式控え室にて、阿刀田高氏と　　写真／文藝春秋

あえて断言すれば、渡辺さんは往年の同人雑誌などに多く見られた私小説的傾向をしっかりと見つめるところから出発した。そこに多彩なストーリー性が加わったけれど、己の真実を描き、人間の生き方を切実にたどるという本筋は変わらなかった。晩年はこれを男女関係の中に求め、ひたむきに人間の姿を追究することをよしとしたのではなかったか。

私はと言えば、若いころに周辺の文学志望者の中に顕著であった私小説的傾向に辟易し、思いきりイマジネーションを広げて〝頭で創り〟、そこに人間のリアリティをそえるという手法を選んだ。渡辺さんとは正反対とも言えるのだが、おたがいにそれぞれの小説観を理解し、そのうえで意見を交わしていたのだと思う。非常に親しい関係ではなかったが、すばらしい友であり、いまは慎んで懐しみ、深く悼むよりほかにない。

（『オール讀物』二〇一四年六月号）

全うすれば花になる

髙樹のぶ子

渡辺淳一ほど女性が好きで、女性に恵まれた作家は、二度と現れないだろう。男なら誰でもそう願いつつ、どこかで諦めるか別の愉しみにシフトしていくものだ。けれど渡辺さんは最後まで女性との性愛を人生の喜びの中心に据えて生きて来られた。

いつだったか訊ねたことがある。先生、小説の中の性愛と現実の女性と、どちらが上ですかと。先生は即座に応えられた。現実の方が圧倒的だよと。

そのとき、なんて幸せな人だろうと思った。激しく熱い性愛を描きながら、けれどそれを圧倒するほどの生身の喜びを味わって来られたのだ。いや作家でありながらその事実を堂々と言えるということに、訊ねたこちらが圧倒されてしまっていた。

しかし生身の性愛は、本当にそこまで圧倒的に、すばらしいものだろうか。もちろん、すばらしいものだ。人生を狂わすほどの力を持っている。ただしそれは、新しい相手、斬新な舞台と演者、あるいは征服欲や屈折した心理などの薬味があってのことで、性愛の行為そのものは、とりわけ男性にとっては、かなり一直線で単純なものではないのかと、内心では思っていた。

小説より現実の方が圧倒的だとなると、渡辺さんの性愛場面ではきっと、平凡な性愛に特別の歓喜をもたらす薬味や高揚剤が、自給自足されていたのに違いない。そしてその薬味や高揚剤は、小説の中でも発揮されていたはずで、つまり渡辺さんの小説と現実は分けることなど出来ない表裏として、特別の才能により成り立っているのだろうと、納得するしかなかった。

一方で、そこまで人生における性愛の意味が大きい人にとって、いつかやってくる加齢と不能はどんな意味をもつのだろうと、少し意地悪な、また同じ作家として目が離せない興味の対象でもあった。

神の幸福を一身に浴びて生きてきた人が、人生の最後に神を取り上げられたとき、何を発見するのだろう。神の無惨を呪うのか、その欠乏の中で何か新しいものを視るのだ

『婦人公論』2009年対談で、髙樹のぶ子氏と　撮影／和田直樹

ろうか。

多くの老境の作家は、どこかで、あるいは早くから、性愛の限界を感じている。そこに多大な期待を寄せたりせず、目指すものを別に置く。社会的問題や生き方、性愛を描くにしても老いの哀しみを特殊な美に昇華しようと苦心する。

渡辺さんもやがてどこかで、この臨界点を迎え思いがけない変身を遂げられるのではないかと、女の私はある意味ひややかに、けれど心底からの期待と好奇心を持って見ていた。

そしていま、その答えが出た。

渡辺さんは性愛を神の座から引き下ろすことなく、性愛は渡辺さんにとって神の輝きを保ったまま、彼の人生は終わったのだ。

参りました。あなたは見事に全うされました。

訃報を聞いて胸の底から湧き出てきた言葉は……全うすれば花になる。

（『オール讀物』二〇一四年六月号）

まともなこと

北方謙三

　サインの速さを、競ったことがある。酒場での遊びだったが、私には自信があり、結構むきになった。渡辺さんがどれぐらい真剣だったかわからないが、あっさり負けた。渡辺さんが十書く間に、私は七しか書けなかった。腕立伏せでやりませんかと私は言いはじめ、だからおまえはガキなんだと嗤《わら》われた。

　ガキ扱いではあったが、酒場での関係性は、選考会場などよりずっとよかった。理由はとてもわかりやすく、女性の好みが正反対で、お互いいつも違う方向を見ていたからだ。おい、ほんとにあんなのがいいのか、と真顔で言われたこともある。

　もっとひどいことも、言われた。五十歳になったら、おまえは絶対ホモになる、と断言されたのだ。なりませんでしたぜ、と私は五十を過ぎてから報告した。いや、絶対なるって、還暦を過ぎたらな。ならなかった。おかしいなあ、と渡辺さんは首をひねっていた。おまえが書くものの、男同士の関係を見ていると、精神的にはホモなんだがな。精神と肉体をぴったり重ね合わせるのって、作家的洞察力に欠けた、驚くべき単純さですね。おまえの頭が驚くほど単純だから、言ってるんだよ。そんなふうであった。いつも、戯れ合っていたような気がする。いや、ただ私が甘えていただけだったのか。

　着物を着てみろと言われ、ひと揃い頂戴した。パーティに着ていくと、渡辺さんは近づいてきて、着物がおまえの躰に吸いついている。とても貰い物には見えん、と怒りはじめた。体格的に、ぴったりだったのである。またくださいよお、と会うたびに言ったが、金輪際、おまえにはやらん、と返ってくるだけだった。仕方がないので、私は自分で作って着て行った。お、いい着物じゃないか。めずらしく、渡辺さんは褒めてくれた。口と一緒に、手が動いていた。羽織の紐を解かれてしまったのだ。もともと結んであるものを買ったので、解かれるとどうにもならず閉口した。

　そんなことばかりを、思い出す。もっとまともな話もしたはずだが、言葉が出てこない。まともな文学論を交わし

「道明」の羽織紐を手に和服談義に花が咲く。北方謙三氏と　写真／文藝春秋

たことも、数えきれないほどある。

しかし、まともとは、どういうことなのだ。戯れ合いながら、なにがまともなことなのか、私はずっと教えられ続けていたような気がする。それは、なにが小説を書かせるのか、ということでもあっただろう。

作家の死に出会うと、私はその人の作品を読む。三冊、四冊、読むこともある。しかし私が訃報を受けたのは、自宅ではなく、ひとりでいる場所だった。そこには、渡辺さんだけでなく、誰の本も置いていないのだ。俺の時は、そんなことはするなよ、と渡辺さんが言っているのだと思った。

夜空を見あげながら、ここでは書けない綽名《あだな》をつけたことを、思い出した。渡辺さんは、笑って、ありがとうよ、と言った。その笑顔を思い出すと、涙が溢れ出していた。

（『オール讀物』二〇一四年六月号）

こんなに幸福なことはあるまい

小池真理子

渡辺先生のお顔の色が異様に白い、ということが気になり始めたのはいつだったか。二〇〇八年だったか、〇九年だったか。

会うたびに、いつもと変わらぬお元気さで、食事やお酒の量も、話の内容も何ひとつ変わらなかったが、時折、お顔の色だけが妙に白く見えた。くすんだミルクのような色、とでも言えばいいのか。透明感のない白さであり、それは単に風邪のひき始めで血色が悪い、というのとも少し違っていた。私は、もしかすると貧血になっておられるのではないか、とひそかに案じていた。

だが、そんな話は誰にもしなかったし、ご本人にも訊かなかった。先生は健康状態について周りから何か指摘されたり、質問されたりすることを以前から嫌っていた。だいたい、病気の話題は好まなかった。

お医者さんのくせに変ですね、とからかうと、「もっと色気のある話をしよう」と言われて煙にまかれるのが常だった。

だからここでも、先生の病気については書きたくない。先生はご自分の死後、生前患った病気について、いまさら、あれこれと書かれたくないに違いないのだ。

だが私は、私自身の作家人生の中で、遠く近く、常に目線の届くところにいてくださった先生の、あのミルクのように白かったお顔を思い出すたびに、ああ、あのころからひそかに、先生は病気と戦っておられたのだ、と思って切なくなる。病を受け入れ、世間に向けていささかの迷いもなく、最後まで「作家・渡辺淳一」を演じ続けようとしながらも、実はどれほどの精神的混乱、肉体的苦痛の中におられたことか、すがる想いでいたことか、と想像し、胸が痛む。

渡辺淳一はダンディだった、と言う人が多いが、私は必ずしもそれだけではない、と思っている。むろん、ダンディな佇《たたず》まいの方だったのは言うまでもない。女性に囲まれ、女性を愛し続けることによって、小説宇宙が次々に切り拓かれていった、希有な作家でもあった。

『婦人公論』2006年の対談で、小池真理子氏と　　写真／川上尚見

作家は自らが生きた軌跡を作品に投影し、昇華せよ……といった、揺るぎのない小説観の持ち主だった。世間の退屈なモラルや道徳などものともせず、時に立ち向かいながら飄々《ひょうひょう》と書き続け、その作家としての姿勢には、昔ながらの文士のダンディズムが色濃く光っていた。

だが、私にとっての渡辺先生は、そうした側面のある一方で、のびやかに育てられた、やんちゃな少年のごとくであった。

正直で、嘘がつけず、政治的なふるまいとも縁遠い。野心は野心のままに、姑息な手段は用いず、まっすぐに突き進む。対人関係や小説では好き嫌いがはっきりしていたが、かといって、嫌い、という感情を理屈に置き換えてぶつけてくることはなかった。そもそも、渡辺先生は理屈や観念でものを言ったり、考えたりすることが嫌いだった（私はよく、「きみの小説は理屈っぽすぎる」と叱られていた）。好きなものは好き、なのだった。

とにかく女性がお好きだった。女性に憧れ、年齢の分け隔てなく女性を称賛し、女性のそばにいることをこよなく愛しておられた。先生を担当する女性編集者たちや、先生と親しい女性作家の間で、「先生と夜間、決して二人きりになってはいけない」という暗黙の了解が交わされていた時期もある。北海道のヒグマじゃあるまいし、とそれを聞いて笑ったものだが、先生をめぐる関係者の中に、そんな先生を軽蔑したり、嫌悪したり、果てはセクハラとして考える人間がひとりも出なかったのは、特記すべきだろう。こんなことを書きながら、おかしな表現かもしれないが、先生は根本のところでジェントルな方だった。

酒の席で隣に座った女性には、それが作家であろうが編集者であろうが銀座の女性であろうが、必ず太ももや腰に触れてきた。かつて日本の文士たちは、銀座などで店の女性の身体に触れながら、夜のひとときを謳歌したものだが、渡辺先生の場合は、相手が作家でも編集者でも関係なく同じことをする、という点において、突出していた。そのあたりが、私の目に無邪気に映ったゆえんだったのかもしれない。

かつての文士のいったい誰が、いかにも手ごわそうな、あとで何を言われるかわかったものではない女性作家の太ももや腰に、気軽に触れることができただろう。先生は職業や社会的地位は無関係に、ただ女性であるというだけで相手を評価しようとする方だった。なんというおおらかさ、なんという無邪気さであることか。

訃報を耳にし、弔問に駆けつけた。五月の心地よい光に包まれているご自宅で、先生はすでに骨壺の中に入っていた。

美しい奥様と三人のお嬢様、女性秘書たちに見守られて、やっぱり先生は死してなお、女性に囲まれ、愛され、情愛のこもった憎まれ口をたたかれながら、「いやいや、まいったな」と遺影の中で、目を細めて笑っておられるのだった。

先生の一生は、作家としても人間としても幸福なものだったと私は思うが、それは何も先生が女性に愛されてきた人だからではない。愛し、愛されることの中には、余人の窺い知れない苦しみもあったことと思う。

先生は幸福だった、と私が思うのは、先生が疑うことなく、生涯、ご自分が信じた道を歩き続けることができた方だからである。こんなに幸福なことはあるまい。万事はそれに尽きる。

（『オール讀物』二〇一四年六月号）

お別れの会・於帝国ホテル

遺影は笑顔で　写真／秋元孝夫（同下）

会場には本の形を花でしつらえた作家らしい祭壇が設けられた

女性への賛美と畏れを追求

林 真理子

渡辺淳一さんが亡くなった。その死が出版界に与えた衝撃ははかりしれないものがある。

つい最近朝日新聞の紙上で、子どもの質問に答える形で「文豪とは何か」というコラムが載った。それによると「時代を代表する文学の大家」だという。しかし漱石や谷崎は当然として、一葉が加わっていたのは私には不満である。なぜなら〝豪〟という漢字には作品の数も含まれていると思うからだ。その点渡辺淳一さんは、質、量ともに「平成の文豪」にふさわしい作家であった。

医療から恋愛へ

亡くなってすぐ後、新聞やテレビは『失楽園』と『鈍感力』をしきりにとり上げていたが、あれは一面であり、渡辺文学は多岐に及んでいる。三百四十万部売る小説を世に送り出した作家はこのうえなく幸福であるが、その大きさにイメージが固定されるつらさも負うのである。

さて医師である渡辺さんは、医療小説から作家の人生をスタートさせた。デビュー作の『死化粧《しにげしょう》』の手術シーンなど、現代の医療ドラマを見ているようなスリルに溢れていて、その文章の確かさが印象に残る。しかし、それよりも私が惹かれるのは『廃礦《はいこう》にて』である。これは実話であり、同じ話を私は渡辺さんの講演で聞いたことがある。

「子宮外妊娠で大出血し、血圧ゼロになった女性が甦ったんです。男ならとっくに死んでいます。女はつくづく強いと思った」

医療小説というのは実はむずかしい。手術や治療という無機質なものに、ドラマを加えないと小説として成立しないのであるが、この合体は時として陳腐なものになってしまう。渡辺さんの『廃礦にて』で描かれる医師の戦いと女性への畏怖は、きわめて自然である。厳粛なようでいてかすかなユーモアにも溢れている。そしてこの女性への賛美と畏《おそ》れは、いつしか渡辺さんを恋愛とエロスへの追求へと導いていったのではなかろうか。

恋愛小説を書く者として、『うたかた』を読み返すと本当に驚いてしまう。主人公の男女以外ほとんど登場人物が出てこない。事件も起こらない。恋人たちは伊豆、京都、奈良、北海道を旅し、日本の四季を愛《め》でながらただ恋愛に没頭していくのだ。それなのに約六百五十ページの長編を

札幌の渡辺淳一文学館10周年記念パーティー会場で、林 真理子氏と
写真 ／ 秋元孝夫

息をつかせず読ませてしまう。そして読者を酩酊したような気分にさせる。これがどれほどの力技を必要とするか、プロの作家ならわかる。端正な文章、巧みな心理描写、そして贅沢な道具立てといったものを駆使して、渡辺さんは読者の心をしっかりとつかんでいった。多くの男と女どちらにも読まれ、多くの小説が映像化され、またさらに売れた。

重厚感ある伝記

一方、渡辺さんは歴史小説、伝記小説の分野でも高い評価を得た。『君も雛罌粟《コクリコ》 われも雛罌粟《コクリコ》』は、夫としての与謝野鉄幹に視点をあてずっしりと重厚感がある。そして、これらの作品群の賞賛とは別に、「作家としていちばん面白くてむずかしいのは、男と女の情痴を描くことだ」と氏はおっしゃった。その信念は不能を扱った最後の小説『愛ふたたび』に貫かれるのである。信念というより、その小説を書けるのは自分、という誇りだったに違いない。

（『朝日新聞』二〇一四年六月八日）

欲望をぎらつかせていなさい

朝井リョウ

俗を軽視してインテリぶったら終わりだよ。
俗な欲望は、すべての人間の上昇力の原点だから。
いつでも欲望をぎらつかせていなさい。

二〇一三年一月三十一日、私は、渡辺淳一先生と対談をさせていただいた。

勝手にびくびくしていた私に対し、先生は、その場にあった料理をたくさん食べるように何度もすすめてくださった。そしてその料理を咀嚼するより多く、「俗」「欲望」という言葉を口にされていたと思う。

誰かが先生について語るとき、男女の欲望がキーワードになることが多いが、あのとき先生が語られていた「欲望」はきっと、もっと根源的なものだった。

欲望をあらわにするということは、それはつまり、恥ずかしさと向き合うということだ。欲望とは、人に見られたくないものであることが多い。それをさらけ出す、怖がらずに書いていくことは、つまり、自分しか書けないジャンルを見つける一番の近道となる。

そう語る先生の熱は凄まじく、私は思わず、自分の欲望の形を考えた。これまでは人前で言えなかったようなこと、恥ずかしくて誰にも話せなかったこと。それは、私を作家たらしめているもの、そのものなのかもしれないと感じた。

ただ、緊張していた私は、そのとき、受け身の姿勢を崩すことができなかった。きちんとまたお話をする機会がきっとある、そのときに自分の考えたことをきちんと伝えよう、そんな機会をまたいただけるようにがんばろうと、聞こえのいい勝手な決意で何かをやり遂げた気になっていた。だから、こんなふうに追悼文を書いている状況が、今でも、よくわからない。

あのとき先生から聞いた「欲望」というキーワードは、私の頭の中を占め続けている。人間がみな隠したがるいやらしさ、愚かさを堂々と声に出して、それでもやっぱりかっこいい人が、渡辺淳一先生だった。いやらしくていい。性格が悪くていい。俗な欲望をさらけだして、さらにそれ

「お別れの会」会場で。塗り盆にのせ運ばれた北方謙三氏の弔辞　写真／秋元孝夫

を肯定していい。先生の言葉には、これから飛びかかってくるかもしれない反論を想像すらしていないような強度があり、だからこそ潔く、とても気持ちがよかった。俗っぽくていい。作家ほど知的じゃない職業はない。作家は水商売。そんなふうに、かっこよく作家のかっこわるさを語ってくれる大人に、私はあのときはじめて出会ったのだ。

渡辺淳一先生。きっとまだ、あまりある俗な欲望を出し尽くせていないのではないでしょうか。少しのあいだお休みになったら、また、俗を軽視してインテリぶった人たちが思わず顔をしかめてしまうような話を、やっぱり思いきりかっこよく、聞かせてください。

（『オール讀物』二〇一四年六月号）

渡辺淳一 年譜

『渡辺淳一恋愛小説セレクション』編集室 編

●一九三三年……誕生

一〇月二四日午前三時二〇分、北海道空知《そらち》郡砂川町《すながわちょう》字上砂川三番地にて、父・鉄次郎（一九〇七年六月九日生まれ）、母・ミドリ（一九〇六年九月八日生まれ）の長男として生まれる。出生当時、父は上砂川尋常高等小学校の訓導で養子（旧姓米沢）、母は歌志内《うたしない》で最も大きい商家𠆢加渡辺の末娘だが家を継いだため、母方の姓を名のる。父は北海道札幌師範学校卒業、母は北海道庁立札幌高等女学校卒業。祖父・渡辺宇太郎は東京市麹町区麹町平河町五丁目三四番地、祖母・イセ（旧姓仙田）は新潟県佐渡郡小木町大字小木町六九〇番戸の出身。ほかに家族は、姉・淑子（一九三〇年生まれ）、弟・紀元（一九四〇年生まれ）。

●一九四〇年……七歳

四月、上砂川尋常高等小学校（翌年から上砂川第一国民学校と名称変更）に入学。

●一九四二年……九歳

一〇月、父が北海道旭川師範学校（翌年、北海道第三師範学校と名称変更）訓導に任命されるとともに同師範学校数学科教授に嘱託され、その転勤にともない、旭川市に転居。北海道旭川師範学校附属国民学校初等科第三学年に転入。旭川では最初、旭川市宮下通一一丁目瀬野方に、ついで旭川市大町三丁目に、そして旭川市新町一丁目に住んだ。

●一九四四年……一一歳

四月、父・鉄次郎は北海道庁立札幌工業学校（定時制）の数学教師に就任。一〇月二四日、北海道第三師範学校附属国民学校初等科第五学年から札幌市立幌西《こうさい》尋常国民学校第五学年に転入した。住所は札幌市南七条西二二丁目三三五番地（政令指定都市になった後の住居表示では、札幌市中央区南七条西二二丁目五番地）。この札幌に、一家は定住した。本籍は長く札幌の地にあったが、その後は東京都世田谷区奥沢。

●一九四六年……一三歳

三月、札幌市立幌西尋常国民学校を卒業。四月、北海道庁立札幌第一中学校に入学。国語の担当に歌人の中山周三《なかやましゅうぞう》がなり、短歌を作らされたり、文芸雑誌を読まされたりしているうちに、文学に関心をいだくようになる。やがて、歌誌『原始林』を主宰していた中山周三によって短歌が同誌にとりあげられる。中学から高校時代にかけて、川端康成、石川啄木、太宰治、三島由紀夫などを読む。一方でスキーに熱中し、国体出場をめざしたりした。

●一九四七年……一四歳

三月二七日に学校教育法が国会で可決され、六・三・三・四制の単一の学校体系が整えられることになった。四月一日から義務教育制度の新制中学が発足する。しかし渡辺淳一は一九四九年三月まで旧制中学の教育を受ける。一一月一日、北海道庁立札幌第一中学校は北海道立札幌第一中学校と改称される。

●一九四八年……一五歳

四月一日、北海道立札幌第一中学校は歴史の幕を閉じた。旧制の北海道立札幌第一中学校は新制の北海道立札幌第一高等学校に転換した。しかし旧制中学の教育をつづける渡辺淳一たちは、北海道立札幌第一高等学校併置中学校の三年生となった。

●一九四九年……一六歳

三月、北海道立札幌第一高等学校併置中学校を卒業。四月、北海道立札幌第一高等学校に入学。歌志内に残っていた祖母が店を閉じて札幌へ移る。

●一九五〇年……一七歳

四月一日、北海道教育委員会告示第16号に基づく高等学校の統合により、北海道立札幌第一高等学校は北海道札幌南高等学校と改称され二年生に編入され、はじめて男女共学となる。北海道立札幌女子高等学校から移ってきた加清《かせ》純子（『阿寒に果つ』の天才的な少女画家・時任《ときとう》純子のモデル）と同じクラスになる。文学的傾向が深まるとともに、このころしきりにフランス映画を見る。

秋、純子との間に恋愛感情がそだつ。

●一九五一年……一八歳

春、修学旅行ではじめて京都へ。帰路東京で、先に一人で上京していた純子と密かに逢う。

●一九五二年……一九歳

一月、加清純子が雪の阿寒湖を見下ろす釧北峠《せんぽく》で自殺。三月、北海道札幌南高等学校を卒業。四月、北海道大学理類に入学。教養課程のあいだに、カミュ、ラディゲ、マルキ・ド・サドなどを耽読。

●一九五四年……二一歳

三月、教養課程修了。専門課程進級に際し文科に進むか、医学部に進むか迷う。四月、北海道立札幌医科大学（現・北海道公立大学法人札幌医科大学。以下、医大）医学部に入学。後期に入るとともに解剖実習はじまる。医学への関心深まる。医大文芸部に入る。部長は詩人の河邨文一郎《かわむらぶんいちろう》。

●一九五五年……二二歳

二年になるとともに医大の校友会雑誌『アルテリア　ARTERIA（動脈）』の編集を担当。同誌第一一号（この年一二月）で、初の文芸特集を組み、室蘭《むろらん》近くの浜を舞台にしたはじめての小説「イタンキ浜にて」を発表。

●一九五七年……二四歳

二月、川辺為三《かわべためぞう》、椎野哲、山田順三《やまだじゅんぞう》らがはじめた同人雑誌『凍《とう》檣《しょう》』（一九五六年七月創刊）に参加。『凍檣』は第六号（一九五九年八月）から『くりま』と改称。同人に朝倉賢《あさくらけん》、倉島齊《くらしませい》、高橋揆《き》一《いち》郎《ろう》、寺久保友哉《てらくぼともや》、古屋統《ふるやおさむ》らを擁した北海道有数の同人雑誌である。

この年の夏休み、天塩《てしお》町立病院（現・天塩町立国民健康保険病院）に実習に行き、はじめて臨床で患者に接す。

【発表】

「葡萄」(『凍檣』第二号)
「薄陽」(『凍檣』第三号)
「カムイ村診療所」(『凍檣』第四号)
「白い顔」(久慈康裕の名前で『アルテリア』第一四号)

●一九五八年……二五歳

三月、北海道立札幌医科大学医学部卒業。四月、東京の三井記念病院でインターン。はじめての下宿生活などで無理が重なり、一〇月、帰省したとき義兄の経営する病院で結核の病巣が発見される。このため東京での生活を打ち切り、札幌に戻る。医大附属病院で残りのインターンを継続。結核は約半年で治癒する。

【発表】
「クラビクラ」(『アルテリア』第一五号)

●一九五九年……二六歳

一月、整形外科学専攻を決める。三月、インターン修了。第二六回医師国家試験を受験。四月、医大整形外科学教室に入局するとともに、大学院博士課程に進学。主任教授・河邨文一郎。六月、医師国家試験に合格し医師となる。八月、祖母・イセ死去。「境界」(『くりま』第六号)が北海道新聞社の「道内同人雑誌秀作」に選ばれ、文芸評論家の荒正人《あらまさひと》の評価を受ける。大学院在学中、雄《ゆう》別《べつ》炭鉱病院(阿寒町、現・釧路市)、三菱南大夕張炭鉱病院(夕張市)、豊里《とよさと》炭鉱病院(赤平《あかびら》市)、厚生年金登別整形外科病院(登別町)等に短期出張。雄別炭鉱病院での経験は「母胎流転」(のち「廃礦《はいこう》にて」と改題)に、厚生年金登別整形外科病院での経験は「贈りもの」に素材としていかされた。雑誌『テレビ・ドラマ』の脚本募集に応募、「人工心肺」にて入選。以後、NHK、北海道放送等に脚本を書く。

【発表】
「境界」(『くりま』第六号)

●一九六〇年……二七歳

【発表】
「アン・ドゥ・トロア」(『北大季刊』第一九号)

●一九六三年……三〇歳

四月、医大大学院博士課程を修了。移植した骨が体内の元の骨にどのように吸収されるかをアイソトープを使って追究した「P^{32}による骨移植の実験的研究」(主論文)にて学位取得。

●一九六四年……三一歳

五月、医大整形外科学教室助手となる。「華やかなる葬礼」(『くりま』第八号)が、同年の北海道新聞社「道内同人雑誌秀作」に選ばれ、小松伸六《しんろく》の評価を受ける。一一月二日、堀内利圀《としくに》(江別の北日本製紙附属病院院長)、キクヱの長女・敏子《としこ》と結婚。

【発表】
「ヴェジタブル・マン」(『くりま』第七号)
「華やかなる葬礼」(『くりま』第八号)

●一九六五年……三二歳

一一月、北海道立札幌整肢学院医療課長となる。このときの経験が「霙《みぞれ》」の素材としていかされた。「死化粧」(『新潮』一二月号「華やかなる葬礼」を改稿・改題)が同人雑誌賞(主催・新潮社)候補作として掲載される。同月、第一二回同人雑誌賞を受賞。選考委員の伊藤整《せい》から同郷の後輩として遇される。この折の上京で船山馨《かおる》を訪問、以後、知遇を得る。

【発表】
「夜火事」（『くりま』第一〇号）
「死化粧」（『新潮』一二月号「華やかなる葬礼」を改稿・改題）

●一九六六年……三三歳

一月、「死化粧」が第五四回芥川龍之介賞の候補作になる。七月、北海道立札幌整肢学院医療課長を辞職。八月、医大整形外科学教室講師となる。このころ「北海道医報」で日本初の女性医師の荻野《おぎの》吟子《ぎんこ》の存在を知る。一一月一五日、父・鉄次郎が狭心症にて急死。その前から父との間でややゆきちがいがあり、かつ死の当日、家にいず、深い悔いを残す。

【発表】
「死化粧」（再掲載、『新潮』一月号）
「点滴」（『風景』五月号）
「クラビクラ」（『くりま』第一三号）

●一九六七年……三四歳

七月、「霙」が第五七回直木三十五賞の候補作になる。

【発表】
「霙」（『文學界』六月号）
「夜の声」（『くりま』第一五号）
「訪れ」（『文藝』一二月号）

●一九六八年……三五歳

一月、「訪れ」が第五八回直木三十五賞の候補作になる。同月、有馬頼義《よりちか》から「石の会」へさそわれ入会する。「石の会」には五木寛之、色川武大《いろかわたけひろ》、笠原淳、後藤明生《めいせい》、早乙女貢《さおとめみつぐ》、高井有一、高橋昌男、立松和平《たてまつわへい》、佃実夫《つくだじつお》、中山あい子、萩原葉子らがいた。上京の折、久我山の伊藤整をたずね、文芸雑誌以外にも書くかどうかなど相談し励まされる。

八月八日、医大で心臓移植手術施行（執刀者・和田寿郎《じゅろう》胸部外科教授）。新聞に和田心臓移植擁護の原稿を書いたため、移植患者死亡後、世間の批判が集まると、しだいに大学にいづらくなる。秋、「花埋み」の構想成り、江差、俵瀬《たわらせ》などに取材、この年から翌年にかけて執筆。

【発表】
「浜益まで」（『風景』三月号）
「ダブル・ハート」（『オール讀物』九月号）
「脳死人間」（『小説宝石』一一月号）
「医学部教授選挙」（『小説宝石』一二月号　のちに「閥の壁」、「失われた椅子」に改題）

●一九六九年……三六歳

三月、医大講師を辞職。四月、作家専業となるべく東京に出る。東京都杉並区上荻四―一五―一の第五若竹荘に住む。

五月、東京都墨田区石原一―一八のセントラルマンションに移り、隣接した山田外科（現・山田記念病院）に週三回勤める。ここでの経験はのちに「無影燈」などにいかされた。

七月、「小説 心臓移植」が第六一回直木三十五賞の候補作になる。同月、日本文藝家協会に入会。

一二月、日本医史学会に入会。

【発表】
「小説 心臓移植」（『オール讀物』一、二月号）
「二つの性」（『小説宝石』一月号）
「血痕追跡」（『小説新潮』五月号）
「北方領海」（『小説エース』五月号）

「ある心中の失敗」(『週刊新潮』五月一〇日号)
「恐怖はゆるやかに」(『小説宝石』六月号)
「プレパラートの翳」(『別冊文藝春秋』第一〇八号)
「傷ついた屍体」(『小説エース』七月号)
「自殺のすすめ」(『風景』八月号)
「秋の終りの旅」(『新潮』九月号)
「黄金分割」(『小説新潮』九月号)
「乳房切断」(『週刊サンケイ』九月二二日号)
「タコ」(『小説セブン』一〇月号)
「ムラ気馬」(『小説現代』一一月号)
「般若の面」(『小説現代』一二月号)

【刊行】

一月　『ダブル・ハート』(文藝春秋)
三月　『小説 心臓移植』(文藝春秋)
八月　『北方領海』(学習研究社)
一二月　『プレパラートの翳』(講談社)

●一九七〇年……三七歳

一月、東向島病院(山田外科の分院)に週二回勤務。四月、東京都目黒区八雲二―七―七の都立大第二コーポラスに移る。家族も上京し、定住する。七月、「光と影」により第六三回直木三十五賞を受賞。一〇月、山田外科勤務をやめ、筆一本の生活に入る。

【発表】

「酔いどれ天使」(『小説セブン』一月号)
「空白の実験室」(『オール讀物』二月号)
「流氷の原」(『小説現代』二月号)
「猿の抵抗」(『小説新潮』三月号)
「光と影」(『別冊文藝春秋』第一一一号)
「江別まで」(『早稲田文学』五月号)
「女の願い」(『オール讀物』五月号)
「谷夫人の困惑」(『小説現代』五月号)
「宣告」(『小説宝石』五月号)
「腕《かいな》の傷」(『小説セブン』七月号)
「リラ冷えの街」(『北海道新聞 日曜版』七月五日～一九七一年一月二一日)
「薔薇連想」(『小説新潮』八月号)
「玉虫厨子」(『小説現代』九月号)
「三十年目の帰還」(『別冊文藝春秋』第一一三号)
「ガラスの棺」(『小説現代』一〇月号　のちに「ガラスの結晶」に改題)
「贈りもの」(『小説新潮』一一月号)
「窓の中の苦い顔」(『小説宝石』一一月号)
「母胎流転」(『小説現代』一二月号　のちに「廃礦にて」に改題)
「青桐の肌」(『小説セブン』一二月号)
「優しみの罠」(『小説サンデー毎日』一二月号)

【刊行】

三月　『二つの性』(廣済堂出版)
八月　『花埋み』(書き下ろし、河出書房新社)
一〇月　『光と影』(文藝春秋)
一二月　『ガラスの結晶』(講談社)

●一九七一年……三八歳

三月、初のヨーロッパ旅行へ。ロンドン、アムステルダム、パリなどを廻る。その経験は「パリ行最終便」などにいかされた。『リラ冷えの街』刊行後、「リラ冷え」が季語として定着する。

【発表】

「少女の死ぬ時」（『小説新潮』一月号）
「閉じられた脚」（『オール讀物』一月号）
「解剖学的女性論」（『小説現代』一月号〜一九七二年六月号／一九七一年六、九、一一月号、一九七二年一、二、三月号休載）
「無影燈」（『サンデー毎日』一月三日号〜一二月二六日号）
「セックス・チェック」（『小説現代』三月号）
「形見分け」（『別冊文藝春秋』第一一五号）
「蜜のしたたり」（『オール讀物』四月号）
「悦びへの階段」（『小説宝石』四月号）
「十五歳の失踪」（『小説新潮』五月号）
「仮面の女」（『オール讀物』六月号）
「冷花開眼」（『小説現代』六月号）
「狂熱の人・野口英世」（『小説現代』七月号）
「遺書の告白」（『小説サンデー毎日』七月号）
「背中の貌」（『別冊小説新潮』第八三号）
「阿寒に果つ」（『婦人公論』七月号〜一九七二年一二月号）
「危篤の一日」（『婦人之友』七月号）
「氷柱花」（『小説現代』九月号）
「富士に射つ」（『オール讀物』一〇月号〜一九七二年一月号）
「葡萄」（『小説新潮』一〇月号）
「奈落の底」（『別冊小説新潮』第八四号）
「乳房の遍歴」（『問題小説』一〇月号）
「桐に赤い花が咲く」（『パーゴルフ』一〇月七日号〜一九七二年一〇月一九日号）
「処女自閉」（『小説現代』一一月号）
「凍花睡花」（『小説サンデー毎日』一一月号）
「白き手の報復」（『別冊文藝春秋』第一一八号）

【刊行】

四月　『母胎流転』（角川書店）
五月　『リラ冷えの街』（河出書房新社）
七月　『恐怖はゆるやかに』（角川書店）

●一九七二年……………………………………三九歳

四月、東京都中野区鷺宮六—二〇—五に移る。六月、高田馬場の戸塚ハイツに仕事場を持つ。春から秋にかけて「雪舞」の取材、構想成る。

【発表】

「海霧の女」（『小説現代』一月号）
「あの人のおかげ」（『別冊小説新潮』第八五号）
「白き狩人」（『微笑』一月二九日号〜一一月二三日号）
「腰抜けの二人」（『週刊小説』二月一一日号）
「パリ行最終便」（『小説現代』三月号）
「母胎悲傷」（『別冊小説現代』第七巻第二号）
「蹰趾反張女仏」（『小説新潮』三月号）
「氷紋」（『公明新聞　日曜版』三月一二日〜一二月二四日）
「背を見せた女」（『オール讀物』四月号）
「冬の花火」（『短歌』四月号〜一九七三年一二月号）
「梅寿司の夫婦」（『小説サンデー毎日』五月号）
「聴診器」（『小説新潮』六月号）
「野わけ」（『non・no』六月二〇日号〜一九七三年八月二〇日号）
「もう一つの貌」（『オール讀物』七月号　のちに「甘き眠りへの誘い」に改題）
「白き手の哀しみ」（『小説現代』七月号）
「死絵三面相」（『小説現代』九月号）
「北へ帰る」（『小説新潮』九月号）
「不定愁訴」（『問題小説』一〇月号）

「小脳性失調歩行」（『小説現代』一一月号）
「特効薬」（『小説サンデー毎日』一一月号）

【刊行】

三月　『十五歳の失踪』（講談社）
六月　『無影燈』（毎日新聞社）
六月　『白き手の報復』（毎日新聞社）
六月　『富士に射つ』（文藝春秋）
七月　『空白の実験室』（青娥書房）
一〇月　『解剖学的女性論』（講談社）
一一月　『パリ行最終便』（河出書房新社）

●一九七三年……………………………………四〇歳

このころよりしきりに京都に行き、「まひる野」「化粧」の構想を練る。

【発表】

「渡辺淳一クリニック」（『週刊ポスト』一月一日号～一一月二日号）
「北都物語」（『クオリティ』一月号～一九七四年七月号）
「ヴィデオテープを見るように」（『週刊小説』一月五・一二日合併号）
「飾り窓の日本」（『小説新潮』一月号）
「胎児殺し」（『小説現代』二月号）
「ヴェジタブル・マン」（『オール讀物』四、五月号）
「夜の出帆」（『三友社　南日本新聞・高知新聞・東奥日報　朝刊』五月五日～一九七四年三月一五日）
「球菌を追え」（『小説現代』七月号）
「長崎ロシア遊女館」（『小説新潮』七月号）
「桜いろの桜子」（『週刊小説』七月二七日号）
「鈍色の絆」（『オール讀物』八月号）
「健保ききません」（『小説サンデー毎日』八月号）
「腑分け絵師甚平秘聞」（『別冊小説現代』第八巻第五号）
「ある殺意」（『週刊朝日』一〇月五日号）
「車椅子狂躁曲」（『小説サンデー毎日』一一、一二月号）
「流氷への旅」（『週刊女性』一一月三日号～一九七四年一一月二六日号）
「むち打ち症志願」（『問題小説』一二月号）

【刊行】

九月　『雪舞』（書き下ろし、河出書房新社）
一一月　『阿寒に果つ』（中央公論社）

●一九七四年……………………………………四一歳

四月、日本文藝家協会評議員になる。七月二〇日から八月二日にかけ「遠き落日」の取材でアメリカ、中南米へ行く。

【発表】

「かさぶた宗建」（『小説現代』三月号）
「白き旅立ち」（『小説新潮』三、四、五月号）
「おんなそして男…」（『日本経済新聞　夕刊』四月二日～一九七五年三月二六日　のちに「わたしの女神たち」に改題）
「脳は語らず」（『週刊小説』五月三日号～七月一九日号）
「四月の風見鶏」（『オール讀物』六月号）
「優しさと哀しさと」（『小説新潮』九月号）
「風の岬」（『サンデー毎日』九月二二日号～一九七五年六月二二日号）
「まひる野」（『サンケイ新聞　朝刊』一〇月三日～一九七五年一二月一〇日）

【刊行】

六月　『氷紋』（講談社）
七月　『渡辺淳一クリニック』（文藝春秋）

一〇月　『野わけ』（集英社）
一〇月　『白き狩人』（祥伝社）
一二月　『北都物語』（河出書房新社）

●一九七五年……四二歳

三月二〇日から二九日まで取材のためギリシャへ行く。

【発表】
「遠き落日」（『野性時代』一月号〜一九七八年七月号）
「書かれざる脳」（『小説新潮』三月号）
「医師求む」（『小説新潮』七月号）
「峰の記憶」（『週刊文春』七月三日号〜一九七六年九月二日号）
「アクロポリスの彼方に」（『オール讀物』八月号）
「くれなゐ」（『新聞三社連合　北海道新聞・中日新聞・東京新聞・西日本新聞　朝刊』九月二五日〜一九七六年九月二五日）
「項の貌」（『小説現代』一二月号）

【刊行】
六月　『白き旅立ち』（新潮社）
一一月　『冬の花火』（角川書店）

●一九七六年……四三歳

【発表】
「七つの恋の物語」（『小説新潮』一〜三、五〜八月号）
「母親」（『週刊小説』一月二・九日合併号）
「兎」（『小説現代』四月号）
「ふたりの余白」（『婦人公論』七月号〜一九七七年八月号）
「恭しき白骨」（『週刊小説』七月二六日号〜一九七七年五月一三日号　のちに「麗しき白骨」に改題）
「白夜――彷徨の章」（『中央公論』八月号〜一九七九年二月号）
「努力してもムダなこと…」（『夕刊フジ』九月七日〜一九七七年一月一日　のちに「午後のヴェランダ」に改題）
「ためらい傷」（『小説現代』一一月号）

【刊行】
四月　『夜の出帆』（文藝春秋）
七月　『雪の北国から』（中央公論社）
九月　『わたしの女神たち』（角川書店）
一二月　『四月の風見鶏』（文藝春秋　のち「医師たちの独白」に改題）

●一九七七年……四四歳

三月二二日から四月五日まで講談社のヨーロッパ講演旅行。四月から一年間、母校札幌医科大学の研修生となり、月の半ばを札幌で過ごす。

【発表】
「公園通りの午後」（『毎日新聞　日曜版』二月六日〜一九七八年一月二九日）
「女優――松井須磨子の生涯」（『ＭＯＲＥ』七月号〜一九八〇年九月号）
「北国通信」（『週刊小説』九月二日号〜一九八一年四月一〇日号に断続的に発表）
「青い斑点」（『小説新潮』一〇月号）
「白夜――朝霧の章」（『中央公論』一一月号〜一九七九年二月号）

【刊行】
四月　『まひる野』上・下巻（新潮社）

●一九七八年……四五歳

一月、東京都世田谷区奥沢に移る。同時に仕事場を渋谷へ移す。

同月、「遠き落日」の取材のためイギリス、西アフリカ・ガーナへ行く。九月、『オール讀物』新人賞選考委員になる。
【発表】
「雲の階段」（『週刊現代』一月一日号～一九七九年五月三一日号）
「頰杖」（『小説現代』二月号）
「消えた屍体」（『オール讀物』七月号）
「望郷のガーナ」（『小説新潮』九月号）
【刊行】
五月　『神々の夕映え』（書き下ろし、講談社）
六月　『公園通りの午後』（毎日新聞社）
七月　『ふたりの余白』（中央公論社）
九月　『峰の記憶』（文藝春秋）
一一月　『優しさと哀しさと』（集英社）

●一九七九年……………………………………四六歳
二月二五日から三月八日にかけて講談社の東南アジア講演旅行。
【発表】
「匂い袋」（『オール讀物』二月号）
「指輪」（『週刊小説』二月一六日号）
「化粧」（『週刊朝日』四月一三日号～一九八一年四月一七日号）
「愛のごとく」（『サンケイ新聞　夕刊』五月八日～一九八〇年四月三〇日）
「銀座たそがれ」（『小説新潮』八月号）
「沃子誕生」（『オール讀物』九月号）
「うさぎ博士」（『小説現代』九月号）
【刊行】
三月　『くれなゐ』（集英社）
九月　『遠き落日』上・下巻（角川書店）
一一月　『長崎ロシア遊女館』（講談社）
一一月　『午後のヴェランダ』（新潮社）

●一九八〇年……………………………………四七歳
一月、『渡辺淳一作品集』全二三巻（文藝春秋）の刊行はじまる（一九八一年一一月完結）。三月、『遠き落日』上・下巻と『長崎ロシア遊女館』で第一四回吉川英治文学賞を受賞。
【発表】
「午後の別れ」（『オール讀物』一月号）
「退屈な午後」（『サンデー毎日』三月九日号～一九八一年七月二六日号）
「木骨秘聞」（『小説現代』四月号）
「午後の邂逅」（『オール讀物』九月号）
【刊行】
一月　『渡辺淳一作品集』全二三巻（一九八一年一一月完結、文藝春秋）
七月　『白夜――彷徨の章』（中央公論社）
一一月　『流氷への旅』（集英社）
一二月　『新潮現代文学77　渡辺淳一』（「花埋み」「雪舞」収録／新潮社）

●一九八一年……………………………………四八歳
八月八日、船山馨の葬儀に弔辞を読む。同月、「ひとひらの雪」取材のためオーストリア、オランダなどへ行く。
【発表】
「医者医者物語」（『小説新潮』二月号）
「ひとひらの雪」（『毎日新聞　朝刊』三月一二日～一九八二年五月一〇日）

「白夜――青芝の章」（『中央公論』四月号～一九八三年三月号）
「狂女記」（『小説新潮』一二月号）

【刊行】
三月　『麗しき白骨』（毎日新聞社）
五月　『白夜――朝霧の章』（中央公論社）
九月　『七つの恋の物語』（新潮社）
一〇月　『北国通信』（集英社）
一二月　『桐に赤い花が咲く』（集英社文庫）

●一九八二年……四九歳

一〇月、北海道新聞文学賞選考委員になる。京都を舞台に三姉妹の生き方を描いた『化粧』が、日本的伝統美の系譜を受け継ぐ現代的な作品として評価された。この年からゴルフを始め、丹羽学校に入校。

【発表】
「静寂《しじま》の声――乃木希典夫人の生涯」（『文藝春秋』一月号～一九八六年五月号　のちに「静寂の声――乃木希典夫妻の生涯」に改題）
「長く暑い夏の一日」（『週刊現代』六月五日号～一九八三年二月一九日号）

【刊行】
三月　『午後のモノローグ』（非売品、文藝春秋）
四月　『化粧』上・下巻（朝日新聞社）
六月　『華麗なる年輪』（光文社）
九月　『退屈な午後』（毎日新聞社）
一一月　『雲の階段』（講談社）

●一九八三年……五〇歳

二月八日から一〇日間、「浮島」の取材のためインドネシア・バリ島へ。一〇月、角川小説賞選考委員になる（一九八五年まで）。新聞での連載中から評判をよんだ「ひとひらの雪」が単行本になると、「新情痴文学」の領域をひらいた作品として評価されるとともに「ひとひら族」の造語が生まれるなど、一大ブームをひきおこした。

【発表】
「影絵」（『婦人公論』一月号～一九八四年五月号）
「浮島」（『月刊カドカワ』五月創刊号～一九八四年一二月号）
「新訳・人体事典」（『ＬＥＥ』七月創刊号～一九八五年六月号　のちに「新釈・からだ事典」に改題）
「みずうみ紀行」（『ＪＪ』一〇月号～一九八五年四月号）
「風の噂」（『小説現代』一一月号）

【刊行】
二月　『ひとひらの雪』上・下巻（文藝春秋）
六月　『女優』上・下巻（集英社）

●一九八四年……五一歳

六月、日本航空主催の講演で、城山三郎とともにニューヨーク、シカゴ、シアトルへ行く。七月、直木三十五賞選考委員になる。八月、女流新人賞（中央公論社主催）選考委員となる。朝日新聞社主催女性の小説（のちに、らいらっく文学賞と改称、二〇〇四年度で休止）の審査委員となる。九月二二日から二週間、「化身」の取材のためスペインへ行く。

【発表】
「化身」（『日本経済新聞　朝刊』四月一日～一九八五年一一月一日）

【刊行】
一月　『白夜――青芝の章』（中央公論社）
五月　『渡辺淳一未来学対談』（講談社）

五月　『12の素顔――渡辺淳一の女優問診』（朝日新聞社）
六月　『愛のごとく』上・下巻（新潮社）

●一九八五年……………………………………………………五二歳
一〇月二日から一〇日間、ロサンゼルスでの講演（在留邦人向け）とアメリカ西部取材のため渡米。
【発表】
「白夜――秋思の章」（『中央公論』一月号〜一九八七年八月号　のちに「白夜――野分の章」に改題）
「わたしの食物史」（『MORE』一〇月号〜一九八七年一〇月号）
「美しき女将たち」（『DIME』一〇月号〜一九八七年七月号）
「銀座秋色」（『オール讀物』一一月号）
【刊行】
三月　『風の岬』（毎日新聞社）
七月　『長く暑い夏の一日』（講談社）
一〇月　『みずうみ紀行』（光文社）

●一九八六年……………………………………………………五三歳
二月一二日から二〇日までタイ、インドネシア、シンガポールでの講演（在留邦人向け）などのため東南アジアへ行く。六月二六日から七月六日まで、五木寛之とともにゴルフ発祥の地セント・アンドリューズをはじめ、イギリスの有名ゴルフ場をたずねる。新聞連載中から大きな反響のあった『化身』が刊行されるや、『ひとひらの雪』に次ぐミリオンセラーとなり、谷崎潤一郎の血脈を継承する「新耽美派文学」との評価を受けた。一二月、「静寂の声――乃木希典夫人の生涯」で文藝春秋読者賞を受賞。
【発表】
「わたしの京都」（『小説現代』一月号〜一九八七年八月号）
「さよなら、さよなら」（『小説新潮』二月号）
「別れぬ理由」（『週刊新潮』二月一三日号〜一九八七年三月五日号）
【刊行】
三月　『化身』上・下巻（集英社）
一〇月　『白夜――緑陰の章』（中央公論社）

●一九八七年……………………………………………………五四歳
三月八日から二六日までロサンゼルス、サンフランシスコでの講演（在留邦人向け）のため渡米。六月一六日から二二日まで「わたしの食物史」取材のため北京、杭州、上海へ行く。一〇月、小説すばる新人賞の選考委員になる。第二一回北海道新聞文学賞で藤堂志津子「マドンナのごとく」を発掘。
【発表】
「風のだいありい」（『Good day』三〜七月号）
「春の怨み」（『小説新潮』五月号）
「止まった時計」（『週刊文春』五月七日号〜一九八八年四月七日号）
「桜の樹の下で」（『週刊朝日』五月八日号〜一九八八年四月二二日号）
「夢のあとさき――榎本武揚の生涯／第一部」（『小説すばる』一二月創刊号〜一九九一年二月号）
【刊行】
五月　『別れぬ理由』（新潮社）

●一九八八年……………………………………………………五五歳
二月一七日から二三日まで日本航空、講談社主催の講演のためシドニーとメルボルンへ行く。六月一二日から一九日まで日本航空主催の講演のためロンドンへ行く。九月二五日から一〇月一一日まで取材のためヨーロッパ、ポルトガル、モロッコ等に行く。

【発表】
「男というもの」（『小説現代』一〜一二月号）
「渡辺淳一の〝にんげん透視図〟」（『現代』一月号〜一九九一年二月号）
「愛人アマント」（『週刊文春』五月五・一二日合併号〜一九八九年二月二〇日号　のちに「メトレス　愛人」に改題）
「泪壺」（『オール讀物』六月号）
【刊行】
四月　『静寂の声――乃木希典夫妻の生涯』上・下巻（文藝春秋）
七月　『白夜――野分の章』（中央公論社）
一二月　『浮島』（角川書店）

●一九八九年……………………………………五六歳
一月八日、昭和から平成へ改元。五月一一日から二五日まで「スクリーンの恋を求めて」の取材のため、東ヨーロッパ、エジプト、ケニアへ行く。一〇月一七日から日本航空、集英社主催の講演のため、シアトル、アトランタへ行く。その後、サンパウロ、リオデジャネイロを訪れる。
【発表】
「うたかた」（『読売新聞　朝刊』二月二八日〜一九九〇年二月二六日）
「風のように」（『週刊現代』四月八日号〜二〇〇三年一〇月一一日号）
「スクリーンの恋を求めて」（『MORE』四月号〜一九九〇年七月号　のちに「恋愛学校」、「シネマティク恋愛論」に改題）
「渡辺淳一の連載トーク　ウーマン'89、'90」（『月刊ASAHI』六月号〜一九九〇年五月号）
【刊行】
四月　『桜の樹の下で』（朝日新聞社）
七月　『わたしの京都』（講談社）
一〇月　『新釈・からだ事典』（集英社）

●一九九〇年……………………………………五七歳
三月、浦安文学賞選考委員になる。四日から一四日まで「スクリーンの恋を求めて」の取材のためニューヨークへ。帰途ハワイへ寄る。『うたかた』刊行を機に、うたかたの中に新しい情念の発現を見る愛のかたちが時代の共感を呼び、「うたかた族」の造語ができる。八月二七日から九月三日までバンクーバー、トロント、ナイアガラ、ジャスパーに遊ぶ。九月一〇日、日本初の生体肝移植を行った島根医科大学の永末直文外科学助教授、小坂義弘麻酔科教授らと対談、取材。このころより臓器移植、脳死問題について積極的に発言するようになる。一〇月四日から一一日まで日本航空、集英社主催の講演会でデュッセルドルフ、パリへ行く。一一月一五日から二〇日まで「渡辺淳一文学展――北のロマンを奏でる」（北海道文学館、北海道新聞社主催）が札幌・丸井今井で開催される。一二月四日から八日までロサンゼルス・UCLAを中心に、「脳死鎖国ニッポンの悲劇」の取材。一二月一五日、NHKスペシャル『脳死』に出演し、哲学者の梅原猛らと討論。
【発表】
「少女へのレクイエム」（『朝日新聞　朝刊』一月七日）
「渡辺淳一のグリーントーク」（『サンデー毎日』七月二二日号〜一九九一年五月五・一二日合併号）
「何処へ」（『週刊新潮』一〇月四日号〜一九九一年一一月七日号）
「脳死鎖国ニッポンの悲劇　第一部・生体肝移植の真実／第二部・アメリカ現地取材」（『週刊現代』一〇月一三日号〜一九九三年二月一六日号）
【刊行】
一月　『風の噂』（新潮社）

七月　『うたかた』上・下巻（講談社）
一〇月　『いま、ワーキング・ウーマンは』（朝日新聞社）
一二月　『影絵――ある少年の愛と性の物語』（中央公論社）

●一九九一年……五八歳
三月、吉川英治文学賞選考委員になる。一〇月一四日、日本アイスランド協会会長に就任。

【発表】
「駄々っ子『脳死反対論』を排す」（『文藝春秋』一月号）
「クラブハウスの午後」（『CHOICE』ゴルフダイジェスト社発行　一、三、七、九、一一月号）
「新訳・びょうき事典」（『LEE』二月号～一九九二年一二月号　のちに「新釈・びょうき事典」に改題）
「君も雛罌粟《コクリコ》われも雛罌粟《コクリコ》」（『文藝春秋』四月号～一九九五年八月号）
「創作の現場から」（『小説すばる』六月号～一九九二年六月号）

【刊行】
二月　『脳は語らず』（新潮文庫）
九月　『いま脳死をどう考えるか』（講談社）
一二月　『メトレス　愛人』（文藝春秋）

●一九九二年……五九歳
一月二七日、経済企画庁（現・経済産業省）の諮問機関・経済審議会地球的課題部会審議委員を委嘱される。二月一一日から一九日まで、オーストラリアからニュージーランドへ向かう日本郵船の「飛鳥」の船中で講演。五月一日、日露医学医療交流財団の評議員に就任。六月二五日から七月二日までアイスランド共和国を訪問し、ヴィグディス大統領（当時）と会見し対談する。

【発表】
「シミュレーション・ドキュメント　心臓移植再開す」（『週刊現代』二月二九日号～三月二八日号）
「麻酔」（『朝日新聞　朝刊』四月一日～一二月三一日）
「後遺症」（『小説新潮』九月号）

【刊行】
四月　『恋愛学校』（集英社）
七月　『渋谷原宿公園通り』（講談社）
一二月　『何処へ』（新潮社）

●一九九三年……六〇歳
二月八日から一三日まで日本航空、集英社主催の文化講演会のためジャカルタ、クアラルンプールへ行く。七月七日から一三日まで日本航空、朝日新聞インターナショナル（米国版）主催の文化講演会のためニューヨーク、ワシントンへ行く。一〇月一九、二〇日の両日、札幌パークホテル創業三〇周年記念の催しとして「渡辺淳一の世界」が開催される。一〇月二四日、還暦をむかえる。一一月六日、親しい編集者や新聞記者の集まりである「ヤブの会」主催で還暦を祝う会が三島の別荘で開かれる。

【発表】
「入るものより出るものを」「いい加減もよし」「困った息子の効用」「見かけだおし」「敏感すぎる不幸」「お犬さま」「毎晩午後六時に帰る夫」「離婚式」「突然の秋」「コスモスと女」（『げんき』第一生命健康保険組合発行　一月新春号～一九九四年冬号）
「春の別れ」（『小説現代』四月号）
「新・創作の現場から」（『小説すばる』五月号～一〇月号）
「夜に忍びこむもの」（『新聞三社連合　北海道新聞・中日新聞・東京新聞・西日本新聞　朝刊』九月一日～一九九四年三月二四日）

【刊行】
七月　『麻酔』（朝日新聞社）
一〇月　『風のように・母のたより』（講談社）

●一九九四年……………………………………………六一歳
　五月二一日、母・ミドリ死去。享年八七歳。二四日に行われた告別式で喪主をつとめる。一〇月、柴田錬三郎賞と石川県石川郡美川町《みかわまち》（現・白山市）が創設した島田清次郎記念、島清《しませ》恋愛文学賞の選考委員になる。

【発表】
「低血圧は美女に似合う」「腸の手術で頭を治す」「敏感ではなく過敏」「鈍さもよし」「暗いスーツよさようなら」「キョロキョロもよし」「巧言のすすめ」「強い腸をもった男」「消えた自然の摂理」「お医者さんが失業する時代」（『M　CLUB』三井ライフパートトナークラブ会報　八月号〜一九九六年二月号　隔月刊）

【刊行】
二月　『創作の現場から』（集英社）
七月　『風のように・忘れてばかり』（講談社）
一〇月　『夜に忍びこむもの』（集英社）

●一九九五年……………………………………………六二歳
　一〇月、『渡辺淳一全集』全二四巻（角川書店）の刊行はじまる（一九九七年一〇月完結）。一一月二〇日、作家生活三〇周年を記念して「渡辺淳一さんを囲む会」（発起人・城山三郎、井川《いかわ》高雄《たかお》、鶴田卓彦《たくひこ》、大村彦次郎《ひこじろう》、三田佳子、渡邊亮徳《よしのり》、角川歴彦《つぐひこ》）が日本橋のロイヤルパークホテルで行われる。

【発表】
「男というもの」（『婦人公論』一月号〜一九九七年一二月号）
「王朝の恋人たち——源氏物語をたずねて」（『MORE』一月号〜一九九六年九月号　のちに「源氏に愛された女たち」に改題）
「痛ましさと驕慢さと」「少女へのレクイエム」（加清純子の遺作画集「わがいのち『阿寒に果つ』とも」日野原冬子編・青娥書房　四月刊行に寄稿）
「失楽園」（『日本経済新聞　朝刊』九月一日〜一九九六年一〇月九日）
「告白的女性論」（『渡辺淳一全集』角川書店の月報に連載／一〇月〜一九九七年一〇月　のちに『告白的恋愛論』に改題）

【刊行】
二月　『遠い過去　近い過去』（角川書店）
六月　『ものの見かた感じかた』（講談社）
八月　『風のように・返事のない電話』（講談社）
一〇月　『これを食べなきゃ——私の食物史』（集英社）
一〇月　『渡辺淳一全集』全二四巻（一九九七年一〇月完結、角川書店）

●一九九六年……………………………………………六三歳
　一月四日から九日まで、丸善名古屋栄店（現・名古屋本店）で「渡辺淳一展」が、二月二九日から三月五日まで博多井筒屋で「渡辺淳一文学展」が開催される。四月二三日、アイスランド共和国のヴィグディス大統領（当時）を迎えて、日本アイスランド協会設立五周年祝賀パーティがお茶の水スクエアで開催された愛の果てを見据え、性愛を徹底的に書ききる意志をもって執筆した「失楽園」が、新聞連載中から大きな反響をよんだ。

【刊行】
一月　『君も雛罌粟われも雛罌粟』上・下巻（文藝春秋）
九月　『風のように・嘘さまざま』（講談社）
一一月　『ヴェジタブル・マン』（文庫オリジナル短編集／新潮社）

一二月　『新釈・びょうき事典』（集英社）

●一九九七年……六四歳

二月一三日から一八日まで横浜の京急百貨店で「渡辺淳一文学展」が開催される。二月二一日に『失楽園』が刊行されると、三月末には一〇〇万部を超え、五月末には二〇〇万部を突破し、最終的に三〇〇万部を超える大ベストセラーになった。水上勉から、谷崎潤一郎文学に流れていた男女間の性愛描写をきわめる文芸が受け継がれ、近松門左衛門の心中物の現代版を創造したという評価を受けた。四月一三日から一九九八年四月五日にTBSラジオで『失楽園』が一年間にわたる連続朗読ドラマとして放送された。五月には映画『失楽園』（監督・森田芳光、主演・役所広司、黒木瞳）が東映系で上映され、観客動員二五〇万人を超すヒット作となった。六月三〇日、日本テレビ系列で特別番組『ロマンの旅人――渡辺淳一の世界』が放映される。七月七日～九月一五日によみうりテレビ制作、日本テレビ系列で『失楽園』（主演・古谷一行、川島なお美）がテレビドラマ化され、常時二〇～三〇％に達する高視聴率をあげた。このような映画化、テレビドラマ化、ラジオドラマ化の相乗効果もあって、社会に失楽園現象がわきおこる。七月二七日、エランドール特別賞（日本映画テレビプロデューサー協会主催）を受賞。夏以降、韓国、中国、台湾、アメリカ、フランス等から『失楽園』翻訳の問い合わせが殺到する。一二月、「失楽園」が日本新語流行語大賞になる。

【発表】
「阿部定調書と『失楽園』」（『文藝春秋』三月号）
「マイ センチメンタルジャーニイ」（『LEE』四月号～一九九八年九月号）
「淑女紳士諸君」（『WINDS』日本航空文化事業センター発行四月号～一九九八年一二月号）

【刊行】
二月　『失楽園』上・下巻（講談社）
三月　『渡辺淳一――ロマンの旅人』（北海道文学館編「北海道文学ライブラリー」北海道新聞社）
一〇月　『阿寒に果つ』大活字本（埼玉福祉会）
一一月　『失楽園』愛蔵版（講談社）
一二月　『失楽園』（韓国語版　読書《トクソ》出版）

●一九九八年……六五歳

四月一一日から一五日まで日本航空、文藝春秋主催の講演会のため、シンガポールへ行く。五月八日から一三日まで読売アメリカ主催の講演会のため、ロサンゼルス、ニューヨークへ行く。六月二〇日、札幌市中央区南一二条西六丁目（中島公園内、札幌コンサートホールKitara前）に渡辺淳一文学館が開館、祝賀パーティが開かれる。司会・阿川佐和子。秋山駿、林真理子、髙樹のぶ子らが出席し大いににぎわう。一月に台湾版『失楽園』が刊行されたのを機に、九月一八日から二〇日まで台北で講演会とサイン会を開く。台湾では『失楽園』の映画とテレビの公開、『くれなゐ』（主演・川島なお美、内藤剛志）のテレビ放映と渡辺淳一ブームが沸騰、記者会見、インタビュー、対談、テレビ出演、シンポジウムと慌しい三日間を送った。『失楽園』は台湾のほか中国、香港、韓国、アメリカなど世界各地で翻訳された。

【発表】
「かりそめ」（『週刊新潮』八月一三・二〇日合併号～一九九九年五月二〇日号）

【刊行】
一月　『男というもの』（中央公論社）

五月　『風のように・別れた理由』（講談社）
六月　『渡辺淳一の世界』（書き下ろし短編「マリッジリング」を含む／集英社）
一一月　『反常識講座』（光文社）

●一九九九年……六六歳
七月五日から七日まで出版打ち合わせのため、ソウルを訪れる。七月二五日から八月二日まで「風のように」取材のため、トルコへ行く。一〇月二〇日から二六日まで『文藝春秋』の「シャトウ ルージュ」取材のため、パリ、ロワール地方を訪問。『メトレス 愛人』が東映系で映画化（監督・鹿島勤《つとむ》、主演・川島なお美、三田村邦彦）された。
【刊行】
四月　『源氏に愛された女たち』（集英社）
九月　『男と女』（講談社）
一〇月　『風のように・不況にきく薬』（講談社文庫）
一一月　『かりそめ』（新潮社）

●二〇〇〇年……六七歳
七月四日から九日まで、ＢＳ朝日「愛と性を書き続ける作家、渡辺淳一の世界」の取材のためアイスランドとイギリスを訪問。
九月七日〜一四日まで、『A LOST PARADISE』（『失楽園』英語版）刊行を記念してニューヨークのジャパン・ソサエティーの建物と、ボストンに隣接したハーバード大学で、「男女小説と『A LOST PARADISE』について」の題で講演する。一二月二二日から二七日まで「シャトウ ルージュ」の追加取材のためフランスへ行く。
【発表】
「シャトウ ルージュ」（『文藝春秋』三月号〜二〇〇一年八月号）
「『風姿花伝』にまなぶ」（『プレジデント』三月二〇日号〜二〇〇一年四月二日号　のちに「秘すれば花」に改題）
【刊行】
四月　『A LOST PARADISE』（『失楽園』英語版　講談社インターナショナル）
五月　『風のように・贅を尽くす』（講談社）
九月　『マイ センチメンタルジャーニイ』（集英社）

●二〇〇一年……六八歳
一月、ＴＢＳ系列で放映された「白い影――love and life in the white」（原作『無影燈』）での中居正広の、ニヒルな影を引きつつ暗い宿命を生きる主人公の演技が、田宮二郎以来の当り役となり反響を呼んだ。八月、婦人公論文学賞の選考委員になる。一二月から二〇〇二年一月まで「ＮＨＫ人間講座」の「人間をみつめる」を担当。
【発表】
「握る手」（『小説現代』二月号）
「みんなたいへん」（『ＦＲａＵ』一〇月二三日号〜二〇〇二年一一月一二日号　のちに「みんな大変」に改題）
【刊行】
四月　短編集『泪壺』（講談社）
七月　『秘すれば花』（サンマーク出版）
一〇月　『シャトウ ルージュ』（文藝春秋）

●二〇〇二年……六九歳
二月一日から四日まで『週刊現代』の取材のためベトナムへ行く。一〇月八日から一〇日まで囲碁将棋王座タイトル戦を取材し、中国財界人との親善囲碁大会に出席するため、上海へ行く。

【発表】
「女が男を選別する時代」（『文藝春秋』一月号）
「エ・アロール」（『新聞三社連合　北海道新聞・中日新聞・東京新聞・西日本新聞』四月一六日〜一二月三一日／『高知新聞　夕刊』四月八日〜二〇〇三年二月二六日）
「二人旅」（『文藝春秋臨時増刊号』七月）
【刊行】
三月　『風のように・手書き作家の本音』（講談社）
四月　『シニアのためのスーパーゴルフ塾』（文春ネスコ）
一〇月　『キッス　キッス　キッス』（小学館）

●二〇〇三年……………………………………七〇歳
一月三一日から二月六日まで「エ・アロール」の取材のためアメリカのリタイアメントハウスを見学。四月、紫綬褒章を受章。九月二五日から二八日まで中国社会科学院直属の出版社である文化芸術出版社の招待で北京を訪問。一二月、医学小説から歴史小説、恋愛小説に至る幅広い小説群に対して第五一回菊池寛賞を受賞。『エ・アロール　それがどうしたの』がＴＢＳ系列でドラマ化（主演・豊川悦司、木村佳乃）された。
【発表】
「懲りない男と反省しない女」（『婦人公論』三月号〜二〇〇五年一二月号）
「幻覚」（『読売新聞　朝刊』六月二三日〜二〇〇四年四月三〇日）
【刊行】
一月　『男の手のうち　女の胸のうち』（光文社）
四月　『風のように　男時《おどき》・女時《めどき》』（講談社）
五月　『長崎ロシア遊女館』大活字本　上・下巻（埼玉福祉会）
六月　『エ・アロール　それがどうしたの』（角川書店）
一一月　『脳は語らず』（新潮オンデマンドブックス）

●二〇〇四年……………………………………七一歳
一月三一日から二月二日までアメリカへ行く。五月三一日から六月三日まで講演会とサイン会のため、上海へ行く。「愛の流刑地」の連載がはじまると、その性愛描写をめぐって大きな反響がおこり、「愛ルケ」現象と呼ばれる。
【発表】
「秘すれば本音」（『週刊新潮』五月二七日号〜二〇〇四年一二月三〇・二〇〇五年一月六日合併号から「あとの祭り」に改題）
「愛の流刑地」（『日本経済新聞　朝刊』一一月一日〜二〇〇六年一月三一日）
【刊行】
三月　『夫というもの』（集英社）
五月　『しなやかに　したたかに』（ＮＨＫ人間講座「人間をみつめる」を改題。ＮＨＫ出版）
九月　『幻覚』（中央公論新社）

●二〇〇五年……………………………………七二歳
六月一八日から二〇日まで食文化の調査と講演会を兼ねて広州へ行く。一二月、作家生活四〇周年を祝う会が開催される。
【発表】
「口説について」（『プラチナ・スタイル』二〇〇五年一号〜二〇〇七年一〇号　のちに「熟年革命」に改題）
「鈍感力」（『ＰＬＡＹＢＯＹ日本版』七月号〜二〇〇六年一一月号）
【刊行】
三月　『風のように　女がわからない』（講談社）
四月　『懲りない男と反省しない女』（中央公論新社）

七月　『あとの祭り　恋愛の毛沢東』（新潮社）

●二〇〇六年……………………………………………七三歳

一月から五月にかけ、作家生活四〇周年を記念して『渡辺淳一自選短篇コレクション』全五巻を朝日新聞社から刊行。二月九日～一三日まで「愛の流刑地」が完結し、一つの大きな仕事を果たした深い達成感のもと癒しを求めてハワイで休養する。八月、中央公論文芸賞の選考委員になる。

【発表】

「ここまできた最新医学」（『週刊現代』五月六日・一三日合併号～二〇〇七年四月二八日号、〇七年八月一八・二五日号～二〇〇八年六月一四日号）

「あじさい日記」（『産経新聞』八月一六日～二〇〇七年四月三〇日）

【刊行】

一月　『渡辺淳一自選短篇コレクション』全五巻（朝日新聞社）

三月　『みんな大変』（講談社）

五月　『愛の流刑地』上・下巻（幻冬舎）

六月　『あとの祭り　恋愛は革命』（新潮社）

八月　『これだけ違う男と女』（中央公論新社）

●二〇〇七年……………………………………………七四歳

一月、『愛の流刑地』が東宝系で映画化（監督、脚本・鶴橋康夫、主演・豊川悦司、寺島しのぶ）。三月、日本テレビ系列でテレビ化（主演・高岡早紀、岸谷五朗）される。『鈍感力』中国語版の刊行を記念して、講演会とサイン会を行うため、五月二九日から三一日まで上海へ行く。二月刊行の『鈍感力』はミリオンセラーとなり、一二月、タイトルの「鈍感力」はユーキャン新語・流行語大賞のトップテンに選出される。

【発表】

「『鈍感力』が人生を前向きにする」（『中央公論』六月号）

「『鈍感力』問答　鋭い人は大成しない」（『文藝春秋』七月号）

「恋愛格差」（『ＧＯＥＴＨＥ』九月号～二〇〇八年七月号）

【刊行】

二月　『鈍感力』（集英社）

七月　『あとの祭り　知より情だよ』（新潮社）

一〇月　『あじさい日記』（講談社）

●二〇〇八年……………………………………………七五歳

七月一二日、渡辺淳一文学館が開館一〇周年を迎えるにあたり、札幌プリンスホテルで記念式典を挙行する。

【発表】

「孤舟」（『マリソル』一〇月号～二〇一〇年一月号）

【刊行】

四月　『熟年革命』（講談社）

七月　『渡辺淳一の世界Ⅱ』（集英社）

●二〇〇九年……………………………………………七六歳

九月一七日、直木賞受賞四〇年を祝う会が東京・丸の内の東京會舘で開かれる。

【発表】

「天上紅蓮」（『文藝春秋』八月号～二〇一〇年一二月号）

【刊行】

一二月　『告白的恋愛論』（角川書店）

●二〇一〇年……………………………………………七七歳

四月、上海フォーラム出席のため上海へ。北京では、サイン会も。一〇月二二日、喜寿を迎えるパーティが東京會舘で開かれる。

【刊行】
九月　『孤舟』（集英社）

●二〇一一年……………………七八歳
三月、『天上紅蓮』により、二回目の文藝春秋読者賞を受賞。
一二月、『光と影』が大沢たかお朗読により、オーディオブック化される。

【刊行】
六月　『天上紅蓮』（文藝春秋）

●二〇一二年……………………七九歳
七月、一八の地方紙と『日刊ゲンダイ』で「愛ふたたび」の連載を始める。一〇月二四日、傘寿《さんじゅ》を祝う会が、東京會舘で開かれる。『孤舟』が黒木瞳、『鈍感力』が小泉孝太郎の朗読により、オーディオブック化される。『無影燈』が「双曲線上のカルテ」として宝塚歌劇団・雪組の早霧《さぎり》せいなの主演で舞台化される。

●二〇一三年……………………八〇歳

【発表】
「私の履歴書」（『日本経済新聞』朝刊一月一日～三一日）
「老いの処方箋」（『ひととき』四月号～二〇一四年二月号）

【刊行】
六月　『愛ふたたび』（幻冬舎）

●二〇一四年……………………歿
四月三〇日、永逝。享年八〇歳。七月二八日、お別れ会が東京・日比谷の帝国ホテル東京で開かれる。

【刊行】
九月　未刊行作品集『仁術先生』（未刊行作品集／集英社文庫）

●二〇一五年

【刊行】
三月　『評伝　渡辺淳一　決定版』川西政明著（集英社文庫）
『渡辺淳一（文藝別冊）』（河出書房新社）

●二〇一六年
四月、第一回「渡辺淳一文学賞」贈賞式が東京都千代田区のパレスホテル東京で開かれる。受賞作は、川上未映子『あこがれ』（新潮社）

【刊行】
四～一二月　『渡辺淳一　恋愛小説セレクション』全九巻（集英社）／第一巻『リラ冷えの街』・第二巻『阿寒に果つ』・第三巻『無影燈』・第四巻『野わけ』・第五巻『化粧』・第六巻『桜の樹の下で』・第七巻『ひとひらの雪』・第八巻『うたかた』・第九巻『失楽園』

●二〇一七年
五月、第二回「渡辺淳一文学賞」贈賞式が東京都千代田区のパレスホテル東京で開かれる。受賞作は、平野啓一郎『マチネの終わりに』（毎日新聞出版）

●二〇一八年
五月、第三回「渡辺淳一文学賞」贈賞式がパレスホテル東京で開かれる。受賞作は、東山彰良『僕が殺した人と僕を殺した人』（文藝春秋）

【刊行】

六月『医師たちの独白』（「四月の風見鶏」改題　集英社文庫）
六月『渡辺淳一のすべて』（集英社）
六月二〇日　渡辺淳一文学館開館二〇周年。

（年譜は、川西政明・阿貴氏制作の年譜を基に『渡辺淳一恋愛小説セレクション』編集室が加筆訂正しました）

原稿は鉛筆で一文字ずつ埋めていく。生涯手書き作家を全うした
写真／文藝春秋

編集　清水智津子（集英社インターナショナル）
編集協力　小西恵美子／篠藤ゆり／近内明子
協力　文藝春秋／北海道立文学館／渡辺淳一文学館／青島出版集団
ジェイ企画株式会社／渡邉直子
写真　秋元孝夫 他　カバー裏写真／渡辺淳一文学館所蔵
校閲　伊藤文江（集英社クリエイティブ）
整理　中川成人

○本書に使用しております写真、原稿等については、できるだけ調査はしましたが、撮影者、著作権者の方がなお不明なものがあります。お心あたりの方は、編集部までご連絡いただけましたら幸いです。

渡《わた》辺《なべ》淳《じゅん》一《いち》のすべて

二〇一八年六月三〇日　第一刷発行

著者　渡《わた》辺《なべ》淳《じゅん》一《いち》他
編者　『渡辺淳一　恋愛小説セレクション』編集室
発行者　村田登志江
発行所　株式会社　集英社
〒一〇一-八〇五〇　東京都千代田区一ツ橋二-五-一〇
電話　編集部　〇三(三二三〇)六〇九五
読者係　〇三(三二三〇)六〇八〇
販売部　〇三(三二三〇)六三九三(書店専用)
印刷所　大日本印刷株式会社
製本所　加藤製本株式会社

 ISBN978-4-08-771151-6 C0095

開館二〇周年を迎えた
札幌・渡辺淳一文学館へ

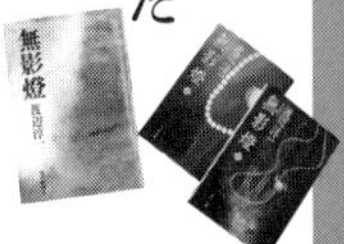

『夫というもの』(集英社)の直筆原稿

二〇一八年六月二〇日に二〇周年を迎えた文学館は緑濃い、中島公園脇に佇んでいる。一階の本の初版本、蔵書のコーナーは喫茶店としても市民の憩いの場となっている他、地下のホールはコンサートや講演会などに利用されている。二階の展示室では、作家の直筆原稿や写真で代表作を楽しめる。

1階書棚のコーナー

文学館入り口に向かう渡辺淳一。頻繁に訪ねていた

利用のご案内

［開館時間］
夏季(4〜10月) 9:30〜18:00
冬季(11〜3月) 9:30〜17:30
○入館は閉館の30分前までとなります。

［休館日］
毎週月曜日(祝日の場合は開館し、翌平日休館)

［入館料］
一般 300円 / 小・中学生50円 /団体割引(20名以上) 200円
○障がい者手帳のご提示で、ご本人様と付添いの方1名200円

［コンサートホール］
グランドピアノ・音響・照明設備を備えたホールとして講演会・コンサート・発表会などにご利用いただけます。

［アクセス］
○新千歳空港より車で約60分
○JR札幌駅より車で約15分
○地下鉄南北線「中島公園駅」3番出口より徒歩で約8分(駅ホーム真駒内寄りのエスカレーターから上にお上がりください)
○市電「中島公園通り」より徒歩約3分
鴨々川通沿い、コンサートホール Kitara 西隣り

〒064-0912 札幌市中央区南12条西6丁目 414
Tel/011-551-1282
Fax/011-551-1286
http://watanabe-museum.com/

(2018年6月現在)

写真 / 秋元孝夫